짜
믄
제
자

파문제자 1

한성수 新무협 판타지 소설

초판 1쇄 찍은 날 § 2002년 12월 20일
초판 1쇄 펴낸 날 § 2002년 12월 30일

지은이 § 한성수
펴낸이 § 서경석

편집장 § 문혜영
편집책임 § 장상수
편집 § 박영주 · 김희정 · 권민정 · 이종민
마케팅 § 정필 · 강양원 · 이선구 · 김규진
펴낸곳 § 도서출판 청어람
등록번호 § 제1081-1-89호
등록일자 § 1999. 5. 31
어람번호 § 제2-0162호

주소 § 경기도 부천시 원미구 심곡1동 350-1 남성B/D 3F (우) 420-011
전화 § 032-656-4452   팩스 § 032-656-4453
http://www.chungeoram.com
E-mail § eoram99@chollian.net

값 7,500원

ISBN 89-5505-563-3 (SET)
ISBN 89-5505-564-1 04810

한성수 新무협 판타지 소설

파문제자

破門弟子

1

담우소(譚雨笑)

도서출판
청어람

목

차

제1장 어떤 독백

사람들은 종종 묻곤 한다. 내 나이가 몇이냐고.

하지만 그것에 대한 대답은 항상 빙그레한 웃음뿐 나는 대답할 수 없다. 나 자신도 정확하게 내 나이가 몇인지 알지 못하는 까닭이다.

한때는 제법 야망에 차서 세상을 활보할 때도 있었는데 요즘은 만사가 귀찮다. 겉모습은 아직 청춘이지만 속으로는 확실하게 나이를 먹었기 때문인 것 같다.

하지만 사람들은 겉을 알 뿐 속을 알지 못한다. 언제나 내가 모든 걸아는 게 당연하다는 듯 나에게 다가와 묻곤 한다. 도통 내가 알지 못할 일들을 질문해 대는 것이다.

그러니 그런 경우 내가 얼마나 난처할지는 능히 짐작이 갈 것이다.

나는 남들이 보는 나이보다 적어도 너댓 배는 긴 인생을 살아왔지만 아직 나는 아는 것보다 모르는 게 더 많다.

자신들의 난제(難題)를 나에게 들고 와 질문하지 말아줬으면 하는 바람이 생기지 않을 수 없다.

그래서 나는 한때 크게 화를 낸 일이 있었다. 날 도무지 가만 놔두지 않는 세상에 대한 반항이었다.

―그때 얼마만큼의 사람이 죽었을까?

물론 나는 알지 못한다. 그 이후 세상의 모든 일에 대해 나는 아무런 관계가 없어진 까닭이다.

더 이상 누가 와서 괴롭히는 자도 없고 강요하는 자도 없다. 사람들은 날 만나면 모두 친절한 표정을 지어 보이지만 실제론 날 경원하기 시작한 게 분명하다.

"아아, 따분하다!"

자업자득이다. 내가 그들을 버렸으니 그들 또한 날 버렸다. 지금 내가 이리 심심한 건 모두 나의 잘못이다.

이대로 사람들의 관심 속에서 멀어진 채 화석(化石)이 되어가는 것도 나쁘진 않을 것이다. 영원히 사람들의 기억 속에서 사라지는 것도 그리 나쁠 건……

물론 이런 생각은 그리 오래가지 않았다. 항상 그렇듯 변덕스런 성격이 발동한 때문이다.

어느 이른 봄날, 날씨도 화창하고 하는 일 없이 소일하던 나는 큰맘 먹고 여행을 떠나기로 마음먹었다.

처음엔 그냥 여행 그 자체가 목적이었다. 본래 아무 생각 없이 사는 처지에 당연한 일이었다.

하지만 사람의 마음이란 간사하지 않던가!

나는 곧 어차피 남들보다 몇 배나 되는 인생을 살았으니 기왕이면 여행의 목적을 크게 잡는 것도 나쁘지 않다는 자기 합리화에 들어갔다.

내가 무림에서 자의 반 타의 반으로 은거한 이후일 것이다. 지금 세상에서 가장 유명한 사람, 서쪽에서 온 땡중 달마(達磨)를 만나러 가야겠다는 생각이 들었다.

그리고 언제나 그렇듯 나는 내 마음이 향하는 대로 행하기로 마음먹었다. 스스로 자부하기를 천하제일이라 한다던데 어디 정말로 그리 대단한지 봐야겠다는 생각이 든 것은 훨씬 나중의 일이었다.

내가 은거한 이후로도 툭하면 찾아오곤 하는 어린애에겐 그동안 긁적여 놓은 심법(心法) 여덟 개를 남기기로 했다. 솔직히 그만하면 그동안 봉양해 준 보답으로 충분할 것이다.

그중 한 가지만 익혀도 어디 가서 얻어맞고 다니진 않을 것이고, 혹시 이번에 내가 땡중 달마에게 맞아 죽더라도 그놈의 마음속에 애석함은 없을 터였다.

지금 나는 설마 그런 일은 있을 리 없다며 오만한 웃음을 짓고 있긴 하지만 말이다.

"그럼 내가 그 땡중을 이기면 어찌할까? 한 백 년쯤 면벽시킬까? 아니면 이백 년쯤?"

고개를 갸웃거린 후 나는 곧 고개를 흔들었다.

백 년이나 이백 년은 너무 긴 세월이다. 십 년도 너무 길어서 강산이 변한다고 하지 않던가!

나는 곧 구년면벽(九年面壁)이란 말을 떠올렸다. 구 년 정도라면 그동안 잘난 척해 댄 대가로 충분할 것 같았다. 물론 별다른 고민 없이 떠올린 생각일 뿐이었다. 어차피 이번 여행 자체가 즉흥적으로 이뤄진 일이니까.

제2장 풍뢰문(風雷門)에 내일은 없다

일의 시작이 언제일까. 아니, 무자비하게 꼬이기 시작한 건 도대체 언제부터일까?

풍뢰문(風雷門)!

강호를 주유할 땐 항상 신비문이라 자칭하는 문파의 생성 시기는 자그마치 천여 년을 헤아렸다.

보통 무림 명문들의 역사가 기껏해야 삼백 년에서 오백 년인 것을 감안하면 대단히 장구한 세월 동안 존속했다 할 수 있었다.

광대한 무림을 몽땅 뒤진다 해도 천여 년의 역사를 내세울 수 있는 곳은 정파의 태두인 소림사(少林寺)와 페르시아에서 건너왔다는 마교(魔敎)가 전부였다.

그중 소림사야 무림의 역사 그 자체라 해도 과언이 아니었고 마교는 뿌리 깊은 반골들의 집합소였다.

하나는 정파의 대들보로서 수많은 풍파를 이겨냈고 다른 하나는 중원을 차지했던 역대 황조들의 눈엣가시였다. 하나가 빛이라면 다른 하나는 어둠인 것이다.

하지만 이렇게 겉으로 보기에 전혀 닮은 점이 없어 보이는 두 곳에는 한 가지 공통점이 있었다. 천여 년이란 장구한 세월 동안 있었을 수많은 풍파를 이겨낸 저력이었다.

수많은 거대 문파들이 명멸하고 수없이 많은 왕조가 바뀌는 천여 년 동안 그들 문파는 꿋꿋하게 무림 중에서 명성을 드날렸다. 그것이 좋은 쪽이든 나쁜 쪽이든 참으로 대단한 일이라 아니할 수 없었다.

그런데 역시 천여 년 동안 맥이 끊이지 않았던 세 번째 문파인 풍뢰문은 불행하게도 위의 두 문파와 비견할 수 있는 점이 전혀 없었다.

천 년이라는 유구한 세월 동안 무림을 떠들썩하게 만들었던 불세출의 고수 하나 배출하지 못했고 무림의 역사에 한 획을 그을 만한 어떤 일도 벌이지 못했다.

그런 주제에 무림의 대소사에 참견하긴 좋아해서 사사건건 끼어들지 않는 곳이 없었는데 그때마다 자신들을 신비문이라 자칭했다가 비웃음을 당하곤 했다.

자칭 신비문의 인물들이란 자들이 꼬박꼬박 무림의 각종 영웅대회에 참가했고 매번 간신히 예선 정도만을 통과하곤 했던 것이다.

그나마도 어쩌다 소림사가 주축이 된 정파연합과 마교가 주축이 된 사파연합의 대회전이 벌어질 땐 그림자조차 찾을 길이 없었다.

그래서 무림의 식자(識者)들은 한결같이 말했다.

신비문이 천여 년이란 장구한 세월 동안 무림 중에 존속할 수 있었던 건 안면강화신공(顔面強化神功)과 삼십육계신법(三十六計身法)이라는 이대심법 덕분이라고.

그런데 풍뢰문에는 과연 이대심법이 존재했다. 하나를 익혀 대성하면 문주가 될 수 있으나 절대로 두 개를 모두 익혀선 안 되는 기이한 심법이 두 개나 있는 것이다.

그런데… 타고난 재능만을 믿고 사부님의 엄중한 경고를 잊은 게 화근이었다.

이대심법의 요결을 한꺼번에 외웠을 때, 아니, 가슴을 두근거리게 했던 비급의 첫장을 읽었을 때부터 이미 일은 꼬이고 있었다.

풍(風), 바람은 표홀하다. 변화가 막측하니 가고 오는 것의 변화를 알기 어렵다.

반(反), 벽(劈), 전(轉), 착(着), 이(移), 인(引), 발(發)의 일곱 자에 그 진의가 담겨 있으니 인체의 모든 기(氣)를 연마하여 그 기운을 자유자재로 움직이게 하는 것이 풍천경(風天勁)의 요결이다.

풍천경을 이루면 온몸의 기운을 자유롭게 격발할 수 있고 가장 작은 힘으로부터 가장 큰 힘을 뽑아낼 수 있다.

한 호흡으로 천 근(千斤)의 힘을 발휘할 수 있고 인체의 근골과 오장육부를 마음이 가는 대로 다룰 수 있다면 비로소 진경에 올랐다 할 수 있다.

뢰(雷), 벼락은 빠르고 강하다. 화기(火氣)를 띤 강함을 지니고 있으면서 오히려 물[水]의 차가움을 동반한다.

그 둘은 서로를 밀어내는 한편 하나로 합쳐져 그 힘을 몇 배로 더하니 천하의 모든 기운이 사람[人]에게로 온다.

그것은 강중유유(强中有柔)로써 강하되 결코 부러지지 않는 지뢰경(地雷勁)의 근간을 이룬다.

풍천경이 작은 힘으로 큰 힘을 제압하는 기법의 극치라면 지뢰경은 체외의 오행지기(五行之氣) 중 화(火)와 수(水)의 기운을 다룬다.

서로 상극(相克)을 이루는 화와 수의 기운을 극단적으로 끌어들여 금(金)을 북돋아 굳셈을 얻고 목(木)으로써 화합을 이루는 것이다.

하여 결코 융화되지 못하는 두 개의 기운이 서로를 북돋으니 진경에 오른 자는 두 가지 기운을 상생시켜 토(土)의 기운을 흡수하고 천하에 널린 오행지기 모두를 다룰 수 있다.

이것이 바로 천 년을 이어온 풍뢰문(風雷門)의 이대심법이니 두 가지 심법 중 한 가지를 진경에 이르도록 연마한 자는 풍뢰문의 문주가 되리라!

하지만 두 가지를 동시에 익힌 자는 파문(破門)을 당하리니, 그것은⋯⋯.

"으웩!"

터져 나온 핏물은 선홍빛으로 물들어 있었다.

체내에 정체되어 있던 기운이 통한 까닭에 터져 나온 핏물이 아니었다. 그것은 역류한 진기로 인해 내장이 온통 꼬인 자가 토해낸 핏물이었다.

혼몽 중에 벌어진 일. 이대심법의 서문을 뇌까리던 이십 대 초반의 잘생긴 얼굴, 천고의 근골(筋骨)을 지닌 탓에 문파의 모든 기대를 안고 있던 사내의 얼굴은 잔뜩 일그러져 있었다.

평소 명경지수(明鏡止水)와 같이 맑게 가라앉아 있던 눈동자는 흐릿해져 있었고 경련을 일으키는 두 볼 위로 눈물 한 방울이 또르륵 굴러 떨어졌다.

"이런이런⋯ 쪽팔리게시리!"

재빨리 소맷자락으로 얼굴을 훔치던 사나이의 신형이 더 이상 견디지 못하고 스르르 옆으로 쓰러져 내렸다.

어쩌면 풍뢰문의 이십삼대(二十三代) 문주(門主)가 될 뻔한 사나이의 운명이 바닥으로 떨어지는 순간이었다.

그리고 삐거덕거리며 열린 석실의 문.

"이, 이런!"

이제나저제나 장문제자의 출관을 기다리고 있던 풍뢰문주가 대경하여 석실 안으로 뛰어들어 왔다.

석실 바닥에 코를 묻은 사나이의 모습과 바닥을 적신 한 움큼의 핏물만으로도 충분히 사태를 파악한 것이다.

그러나 때는 이미 늦어 사나이를 부여안고 전신 혈맥을 정신없이 때려가던 풍뢰문주가 슬픔을 참지 못해 두 볼 가득 눈물을 줄줄 쏟아냈다.

거지들 사이에서 왕초 노릇을 하던 어린것을 데려다 가르치길 십여 년!

어쩌면 자신의 대(代)에 이르기까지 삼류를 벗어나지 못했던 문파의 희망이 될 수도 있는 제자였다. 그만큼 눈앞의 사나이는 특별했던 것이다.

그런데 그토록 사랑했던 애제자가 사문에서 철저하게 금하고 있던 이대심법을 동시에 수련할 줄이야!

"으허헝, 으허헝……."

주화입마에 빠진 제자의 목숨이라도 구하기 위해 자신의 전신 내공을 몽땅 쏟아내며 풍뢰문주는 울었다. 제자에게 재삼 문파의 금기를 설명하지 않았던 일이 한스러워서였다.

손을 쓰는 게 늦지 않아 목숨은 구할 수 있었지만 이미 제자의 혈맥은 딱딱하게 굳어 있었다. 앞으로 다시는 내공을 쓰지 못할 게 분명했다.

그러니 문파의 지엄한 명을 어기고 폐인이 된 제자를 자신의 손으로 내쳐야 할 터!

풍뢰문 천 년의 율법을 누구보다 잘 알기에 풍뢰문주는 못내 마음이 서러웠다.

자신이 율법을 수호해야 할 풍뢰문주라는 것이, 자신의 조그만 성취만을 믿고 객기를 부린 제자가 원망스러워 그는 나이도 잊고 그렇게 우는 것이다.

*　　　　*　　　　*

타탁, 탁탁······.

슬슬 다가올 겨울을 준비하기 위함이었다. 한낮을 온통 투자해서 잡은 멧돼지를 흙 속에 파묻고 그 위에 잔뜩 불을 지른 채 밤을 보내고 있던 사나이가 어깨를 가볍게 떨었다.

산의 가을은 금세 가니 여기저기서 피에 굶주린 모기 떼가 날아다니고 있었다. 생명이 다하기 전 자신들의 씨를 보존하려는 처사였다.

그러나 그들에게 눈앞의 사나이는 적당한 먹이가 될 수 없었으니, 그에게선 기묘한 기운이 흘러나와 모기 떼의 침습을 막고 있었다. 눈앞에서 일어난 매캐한 연기마저 그의 주변에 이르면 좌우로 도망가기 바쁜 것이다.

그러니 사나이가 어깨를 떤 것은 모기 떼나 생나무가 타며 일어나는 지독한 연기 때문이 아니었다.

평소 끊임없이 암송하고 있던 이대심법을 떠올리던 중 지난 오 년간 될 수 있으면 떠올리지 않으려 했던 사부의 모습이 떠오른 때문이었다.

그에게 사부는 학문을 전수해 주는 사람 그 이상이었다. 먹을 것이 없어 거리를 떠돌던 거지 소년을 쓰레기 더미에서 끄집어내 준 사람이었다.

사부는 부모의 이름조차 알지 못하는 사나이에겐 아버지나 다름없었다.

그런데 평생 그 은혜 갚음 하려던 사부에게 내쳐진 것이다. 사문에 내려오는 율법을 위반할 수 없다는 준엄한 목소리!

자신의 잘못을 자책하면서도 마음속 한구석에 미움이 남는 건 어쩔 수 없었다.

사랑했기에, 그리고 믿었기에 그만큼 마음에 남은 상처는 컸다. 어떻게든 자신의 존재를 사부에게 내보이고 싶었다.

―그래서 시작한 오 년간의 수행!

사문인 풍뢰문에서 파문당한 후 사나이는 자신을 절망의 구렁텅이로 밀어넣은 이대심법을 죽기살기로 연마했다.

천여 년간 누구도 연마하지 못했다니 쉽사리 배워질 리 없는 이대심법에 오기만으로 도전했다.

기껏해야 삼류문파의 무공이라는 말을 수억 번도 넘게 뇌까리며 사나이는 고난에 찬 수련을 행한 것이다.

그리고 오 년이 지난 지금 사나이 담우소(譚雨笑)는 슬슬 정들었던 이곳 무명산을 떠날 생각을 굳히고 있었다.

더 이상 연마해 봐야 내공을 쓸 수 없는 자신으로선 지금 이상의 발전은 어렵다고 생각한 것이다.

'이번 겨울, 이번 겨울만 끝나면 사문으로 돌아가리라! 지금껏 갈고 닦은 이대심법을 사부 앞에서 펼쳐 보여 파문제자란 오명을 씻으리라! 그리고…….'

타탁!

제법 큼직한 진액이 터진 듯 불똥은 담우소를 직격했다. 그것을 손가락으로 휘휘 돌려 도로 활활 타오르는 불길 속에 집어던진 담우소의 눈빛이 가볍게 일렁였다.

밤의 정적에 빠져 불러일으켰던 상념이 깨지자 불길을 이룬 장작 더미가 보였다. 아직 반도 채 타지 않은 모양새를 살피게 된 것이다.

덩어리가 덩어리이니만치 훈제를 하려면 이만치는 필요할 터였다. 길고 긴 산의 겨울을 나기에 부족함이 없을 식량이니 당연하다면 당연할까?

이 밤을 꼴딱 새워야 불이 꺼지겠다는 생각에 어차피 잠자긴 글렀다고 중얼거린 담우소는 밤하늘을 바라봤다.

야천의 바람을 타고 한 가닥 연기가 끝간 데 없이 솟아오르고 있었다. 어찌 보면 별들이 놓은 다리의 한가운데 무심히 떠 있는 달에까지 이를 듯했다.

'그러면 혹시 월궁(月宮)에 산다는 항아(姮娥)가 고기 냄새를 맡고 놀러 오지 않을까?

산 생활의 외로움 탓이리라. 소년 같은 상상에 피식 웃어 보인 담우소의 미소를 따라 산중의 밤은 깊어만 갔다.

그해 겨울.

천 년을 이어온 삼류문파 풍뢰문에선 흉사(凶事)가 있었다. 오 년 전 장문제자를 잃고 시름시름 앓고 있던 당대의 풍뢰문주가 향년 오십오세로 별세한 사건이었다.

그것은 천하무림으로 보면 별로 대수로울 것도 없는 일이었지만 풍뢰문으로선 청천벽력과도 같은 일이었다.

다시 장문제자를 뽑아 문파의 비전을 전수하기도 전에 문주가 죽었으니 문파의 존립 자체가 흔들린 것이다.

이에 풍뢰문의 채 열 명을 넘지 않던 제자들이 사부의 위패(位牌)를 가운데 두고 모였으니 그중 우두머리인 셋이 갑론을박하기 시작했다.

"커험, 사제들, 불행히도 사부님께서 돌아가셨다. 그런데 문파를 책임질 장문제자가 결정되지 않았으니……."

첫 번째로 입을 뗀 건 열 명의 제자들 중 가운뎃자리였다. 그럴듯한 풍채를 휘감고 있는 건 순백의 상복이었고 표정에는 관록이 넘쳐흘렀다.

풍뢰문주가 죽었으니 이곳의 우두머리라 할 수 있는 대사형이 먼저 서두를 떼자 상복을 입고 있던 사제들 중 셋째가 버럭 소리를 질렀다.

"아직 사부님의 사십구제(四十九祭)도 끝나지 않았소! 대사형은 너무한 것이 아니오?"

"너무하다고? 내가?"

나직이 반문한 대사형이 날카롭게 셋째 사제를 쏘아보자 고개를 바닥에 떨구고 있던 둘째가 나섰다.

"그렇소이다. 아직 사부님의 혼백이 채 흩어지지도 않았을 터인데 어찌 벌써 후사를 논한다는 말이오. 어차피 우리들 중 대사형에게 대항할 사람은 아무도 없는데……."

말끝을 흐리는 둘째의 말에 주변에 모여 있던 사제들 대부분이 고개를 끄떡였다.

오 년 전 장문제자로 키워졌던 담우소가 주화입마한 채 파문당한 후 문파의 비전을 이은 사람은 아무도 없었다. 계속 사부인 풍뢰문주가 몸져누웠기 때문이다.

그러니 비전조차 잇지 못한 제자들 중 가장 무공이 고강한 건 대사형일 수밖에 없었다.

다른 사제들과는 입문한 햇수가 다른 탓으로 기껏해야 지금 말대답을 하고 있는 둘째와 셋째가 겨우 비견될 뿐이었다.

하지만 그들 역시 대사형에 비하면 무공에 다소 손색이 있는 게 사실이었다.

풍뢰문주에게 정식으로 의발을 전수받지는 못했으나 현재 풍뢰문에서 대사형에게 대항할 수 있는 사람은 아무도 없는 것이다.

그런데 가만히만 있어도 문주가 될 수 있는 대사형이 느닷없이 후사를 들먹이고 나서니 둘째와 셋째가 모두 반감을 가지지 않을 수 없었다.

삼류 중의 삼류문파라 해도 천 년을 버텨온 문파였다. 잘은 모르지만 남은 재산이 상당할 터인데 재산에 눈이 먼 대사형이 몽땅 독차지하려 한다는 의심을 지울 수 없는 것이다.

그렇다 해도 이미 말을 꺼낸 터였다. 심정적으로 둘째의 말에 동조하는 빛을 보이고 있는 나머지 사제들을 한차례 훑어본 대사형이 가볍게 탄식했다.

"하아! 내가 사부님의 손을 잡고 이곳 풍뢰문에 들어온 지도 벌써 이십 년이 흘렀네. 이제는 한 가정을 이룬 가장이 되었지. 그 모든 것이 사부님의 크나큰 은덕으로 결초보은한다 해도 갚을 도리가 없다네."

"흥, 사십구제도 지키지 않으려는 주제에 퍽도 결초보은이란 말을 입에 담는구려?"

"셋째야, 대사형의 말씀을 좀 들어보자꾸나."

"그렇지만 이사형도 아시다시피……."

"어허!"

여전히 목소리에 비꼬는 투가 담긴 셋째를 슬쩍 타이른 둘째의 눈동자가 대사형을 향했다. 다른 사제들보다 조금쯤 신중한 성격이 발동한 것이다.

그러자 슬쩍 둘째에게 고개를 끄떡여 보인 대사형이 끊겼던 말을 계속했다.

"물론 사제들이 날 의혹의 눈초리로 보는 것도 무리는 아닐 것이네. 사부님이 몸져누우신 후 줄곧 문파의 재산을 관리한 게 바로 나니까. 하지만 이젠 사부님께서 돌아가셨고 나는 문파의 대제자로서 후사를 사제들과 의논해야만겠네. 사제들은 기탄없이 의견을 개진해 주시게!"

의외의 말이었다. 대충 그동안의 공치사를 한 후 스스로 문주가 됐음을 선언하려는 줄 알았는데 자신들과 문파의 후사를 의논하자는 것이다.

성격이 급한 만큼 단순한 셋째가 감탄의 기색을 숨기려 하지 않고 냉큼 목소리를 높였다.

"대사형께서 그리 나오시니 제가 너무 옹졸했음을 알겠습니다. 문주의 위(位)는 역시 대사형께서 맡으십시오. 만약 반대하는 사람이 있다면 제가 먼저 상대하겠습니다."

실로 호시탐탐 기회를 노리고 있던 둘째의 안색을 변하게 하는 말이었다. 하지만 대경하여 반대의 말을 입에 담은 건 오히려 대사형이었다.

"그게 무슨 소린가? 사문의 비전도 전수받지 못한 자가 어찌 문주의 위를 계승할 수 있단 말인가! 나는 문주가 될 생각이 조금도 없다네."

"옛? 그, 그럼……?"

놀란 목소리를 낸 건 셋째였지만 다른 사제들의 표정 또한 놀란 기색이 역력했다. 도대체 상황이 이해할 수 없는 쪽으로 흘러가는 것이다.

그러자 자신이 한 말이 빈말이 아니라는 걸 확인이라도 시키려는 듯 대사형이 눈살을 찌푸리며 목소리를 딱딱하게 했다.

"그렇구만. 사제들이 무언가 큰 오해를 한 것이었어. 하지만 말일세, 난 가정이 있는 사람이라네. 그동안도 참으로 힘들게 문파를 꾸려왔는데 어찌 계속 문파를 맡아 관리할 수 있겠는가! 사제들은 이 사형의 딱한 사정을 봐주기 바라네."

"그, 그렇다는 건?"

"맞네. 사부님의 병구완이 길어져 문중에 남은 재산은 이제 아무것도 없다네."

"아아!"

자신의 예상이 옳았다는 확답을 들은 둘째가 현기증을 참지 못하고 벽에 몸을 기댔다.

그리고 다른 사제들의 모습 또한 비슷했는데 홀로 멀뚱한 표정을 짓고 있던 셋째가 눈알을 부라렸다.

"아니, 이게 뭐 하는 짓거리들이요! 우리 사형제들은 대부분 고아나 빈민 출신으로 사부님께 받은 은혜가 태산 같소이다. 어찌 문파에 재산이 없다고 그리 낙심한 표정을 짓는 것이오!"

기세가 등등한 셋째의 말이었다. 그러나 이미 그의 말에 귀 기울이는 사람은 없었으니, 둘째가 대사형에게 작은 목소리로 물었다.

"그런데 그저 재산이 모조리 탕진된 것뿐입니까? 지난번 보니 사부님의 탕약에 꽤나 좋은 약재가 다수 포함되어 있던 것 같던데……."

"왜 아니겠는가! 막판에는 그 귀하다는 장백산(長白山)의 산삼(山蔘)에다 녹용(鹿茸), 영지(靈芝) 등 좋다는 것은 다 썼네. 그런데도 차도를 보이지 않으셔서……."

"않아서?"

"금산전장(金山錢莊)에서 황금 백 냥을 꾸어다가 전설의 회혼단(回魂丹)을 어렵게 구했다네. 그리고 사부님께 그것을 먹였는데……."

대사형의 말이 절반쯤 지났을 때 이미 사제들 중 몇은 방문을 열고 밖으로 나가고 있었다. 금산전장이란 이름이 주는 위압감과 황금 백 냥이라는 거액이 주는 압박감을 참지 못한 탓이다.

숨이 막히기는 둘째나 셋째도 마찬가진지라 아까와 달리 입을 벌린 채 얼굴이 벌겋게 물든 셋째를 대신해서 둘째가 다시 더듬거리며 재촉했다.

"그, 그런 희세의 영약까지 썼는데 어째서 사부님께서 돌아가신 겁니까?"

"그것이 아마도… 아마도 내가 속았던 것 같네. 사부님의 병세가 갈수록 악화되자 풍뢰문에서 좋은 약을 구한다는 소문이 사기꾼들에게까지 퍼졌던 모양이야."

"아니, 그 엄청난 황금을 내고 산 물건을 확인도 하지 않았단 말이오?"

"그게……."

뒤통수를 긁적인 대사형이 말했다.

"사부님의 병세가 워낙 위중해서 내 정신이 반쯤 나간 상태였거든."

"……."

"게다가 약값은 본래 오십 냥밖에 되지 않았어. 나머지 오십 냥을 날린 건 다른 까닭이 있어선데……."

"이, 이런 바보 같은!"

둘째가 더 이상 참지 못하고 대사형에게 달려들었다. 당장에라도 목을 졸라 죽이려는 기세였다.

그러나 자신의 죄를 아는지 대사형은 전혀 저항하지 않았고 보다 못한 셋째가 얼른 달려들어 둘째를 뜯어말렸다.

"이사형, 이사형, 참으시오! 사부님의 영전 앞에서 뭐 하시는 것이오!"

"놔라, 셋째야! 이런 멍청한 인간을 믿다 돌아가신 사부님을 위해서라도 내 오늘 이 인간을 죽여 버리고 말 테다!"

"하지만 이사형, 이미 물은 엎어져서 다시 주워 담을 수 없게 되었소이다. 이사형이 대사형을 죽인다 해서 일이 나아질 게 무어 있겠습니까?"

"그렇기야 하지만……."

목을 조르던 둘째의 손길이 주춤했다. 셋째의 말을 들어보니 과연 자신이 멍청한 대사형을 죽여봤자 얻을 게 없다는 생각이 든 것이다.

덕분에 간신히 목이 졸려 죽을 상황에서 풀려난 대사형이 가쁜 숨을 몰아쉬며 말했다.

"캑캑! 그래, 둘째 사제, 자네가 참게나! 이 불쌍한 사형을 죽여서 자네에게 남는 게 무어 있겠나! 내게는 처자식이 있단 말일세."

'처자식! 처자식! 처자식!'

순간 울컥한 둘째의 뇌리로 얼마 전 가시버시(부부)가 되기로 물레방앗간에서 새끼손가락을 걸었던 최씨 댁 셋째딸이 떠올랐다.

이번에 한몫 단단히 잡으면 깐깐한 최씨 늙은이의 눈을 피해 야반도주라도 하려 했다. 그리하여 언젠가는 중원을 떠나 아비, 어미에게 들었던 동쪽 땅으로 가려 했는데……

그런데 이미 처자식까지 가진 주제에 그것을 무기 삼아 기세 좋게 떠들고 있는 대사형을 보자 둘째는 더욱 울화가 치밀어 올랐다.

'내 저 망할 바보 녀석을 그냥!'

'이런, 그냥 놔뒀다간 다시 달려들겠다!'

표정이 심상찮아진 둘째의 손목을 얼른 부여잡은 셋째가 평소의 순후한 얼굴을 어벙하게 바꾸고 있는 대사형에게 소리쳤다.

"그러니, 대사형! 빨리 나머지 황금 오십 냥을 어찌했는지에 대해 말하시오!"

"그, 그래."

사제들을 불러 모을 때의 위풍당당함은 어다다 팔아먹었는지 대사형이 더듬거리며 얘기를 늘어놓기 시작했다.

＊　　　＊　　　＊

당대 풍뢰문의 대제자이자 총관이며 재정을 몽땅 맡고 있는 서른다섯 왕대보(王大寶)는 고민에 빠져 있었다.

방금 전 절강성(浙江省), 아니, 중원을 통틀어 가장 악독하기로 소문난 금산전장에서 빌린 황금 백 냥 중 절반을 날린 것이다.

이 당시 황금 한 냥은 은자 열 냥과 맞먹었다. 그리고 은자 한 냥에 쌀 세 가마를 살 수 있으니 한순간의 실수로 왕대보가 날린 건······.

"허연 백미로 천오백 가마인가······?"

가히 웬만한 부호나 호족(豪族)이 아니고서는 꿈도 꾸지 못할 액수였다.

손가락이 떨리는 바람에 한참 주판알을 튕기고서야 비로소 계산을 해낸 왕대보의 입에서 한숨이 물밀듯 흘러나왔다.

그렇지 않아도 사부의 오랜 병치레로 인해 풍뢰문의 재정은 벌써부터 말이 아니었다. 사제들에게 말은 못했지만 거의 파탄 지경이나 다름없었다.

그동안 맡고 있던 기업들 대부분이 등을 돌린 채 사례비를 내지 않는 상태였고 표행(鏢行) 등으로 사제들이 벌어오는 돈은 한계가 있었던 것이다.

그런데 얼마 남지 않는 논밭과 풍뢰문이 세워진 부지를 몽땅 걸고 빌린 황금 백 냥이 반토막이 되었으니 왕대보의 입에서 한숨이 새어 나오지 않을 수 없었다.

재정을 맡고 있는 입장에서 잘해보려 했다는 말은 필요없었다. 어떻게 해서든 사부님이 건강을 회복하기 전에 자신이 저지른 실수를 만회해야만 했다. 애지중지했던 장문제자를 가차없이 내치던 날의 사부를 생각하면 소름이 돋는 것이다.

하여 며칠간의 고심 끝에 왕대보가 선택한 건 소금 장사였다.

이 당시 소금은 화약(火藥)과 더불어 국가에서 엄격히 관리하는 품목 중 하나였다.

관(官)을 통하지 않고선 소금 거래 자체를 할 수 없었고 정식으로 인정받은 소금 거래에는 높은 세금이 부과되곤 했다.

당연히 시중에 유통되는 소금의 가격은 턱없이 비싸 일반 서민들은 밀거래된 소금을 쓸 수밖에 없었다.

밀거래된 소금의 유통은 관의 추격을 피해야 하니 그만큼 위험했지만 일반적인 소금 값과는 비교할 수 없을 만큼 가격이 저렴했던 것이다.

그렇다고 해도 찾는 이가 많았기 때문에 이익이 많이 남는 건 자명한 사실인지라 왕대보는 나머지 황금 오십 냥을 기반으로 소금을 밀거래할 생각을 한 것이다.

그 같은 판단에는 왕대보 자신이 앓아 누운 사부를 제외하곤 당대 풍뢰문의 제일고수란 자부심이 깔려 있었다.

소금의 밀거래란 매우 은밀하게 이뤄지고 그만큼 위험했다. 사제들이 밥벌이하는 표행과는 비할 바가 아니었다.

하지만 왕대보는 풍뢰문 제일의 고수인 자신이라면 충분히 난관을 극복하고 소금 밀거래를 성공할 수 있으리라 생각한 것이다.

―그래서 이루어진 최초의 외출!

사부의 손에 붙잡혀 풍뢰문에 들어선 후 처음으로 풍뢰문이 있는 절강성을 떠난 왕대보가 향한 곳은 강소성(江蘇省)이었다.

강소성은 황금보다 귀하다는 암염(巖鹽)이 채굴되는 몇 안 되는 곳이었는데 일반 소금 대신 그것을 몰래 들여와 한몫 잡으려는 속셈이었다.

물론 그 몇 안 되는 곳 중에서 암염의 가격이 가장 싼 곳은 사천성(四川省)이었다. 지리적으로 고립된 탓에 밀거래가 쉬운 까닭이었다.

하지만 사부의 건강이 위태위태한 상황이었다. 오랫동안 문파를 비울 수 없는 왕대보로선 지리적으로 절강성과 경계를 맞대고 있는 강소성이 최선의 선택이었다.

그러나 무림 초출이나 마찬가지인 왕대보에게 강호(江湖)는 사뭇 비정했으니 문파를 떠난 그 순간부터 왕대보의 고난은 시작됐다.

마방(馬房)에서 시중가보다 훨씬 비싸게 말을 산 거라든지 하는 일마다 바가지를 쓴 건 그저 웃어넘길 만한 일이었다.

사흘을 내리 달려 도착한 태호(太湖)에서는 흉악한 수적(水賊)을 만났고 만나는 무림인마다 흑도(黑道)의 인물이 아니면 사파(邪派)의 마두들이었다.

때문에 온갖 굴욕적인 일을 당해가며 겨우 강소성 제일의 염효(鹽梟: 소금을 밀매하는 흑도의 우두머리)라는 대두귀(大頭鬼)를 만났을 때 왕대보는 눈물을 글썽이지 않을 수 없었다.

비록 그와 만나기 위해 은자를 물 쓰듯 써야 했지만 거래만 성사된다면 충분히 금산전장에 진 빚을 갚을 수 있다고 생각한 것이다.

하지만 설상가상이랄까?

강소성 제일의 염효이자 흑도문파 중 대문파라 할 수 있는 거경방(巨鯨幇)의 방주 대두귀에게는 한 가지 철칙이 있었다.

아무리 많은 이익이 남는 거래라 해도 상대를 보고 결정한다는 것인데 위험이 따르는 장사를 하는 사람의 특성상 그것은 당연한 일이었다.

주변 관부에 꼬박꼬박 상납을 하고 있다곤 하지만 소금 밀거래는 어디까지나 불법이었고 그만큼 위험한 장사였다.

혹여 관부에 꼬리를 밟혔을 때를 대비하여 사지(四肢)가 끊어져도 입을 열지 않을 사람이란 믿음이 없다면 거래할 수 없는 것이다.

하여 오 척 단구에 커다란 머리를 한 대두귀를 만나자마자 왕대보는 다짜고짜 두들겨 맞아야 했다.

느닷없이 다리를 걸어오는 장창(長槍)을 피하지 못하고 쓰러진 틈에 수십 개나 되는 몽둥이가 그의 온몸을 난타했다.

그것은 보통 흑도에서 무공을 지닌 무림인을 상대할 때 자주 사용하는 방법으로 조금만 강호 경험이 있는 자라면 쉽사리 피할 수 있는 수법이었다.

맨처음의 창질만 주의한다면 재빨리 신형을 뒤로 뽑아내어 두 번째 습격을 사전에 예방할 수 있었다.

그런데 왕대보는 첫 번째 습격조차 피하지 못한 것이니 그를 상대하기 위해 다섯 가지나 계책을 마련해 났던 대두귀가 눈살을 찌푸리며 투덜거렸다.

"이런 빌어먹을 일이 있나! 나 대두귀와 거래를 트겠다고 나섰길래 제법 한가락 하는 흑도 고수인 줄 알았더니……."

벌써 두 눈으로 눈물을 펑펑 쏟고 있던 왕대보가 울부짖으며 말했다.

"어르신, 어르신! 이놈이 뭘 잘못했다고 이러시오!"

"네가 뭘 잘못했냐고?"

"예, 이놈은 그저……."

"그저 나 대두귀와 거래를 해서 한밑천 잡고 싶었을 뿐이라는 말이렷다!"

어둠 속에 드리워진 한줄기 동아줄이었을 것이다. 대두귀가 자신의 말을 받아주자 왕대보가 허겁거리며 고개를 끄떡였다.

"예, 예, 바로 그렇습니다. 이놈은……."

퍼억!

기세 좋게 왕대보의 입을 걷어차 말문을 막은 대두귀가 입가에 비릿한 미소를 담고 말했다.

"이놈아! 이 어리석은 녀석아! 네놈의 꼴을 보아라!"

"……."

"그래도 칼밥을 먹는 무림인인 주제에 눈물도 헤프구나! 어찌 나 대두귀가 너같이 근성도 없는 녀석과 거래를 트겠느냐?"

말과 함께 신형을 돌린 대두귀가 냉혹하게 소리쳤다.

"저놈의 뼈마디를 부순 후 땅속에 묻어버려라!"

"예잇!"

일제히 대답한 사내들의 목소리와 함께 왕대보는 정신을 잃어야 했다. 잠시 멈췄던 구타가 몇 배나 심해진 것이다.

대사형 왕대보의 말을 듣는 동안 둘째와 셋째의 얼굴은 처참할 정도로 일그러져 있었다.

그들 역시 무공을 익히고 주변의 기업을 관리하느라 풍뢰문으로부터 그리 멀리 나간 일이 없는 터였다.

그래서 내심 사문의 무공이 그리 고강하지 않다는 건 알고 있었지만 대사형이 흑도의 삼류잡배들에게마저 두들겨 맞았다는 사실은 믿을 수 없었던 것이다.

그런 둘째와 셋째의 심정을 충분히 짐작한다는 듯 고개를 끄떡여 보인 왕대보가 말을 이었다.

"정신을 차려보니 땅속이더군. 내가 숨이 끊어진 줄 알고 땅속에 파묻은 모양이야. 그래서 죽기살기로 내공을 운기해서 땅을 파고 나와 사문까지 도망왔다네. 사부님이 전해주신 내공 덕분에 한목숨 건진 것이지."

"그, 그렇다면……."

"하아, 어찌 흑도의 도적들이 내 몸을 수색하지 않았겠는가! 이미 모두 도둑맞아 수중엔 한 푼도 남아 있지 않았다네."

"컥!"

충격 중에서도 입을 열었던 둘째의 목에서 가래 끓는 소리가 났다. 황금 백 냥, 그러니까 풍뢰문의 모든 재산이 날아간 충격이 내는 소리였다.

그러나 왕대보가 저지른 일은 거기에서 그치지 않았다. 또다시 금산전장에서 은자를 빌려 이것저것 사업을 해보려다 모두 실패했다는 것이다.

어느새 두 눈에 눈물을 가득 담은 왕대보가 그리하여 빚이 총 황금 이백 냥으로 늘었다고 하자 자리를 지키고 있던 사제들 모두가 뒤로 엉덩방아를 찧었다.

그리고 여기저기서 터져 나오기 시작한 흐느낌.

이미 날아간 황금 때문이 아니었다. 사업에 실패할 때마다 왕대보가 겪은 참담함 때문이었다.

표행을 따라다니며 자신들이 겪었던 참담함을 대사형이 똑같이 겪었다고 말하자 사문에 대한 수치와 분노가 동시에 폭발한 것이다.

"크흐흑……."

"어허헝……."

삽시간에 울음바다가 된 풍뢰문의 대청에서 역시 목소리에 눈물이 가득 고인 둘째가 소리쳤다.

"대, 대사형, 그래서 이젠 어찌하자는 말이오! 문파를 빚더미에 올려 놨으니 무슨 대책을 세웠을 게 아니오!"

"그, 그건……."

누구 하나 입을 열지 않았다. 하지만 하나같이 모여든 시선은 왕대 보를 향하고 있었으니…….

자신에게로 향해진 사제들의 시선을 바라보며 몇 차례나 얼굴을 변 색하던 왕대보가 두 눈에 고였던 눈물을 슥슥 닦아내곤 기운 빠진 목 소리로 말했다.

"그러니 어찌하겠는가?"

"……."

"나는 풍뢰문의 제일고수라 자부하면서도 강호의 무뢰배들조차 감 당할 수 없었네. 그리고 문파의 전답과 기업은 몽땅 넘어갔으니……."

잠시 목이 메이는지 말을 멈췄던 왕대보가 아랫입술을 피가 나도록 깨물고 말했다.

"이제 풍뢰문은 끝… 났네. 후일 저승에서 사부님께는 이 대사형이 울며 아뢸 테니 금산전장에서 득달같이 달려들기 전에 사제들은 챙길 수 있는 건 몽땅 챙겨서 이곳을 뜨거나."

"그게 무슨 말도 안 되는……."

왈칵 목소리를 높였던 셋째의 목소리가 잦아들었다.

대사형 왕대보의 말이 끝나기만을 기다렸다는 듯 벌떡 신형을 일으킨 둘째를 쫓아 사제들이 민활하게 움직였다.

　언제 눈물을 흘렸냐는 듯 벌겋게 달아오른 얼굴들을 하고서 물건을 쓸어 담고 있었다.

　그리고 이러다간 자신의 몫조차 남지 않겠다는 생각에 셋째 역시 허겁지겁 움직이기 시작했으니…….

　다음날이 되자 풍뢰문은 말 그대로 폐허가 되고 말았다. 천 년을 이어온 하나의 문파가 제자들의 합의 하에 그렇게 문을 닫은 것이다.

제3장 무지막지(無知莫知)하게 가자

삐이걱. 삐이걱.

오늘도 태호(太湖)를 가로질러 노를 젓는 뱃사공의 손짓은 바쁘기만 하다.

가진 재주가 노 젓기밖에 없는 그로선 해가 지기까지 손님을 실어 날라야만 입에 풀칠이라도 할 수 있어서였다.

호수가 있으니 고기라도 잡아 입에 풀칠할 수 있지 않겠냐고 누가 묻는다면 누런 이를 내밀며 '사람이 고기만 먹고 살 수 있간데요?' 라 말할 것이 분명했다.

한참을 노를 저으니 벌써 건너 나루에 각양각색의 사람들이 옹기종 기 모여 있었다.

오늘도 밥벌이에 이상없다는 사실을 확인한 뱃사공의 황토색 얼굴 에 미소가 떠올랐다.

그의 뇌리로 집에서 기다리고 있을 여우 같은 마누라와 토끼 같은 자식들이 떠오르고 있었다.

그래서 더욱 바빠진 양손의 움직임!

평생을 거친 풍랑을 이겨내며 노를 저은 탓에 뱃사공의 양쪽 팔뚝은 검붉은 근육이 탄탄했다.

천혜의 양식을 제공하는 대신 태호는 사람들의 어깨에 그만큼의 짐을 얹어주는 배려도 아끼지 않은 때문이다.

그렇게 태호가 얹어준 짐의 무게로 만들어진 양팔의 근육을 한껏 혹사시키길 반 시진(1시간)가량?

뱃사공의 능숙한 솜씨를 따라 배가 나루에 닿자 무료한 표정으로 이 곳저곳에 진을 치고 있던 사람들 중 일단의 무리가 우르르 배 위로 뛰어올랐다.

뱃사공이 얼핏 훑어보니 등짐을 짊어진 장사치와 그를 에워싼 몇 명의 표사들이었다.

나룻배의 크기가 그리 크지 않으니 먼저 자리를 선점하려는 속셈이 분명했다. 여차하다 일행이 한꺼번에 배에 오르지 못하면 태호를 건널 수 없기 때문이었다.

물론 그들을 바라보는 사람들의 시선이 고울 리 없었다. 다들 오랫동안 배를 기다리고 있었는데 눈을 뜬 채 명백한 새치기를 당한 것이다.

하지만 그저 곱지 않은 시선을 던질 뿐 몸을 일으켰던 사람들 중 대부분이 다시 엉덩이를 본래 있었던 자리에 가져다 댔다.

아무리 한 번 가면 몇 시진은 족히 걸리는 나룻배라 해도 허리나 등판에 흉험해 보이는 장검이나 대도를 매달고 있는 자들과 같은 배를 타려는 사람은 없는 것이다.

때문에 울상이 된 사람은 뱃사공이었다.

이곳에 모인 사람들 중 대부분은 태호를 거쳐 천하에서 가장 놀기 좋다는 동쪽의 소주(蘇州)로 갈 터였다.

절강성(浙江省)과 강소성(江蘇省)에 걸쳐 있는 이곳 태호로 들어선 사람들의 대부분이 장사가 목적이 아니면 놀러 가는 탓이었다.

그런데 하루를 꼬박 배를 띄워야 겨우 두 차례 태호를 왕복할 수 있는 상황에 손님이 반으로 준 것이다.

―휭하니 비어 있는 배의 한쪽 귀퉁이.

벙어리 냉가슴을 앓게 된 뱃사공이 내심 한숨을 터뜨릴 뿐 장대를 밀어 배를 움직이려 하지 않자 표사들이 이구동성으로 소리쳤다.

"어이, 사공! 더 이상 탈 사람이 없는 것 같은데 빨리 출발하잖고 뭘 하는가!"

"그래그래! 우리는 바쁜 몸이라구! 사흘 후까지 소주에 도착하지 않으면 곤란하단 말야!"

"아무렴! 소주에 들러 최고급 죽엽청(竹葉靑)에 기녀를 끼고 걸판지게 놀자면 한시가 급하구말구!"

실로 뱃사공의 찢어지는 심경쯤 아랑곳않는 파렴치한 지껄임이요 태도였다.

뒤쪽에서 모른 체 고개를 돌리고 있는 장사치든 개기름이 번질거리는 얼굴을 한 표사들이든 뱃사공이 비척거리며 출발하지 않는 까닭을 모를 리 없었다.

요컨대 너희들 때문에 피해를 봤으니 뱃삯을 두 배쯤 얹혀 달라는 무언의 시위인데 그 점에 대해선 일언반구도 언급하지 않는 것이다.

'째째하고 더러운 놈들! 후레자식에 후레자식인 녀석들!'

결국 속으로 몰래 욕설을 퍼붓는 것이 뱃사공이 취한 복수의 전부였다. 동서고금을 막론하고 어느 때든 법보다 주먹이 앞서는 게 세상의 이치인 까닭이었다.

마음이 괴롭다 하여 보기만 해도 오금이 저릴 흉포한 표정을 짓고 있는 표사들에게 승선을 거부할 배짱이 순진한 뱃사공에겐 없었다.

'하는 수 없지.'

볼이 퉁퉁 부은 뱃사공이 장대를 밀어 배를 움직이려는데 뒤쪽의 그늘에 몸을 기대고 있던 서생 하나가 슬쩍 몸을 일으켜 나루로 걸어왔다.

"이보오, 사공양반, 바람은 남(南)에서 왔다가 동(東)으로 가는데 그 배가 가는 곳이 어디요?"

서생의 말투는 고아하고 풍취가 있었다. 대충 무식한 자가 듣기에도 문자를 씹어서 되새김질하고 먹물을 갈아 마시는 천성이란 생각이 들 정도였다.

하지만 본래 이곳은 물의 고장이라 불리는 강소성(江蘇省)에서도 절경이라 불리는 태호였다. 주변의 경관은 빼어나고 물은 맑아 고래로부터 수많은 시인묵객이 몰려들곤 했다.

그런 곳에 풍월(風月)을 읊고 풍류(風流)를 아는 자가 한 명쯤 나타난 것이 그리 대수로운 일은 아니었다.

그저 손님 하나가 늘지도 모른다는 생각에 희색을 띠었을 뿐 어느새 사람들 사이를 유유자적 통과한 서생에게 대꾸하는 뱃사공의 목소리는 평소와 다름없었다.

"이 배는 동쪽으로 갑니다만……."

"동쪽이라, 그렇다면 바람이 이 사람을 제대로 데려온 것 같소이다."

말과 함께 펄쩍 뛰어 배 위로 성큼 올라선 서생이 손에 들고 있던 부채를 활짝 펼쳤다.

촤라락!

소리도 시원하니 펼쳐진 부채에 그려진 건 기경의 산봉(山峰)이었고 옆의 한구석에 적혀 있는 건 태화찬(太華讚)이었다.

말 그대로 오악(五岳) 중 하나인 화산(華山)의 빼어난 아름다움을 노래하는 시구로 기경의 산봉은 화산일 게 분명했으니 주인인 서생과 참으로 잘 어울렸다.

멀리서 말을 걸었을 때까지만 해도 몰랐는데 배 위에 오른 서생이 입고 있는 것은 눈이 부실 정도의 백의(白衣)였고 얼굴은 귀티가 흐르는 미안(美顏)이었다.

혹여 나이가 과년한 처자라면 반쯤 넋을 잃었을 자태요 모습이었다.

그러나 이미 태호에서 닳고 닳은 뱃사공은 당연히 과년한 처자가 아니었다.

문득 딴생각이 든 그가 넌지시 입을 열었다.

"손님, 소주로 여행이라도 가시는 겁니까?"

뱃사공의 목소리가 다소 높았기 때문이다. 배에 오르자마자 비어 있는 자리에 엉덩이를 붙였던 서생이 빙그레 미소 지었다.

"하핫, 하늘 위에 극락이 있고 땅 위에는 소주와 항주(杭州)가 있다지요? 하지만 이 사람은 소주에 볼일이 있는 것이 아니라 이곳 태호에 볼일이 있어 왔습니다."

"예, 예, 소인이 멍청하기는 하나 소주나 항주가 천상(天上)과 같다는 소리는 익히 들었습죠. 하지만 가보지 못했으니 그곳이 어떠한지 알 도리는 없습니다만 이곳 태호는 제법 압니다."

"하하, 그거 잘됐소이다. 이 사람은 사공만 믿을 테니 많은 지도편달을 바라오."

말과 함께 서생이 은량 하나를 던져 주자 그것을 냉큼 받아 든 뱃사공의 얼굴로 희색이 떠올랐다.

기껏해야 한 사람에 동전 다섯 개가 뱃삯인데 말 한마디로 동전 백 개의 값어치가 있는 은량을 받는 횡재를 한 것이다.

그러자 애초부터 서생의 모양새를 뚫어지게 쳐다보고 있던 표사들이 바짝 긴장했던 얼굴을 느긋하게 풀며 잡고 있던 칼자루에서 손을 뗐다.

굳이 허여멀건한 계란형의 얼굴을 주목하지 않더라도 서생은 검을 휘두르기엔 한참이나 부족해 뵈는 가느다란 손목과 호리호리한 몸매를 지니고 있었다.

보통 외가의 무공을 익힌 자들이 보이는 패도적인 기세는커녕 어느 한 군데 무공을 익힌 흔적이라곤 찾아볼래야 찾아볼 수가 없는 모습이었다.

그런데다 제법 풍월을 읊는 모습에 걸맞게 뱃사공에게 시원스레 돈을 쓰는 모습을 보이니 영락없는 부잣집 귀동이의 모습인지라 마음을 놓은 것이다.

자연 의심을 푼 표사들이 다시 소리를 질러댔고 뱃사공이 못 이기는 척 수중의 장대를 밀어냈다. 아니, 내려던 찰나였다.

일진의 황운(黃雲)과 함께 나루에 나타난 한 사내가 벌써 이삼 장쯤 밀려난 뱃전으로 망설임없이 뛰어올랐다.

휘청!

그저 십여 명쯤 실어 나를 수 있는 조각배였다. 일견하기에도 덩치가 육 척(180센티)은 족히 되어 보이는 사내가 뛰어오르자 크게 요동 치는 건 당연했다.

우당탕!

뱃전에서 한바탕 크게 구른 장사치의 생쥐 같은 얼굴이 붉게 달아올랐다.

백면서생조차 얼른 뱃전을 잡고 균형을 잃지 않았는데 창피를 당하자 마음이 크게 언짢아지지 않을 수 없었다.

그래도 천생이 장사꾼인지 아무 소리 않고 제자리를 찾아가는 생쥐 얼굴을 대신하여 얼굴에 턱수염이 가득한 텁석부리 표사가 눈알을 부라리며 소리쳤다.

"이놈아, 이미 출발한 배에 그리 무식하게 올라타는 녀석이 어딨느냐!"

뱃전에 착지한 그대로 털썩 주저앉았던 사내가 그제야 몸을 일으키며 퉁명스레 대답했다.

"미안하게 됐수다."

"……."

사내가 자신의 예상보다 꽤나 건장한 체격을 지닌 탓이었다. 잠시 주춤했던 텁석부리가 조금 작아진 목소리로 다시 말했다.

"우리 측 사람이 배 위를 굴렀는데 말로만 미안하다면 다가 아니잖느냐!"

"왜? 내게 보상이라도 바라는 거요?"

"그, 그건……."

사내의 목소리는 자체에 깊은 울림이 있어 듣는 이로 하여금 묘한 기분이 들게 했다. 거기다 흐트러진 긴 머리카락 사이로 언뜻 내비치는 담담한 눈동자에 차가움까지.

자신도 모르게 말을 더듬던 텁석부리의 얼굴이 일순 고약해졌다.

이삼 장이란 거리를 펄쩍 뛰어 건넌 걸로 보아 눈앞의 장발사내는 전혀 무공을 모르는 자 같지 않았다. 텁석부리 자신과 같은 강호인이란 뜻이다.

그렇다 해도 무공을 익힌 자에게 그 정도 경공은 그리 대수로운 것이 아니었다.

강호에서 벌써 십수 년을 굴러먹은 텁석부리가 장발사내에게 쫄 이유는 전혀 없었다.

그런데도 불구하고 초장부터 장발사내에게 기선을 제압당해 말까지 더듬거렸으니 텁석부리로선 망신도 이만저만한 망신이 아니었다.

벌써부터 이번에 처음으로 자신의 뒤를 쫓아온 신출내기 표사 두 놈의 비웃음 어린 히히덕거림이 귓전을 간지르는 듯했다.

'제길, 어쩔 수 없군.'

텁석부리가 독한 표정을 하고서 허리춤에 매달린 장검을 빼 들려는데 장발사내가 갑자기 고개를 꾸벅하고 숙여 보였다.

"어쨌든 나 때문에 그쪽 사람이 낭패를 당했으니 미안하게 됐시다."

"……."

"하지만 보아하니 표행길인 듯싶은데 아무한테나 검을 빼 들어서 뭘 어쩌려는지 모르겠소."

'윽!'

참으로 절묘한 순간에 내뱉어진 절묘한 말이랄까.

텁석부리는 검자루를 잡은 채 일시 멍청한 표정이 됐다. 먼저 사과를 하고 나섰으니 검을 빼 들 명분을 잃었고 그 뒤에 이어진 충고에도 쉽사리 화를 낼 수 없었던 것이다.

결국 텁석부리의 입에서 '끄응' 하는 신음이 흘러나왔으나 장발사내는 이미 더 이상 그를 상대하지 않고 있었다.

고개를 돌린 장발사내가 삽시간에 험악해진 분위기에 어깨를 벌벌 떨고 있는 뱃사공에게 무심히 질문했다.

"이 배가 태호 동쪽으로 가는 게 맞지요?"

"……."

장발사내의 행색은 과히 좋은 편이 아니었다. 아니, 굳이 얘기하자면 꽤나 나쁜 편에 속했다.

걸친 옷이라야 소매가 절반밖에 남아 있지 않은 땀내 물씬한 청의 경장인데다 그마나 이곳저곳 기운 흔적이 완연했다.

기껏해야 위에 걸치는 옷이라곤 두어 벌에 불과한 뱃사공 자신이 입고 있는 옷과 비교하더라도 그리 차이가 나지 않는 모습이었다.

그렇지만 어쨌든 덤으로 받게 된 손님이다.

설마 하니 저만한 건장한 체격과 눈빛을 지닌 사람이 구리 동전 다섯 개가 없으랴.

내심 염두를 굴린 뱃사공이 잠시의 침묵을 깨고 어색한 웃음을 흘렸다.

"헤헤, 그렇습지요. 이 배는 태호 동쪽으로 가는 것이 맞습니다."

"그럼 내가 바로 찾아왔군."

쿵!

말을 끝낸 장발사내가 여전히 꽤나 자리가 많이 비어 있는 뱃전 구석에 몸을 기댔다.

여전히 자신을 노려보는 일을 끝내지 않고 있던 텁석부리 따윈 벌써 잊어버린 듯한 모습이었다.

그러자 상대조차 하지 않으려는 자에게 홀로 열을 낼 수만은 없는 일.

이빨을 갈아붙이면서도 텁석부리는 결국 씨근덕거리는 얼굴 그대로 제자리에 눌러앉고 말았다.

경험 많은 표사답게 물 위에서 장발사내와 드잡이질을 하긴 적절치 못하다는 판단 하에 승부를 뒤로 물린 것이다.

출렁이는 물결 위로 찾아든 정적.

이리저리 눈알을 굴리며 두 명의 흉포한 사내들을 훔쳐보고 있던 뱃사공은 평소보다 더욱 열심히 노를 저었고 호반 위의 바람은 폐부를 시원하게 했다.

그것은 그만큼 뱃사공의 노 젓는 솜씨가 탁월한 탓인데 그저 흘러가는 구름만을 바라보고 있던 백의서생의 입가가 가늘게 비틀렸다.

'호오, 오른쪽 소맷자락에 황금 새가 수놓아져 있는 걸로 보아 저들은 절강성 제일을 자처하는 금조표국(金鳥鏢局)의 표사들이 분명하다. 한 사람은 두 마리, 나머지 두 사람은 한 마리씩 수놓아져 있는 걸로 보아 삼급의 표행이렷다. 그런데 어찌 금조표국의 당당한 쌍조표사가 되어가지고 일개 낭인 한 사람에게 겁을 먹었을까?

휘청이던 뱃전의 요동. 굳이 돌아보지 않더라도 장발사내의 무공이 별 볼일 없다는 걸 백의서생은 알 수 있었다.

그래서 돌아보지도 않고 신경도 기울이지 않았는데 방금 전의 시비에서 텁석부리 표사가 뒤로 물러서자 일시 호기심이 일었다.

그도 그럴 것이 금조표국, 그리고 삼급의 표행! 방금 백의서생의 뇌까림에 등장한 사실들은 꽤나 그럴듯했다.

고래로 절강성은 강남의 주요 교통로로써 주변의 성들로 물자를 운반하고 운반받는 운송업이 발달해 있었다.

주변의 성들이 모두 곡창지대나 차(茶)의 주요 생산지가 아니면 물자를 물 쓰듯 하는 대도시들인 탓이다.

때문에 그런 환경에서 물건을 안전하게 운반하는 표국업이 발달한 건 자연의 섭리로 춘하추동(春夏秋冬)이 생기는 것과 같은 이치라 할 만했다.

그렇기에 필연적으로 벌어진 일이랄까.

강남의 부(富)를 모두 거머쥐고 있다는 금산상회(金山商會)의 산하인 금산표국(金山鏢局)이 절강성에 들어선 지도 벌써 삼 년이 지나고 있었다.

당연히 금산상회의 넘치는 재력과 힘을 바탕으로 지금쯤 절강성은 물론이거니와 강남 전체의 표행을 장악했어야 했다.

문어발같이 사업을 확장하고 아귀(餓鬼)처럼 돈을 먹어치우는 금산상회의 위세를 막을 상회가 최소한 강남에는 존재하지 않는 까닭이다.

그런데 놀랍게도 일이 그렇질 못했다. 절강성 토박이로 시작하여 오랫동안 신용을 쌓아왔던 금조표국의 존재 때문이었다.

본래 금조표국은 명조(明朝)의 여명기에 홍무제(洪武帝) 주원장(朱元璋)과 천하를 놓고 다퉜던 한왕(韓王)의 후예들을 자처했다.

명 제국을 일으킨 후 강남 지역에 박해를 가했던 명조에 반발하는 강남의 민심을 잡기 위함이었다.

그리고 그런 지역 감정에 대한 호소는 실효를 거둬 금조표국의 지칠 줄 모르는 저력―우리가 남이가!―은 금산상회 수뇌부들의 눈가에 주름을 만들었다.

지금까지 단 한 차례도 무너지지 않았던 금산일등주의(金山一等主義)의 기치가 그들의 눈앞에서 땅에 떨어진 채 처참히 짓밟히기 직전에 이른 것이다.

그러니 하나의 고기를 차지하기 위한 피 튀기는 알력은 피할 수 없는 일.

지난 삼 년여간의 치열한 암투로 인해 절강성은 금산상회의 가장 중요한 거점이 되고 말았다.

금산표국을 실질적으로 밀고 있던 금산상회 삼대거상 중 한 명인 악덕상인(惡德商人) 막문위(莫文魏)가 본인의 주력 기업인 금산전장을 절강성에 배치시킨 것이다.

그러나 금산전장을 기반으로 수없이 많은 재력과 물력을 쏟아 부었는데도 절강성의 민심은 요지부동(搖之不動), 금조표국만을 지지했다.

지역 감정을 떠나서 금산표국처럼 어떠한 표물이라도 친절과 봉사로써 일관하지는 않았으나 일급에서 오급까지로 나눠진 표물들이 항시 목적지에 안전히 도착했다. 그러니 굳이 굴러들어 온 돌로 바꿀 까닭은 없었던 것이다.

그만큼 과거 천하를 쟁패했던 한왕의 후예를 자처하며 각기 소매 끝에 수놓아진 금조의 숫자로 서열을 정하는 금조표사들은 무식하고 강하기로 정평이 나 있었다.

그러니 감히 강남제일이라 불리는 금산상회의 거력 앞에서 태연히 콧구멍을 후비고 있는 금조표국의 쌍조표사가 싸움에서 뒤로 물러선 건 사건이라면 사건이랄 수 있었다.

한 명의 쌍조표사에 두 명의 일조표사이니 은자 천 냥 이하인 삼급의 표행일 게 분명했다.

표물의 안전을 운운할 만한 계제가 아니었다.

표행에 싸움조차 없으면 심심하다는 취지 하에 표국의 깃발조차 세우지 않는 전통을 지닌 금조표사들이 걸어오는 싸움을 피할 까닭이 없다는 말이다.

그런데도 불구하고 싸움은 벌어지지 않았으니…….

'이상하군, 이상해……. 혹시 저 장발사내에겐 뭔가 내가 알지 못하는 특별한 부분이 있는 것인가?

요모조모로 생각을 기울이던 백의서생은 할 수 없이 부채로 가린 시선을 넘실거리는 태호의 물결로부터 떼어냈다.

자신과 달리 그다지 옷에 때가 묻는 걸 두려워하지 않는 자세로 뱃전에 주저앉아 있는 장발사내를 살피기 위함이었다.

어차피 태호를 건너는 동안 할 일도 없으니 지금은 알 수 없는 그의 특별한 점을 찾아내며 소일할 생각이었다.

한편 긴 머리로 눈앞을 가린 장발사내의 입가엔 지금 가벼운 한숨이 매달려 있었다.

얼굴을 온통 가린 앞머리 때문에 남에겐 보이지 않지만 꽤나 정신적으로 무방비 상태인 얼굴이었다.

아까부터 백의서생이나 금조표국의 텁석부리와는 사뭇 다른 시선으로 그를 살피던 뱃사공이 염려스런 표정으로 배의 속력을 늦췄을 정도였다.

딴에는 그가 배멀미가 나는 것을 참느라 얼굴이 그리 된 거라 착각한 것이리라.

하나 장발사내의 얼굴이 그리 된 것은 배멀미 때문이 아니었고 통방울만한 눈알을 연신 부라리고 있는 텁석부리의 생각처럼 그에게 겁을 집어먹은 건 더욱 아니었다.

그는 오 년간의 수련을 끝마치고 봄이 되어 무명산에서 내려온 담우소였다.

한시라도 빨리 사부님을 뵙고 싶은 마음에 전력으로 풍뢰문으로 달려갔는데 그때 받은 정신적 충격 때문에 아직 정상적인 상황 판단을 내리지 못하는 상태였다.

얼마나 정신적인 충격이 컸냐 하면 소주로 향하고 있는 지금까지도 항시 머리를 묶고 있던 새끼줄을 그는 품속에 넣어둔 채였다.

손재주가 없기로 소문난 사부가 무사는 항상 머리가 단정해야 한다며 손수 꼬아서 내어준 사부의 선물을 말이다.

그러니 지금 담우소의 정신 상태가 얼마만큼 심각하게 망가져 있는지는 굳이 설명할 필요가 없었다. 누구라도 건드리면 폭발하기 직전이라 할 만했다.

그러나 현실은 냉엄한 법!

마른하늘의 날벼락처럼 자신의 어깨로 떨어져 내린 묵직한 짐의 무게에 문득 정신이 돌아온 담우소가 내심 부르짖었다.

'담우소야, 담우소야! 지난 오 년간의 수행이 참으로 덧없구나! 어찌 일이 뜻대로 되지 않았다 하여 이리 경망되이 굴 수 있단 말이냐! 비록 사부님의 존안을 뵙고 파문을 풀지 못한 것이 한탄스럽기는 하나 앞으로 네겐 해야 할 일이 산더미처럼 남아 있지 않느냐?'

실로 절절한 삶의 질곡이 담겨 있는 뇌까림이었다. 그러나 여전히 사부의 새끼줄은 품속에서 빠져나오지 못했고 그런 담우소가 내심 고개를 흔들어 보이고 있을 때였다.

갑자기 한쪽으로 크게 건들거린 나룻배가 거칠게 요동 쳤다.

기우뚱!

일시 동상이몽(同床異夢)에 빠져 있던 나룻배 위의 사람들의 안색이 대변했다.

지금껏 출렁이는 물살 위를 매끄럽게 저어가던 뱃사공의 솜씨 좋은 손놀림이었기에 이번의 요동은 더욱 심상치 않았다.

'이런?'

안색이 대변한 사람들 중 가장 나중이었을 것이다. 바닥을 뒹굴며 바둥거리고 있던 시선을 들어 올리던 담우소의 고개가 외로 꼬인 채 기울어졌다.

남 못지않은 어깨 너머, 약동하던 두 팔의 근육을 온통 후둘거리고 있는 뱃사공의 한참 너머로 모습을 드러낸 용두선(龍頭船)이 담우소의 시선을 잡아끌었다.

그만큼 물살을 가르며 전면에 나타난 용두선을 특징 짓는 용의 대가리는 꽤나 거창한 모습을 하고 있었다.

일반적으로 배의 앞머리를 장식하는 거북이나 보잘것없는 용두가 아니었다. 늠름한 뿔을 양 갈래로 내뻗고 목을 길게 내빼고 있는 모습 조차 우아한 용두였다.

그러니만치 그만한 위용을 지닌 용두를 들이밀며 나타난 선박이 범상할 리 없었다.

　바다나 강과는 달리 움직일 수 있는 영역이 뻔한 호수에서 그들이 유명하지 않을 수 없다는 뜻이다.

　과연 벌써부터 수중에 검이며 도를 빼 든 채 흉흉한 표정이 된 금조 표사들을 향해 뱃사공이 쩔쩔매는 소리를 냈다.

　"어이쿠! 무사님들, 안 됩니다요!"

　"안 된다고? 어째서?"

　"저기 나타난 용두선은 태호를 장악하고 있는 장사님들이 타신 배입 니다요. 함부로 칼을 빼 들어선……."

　퍽!

　"어이쿠, 나 죽네!"

　잡고 있던 장대를 놓치고 나뒹군 뱃사공 앞으로 다가선 금조표사의 입에서 살벌한 목소리가 흘러나왔다.

　"이놈! 우리가 누군지 알고 그 따위 소리를 하는 것이냐!"

　"무, 무사님들이 누구신데요?"

　"우리는 위대한……."

　수중의 장검을 이리저리 돌려보고 있던 텁석부리가 말을 막고 나섰 다.

　"어이, 신참! 그 주둥이 닥치고 뒤로 물러나라!"

　"예? 하지만……."

　"맞고 물러날래 그냥 물러날래?"

　"젠장할! 맞기 전에 물러나겠수."

　투덜대며 신참 표사가 뒤로 물러나자 텁석부리가 땅바닥에 쓰러져 있던 뱃사공을 번쩍 일으켜 세웠다.

"가, 감사합니다요, 무사님. 한데……."

"나는 금조표국의 표사다. 더 맞기 싫으면 너도 주둥이 닥치고 한쪽에 찌그러져 있거라!"

"끄윽! 그, 금조표… 딸꾹! 딸꾹!"

성질 더럽기로 표국계에 소문이 자자한 것이 금조표사들이었다.

한번 성질이 나면 손님이고 나발이고 전혀 상관을 두지 않고 싸움박질에 가담하는 족속들이었다.

그런 자들 중에서도 가장 웃대가리인 텁석부리가 살벌한 목소리를 내니 뱃사공으로서는 더 이상 뱃사공 안전 수칙을 읊을 수 없었다.

뱃사공 안전 수칙을 능가하는 초법적인 수칙! 바로 인상 더러운 녀석의 기분이 안 좋을 경우 입 닥치고 있는다가 발동한 것이다.

'여, 여우 같은 마누라와 토끼 같은 자식들을 위해서라도 나는 살아야 한다!'

내심의 울부짖음과 동시에 틀어막힌 입술.

뱃사공이 얼른 텁석부리의 충고대로 고개를 뱃전에 파묻고 침묵 속으로 자신을 함몰시켰다. 태호의 수적들도 무섭고 자신의 눈앞에서 흉포하게 뱃전에 칼질을 해대는 자들 또한 귀신처럼 무서운 것이다.

하니 그것으로 이미 일이 좋게 해결되긴 글러 보였다.

저런 용두의 위용은 차치하고서라도 이만한 호수나 강에 터전을 뒀다면 제법 한가락 하는 녹림도들임에 분명했다.

당연히 단숨에 달려들어 전형적이고 흉악스런 웃음과 함께 약탈을 벌여야 하건만 용두선은 쉽사리 다가들지 않고 있었다.

대충 모습을 드러내고서 압박을 가해 통행세 정도 뜯어먹고 사라지려는 모양새랄까?

한마디로 말해 순진무구(純眞無垢)하고 건실한 수적선의 모습이었다.

그러니 뱃사공의 말마따나 검이나 칼을 집어넣고 얌전히 통행세나 바치면 무사할 일이었다. 힘들고 위험하게 피를 흘리며 싸울 필요가 없는 일인 것이다.

하지만 불행히도 나룻배에 올라타고 있는 이들은 금조표국의 표사들이었고 그들은 실패해 봤자 별로 타격이 크지 않은 삼급의 표물을 보호하고 있었다.

"저, 저기……."

"안 됩니다."

"아, 아니, 그래도……."

"안 됩니다."

"그, 그렇지만……."

"아, 이 자식아! 안 된다고 했잖아!"

"그……."

"한마디만 더 하면 확 물속에 집어넣어 버린다!"

"……."

금조표국에 표물의 보호를 부탁하는 우(愚)를 범한 쥐상의 상인이 재빨리 뱃사공 옆으로 달려갔다. 노련한 상인답게 이와 같은 일의 끝을 누구보다 잘 아는 것이다.

그러자 통행세를 주자 하는 고객의 청을 매몰차게 거절한 텁석부리가 후배 표사들의 열광적인 환호성을 들으며 흉포한 목소리로 소리쳤다.

"이 빌어먹을 수적놈들아! 도적들 주제에 용머리 한번 요란하구나! 이 몸은 절강제일이라 불리는 금조표국의 임창배(林昌配)라 한다! 내 여기에서 꼼짝 않고 있을 테니 어디 용기가 있거들랑 덤벼봐라!"

"그래, 우리는 천하무적 금조표사닷!"

"우와아! 싸움이다!"

참으로 막무가내(莫無可奈)한 모습이요 외침이었다.

이미 자신의 배가 남의 손에 운명을 맡기게 됐다는 사실을 직감한 뱃사공과 두 눈을 질끈 감고 있던 상인의 입에서 천지신명을 찾는 소리가 쏟아져 나왔다.

입뿐 아니라 양쪽 귀마저 막고 있다지만 임창배의 굉량한 목소리를 듣지 못할 리 만무한 것이다.

그리고 임창배의 부르짖음을 들은 건 그들뿐이 아닌지라 오늘도 선량하게 생업에 종사하려던 수적들이 꼭지가 돌아 용두선에서 뛰어내리기 시작했다.

첨벙! 첨벙! 첨벙!

개중에서도 성미가 급한 녀석들이었을 것이다. 온갖 모양새를 다 발휘하며 물속으로 뛰어든 수적 중 몇 놈이 나룻배로 접근한 건 일수유도 지나기 전이었다.

그리고 유유히 나룻배의 주변을 유영하기 시작한 수적들의 우아한 자맥질과 시위를 보라!

신참들을 데리고 배 위에서 드잡이질하는 것을 피하기 위해 담우소와 대적하지 않는 용의주도함을 보였던 임창배는 그제야 아차하는 얼굴이 됐다.

보면 볼수록 사람을 열받게 하는 모습이랄까.

담우소의 묘하게 사람을 무시하는 듯한 눈빛에 이즈음에서 임창배는 가지고 있던 인내심을 몽땅 소모한 상태였다.

그래서 자신들의 눈앞에 떡하니 배를 세우곤 거들먹거리는 수적들에게 호호탕탕 소리를 치기는 쳤는데…….

'젠장할, 앞으로의 일이 난감하군.'

임창배는 육지에서라면 웬만한 얼치기패쯤 십여 명이든 스무 명이든 홀로 감당할 자신이 있었다. 그리고 신참 표사들도 몇 놈쯤 묵사발 내는 건 일도 아닐 터였다.

실제로 과거 일급의 표물을 건드렸던 녹림 산채 몇 곳을 몰살하고 불태운 이력이 금조표사들에겐 자랑처럼 떠돌고 있는 것이다.

하지만 이곳은 수적들의 놀이터였다. 사방팔방이 온통 출렁이는 푸른 물밖엔 보이지 않는 곳이었다.

이런 열악한 환경 속에서 이제 너댓 번밖에 표행을 나서보지 못한 두 명의 신참을 데리고 싸운다는 건 싸움에 미친 임창배로서도 난감한 일이었다.

도산검림이라 불리는 강호무림으로 나온 터에 힘에 부쳐 싸움에서 진다면야 더 이상 할 말이 없겠지만 싸워보지도 못하고 진다는 건 참을 수 없는 일이었다.

때문이었을까? 여전히 눈앞에서 무슨 일이 일어나는지 전혀 관심이 없다는 얼굴을 하고 있는 자.

백의서생을 한차례 쳐다보고 인상을 왕창 쓴 임창배의 시선이 슬쩍 담우소를 향했다. 백의서생과는 달리 한가락쯤 할 것 같은 그와 연합을 모색하기 위함이었다.

그러자 임창배의 눈빛이 너무도 노골적이었는지 슬쩍 눈을 맞춘 담우소가 언제 침울한 표정을 짓고 있었냐는 듯 히죽이 웃어 보였다.

"왜 그리 사람 얼굴을 빤히 쳐다보는 것이오?"

"그, 그게……."

"혹시 나더러 한 팔의 힘을 거들어달라는 부탁을 하려는 것은 아니겠지요?"

참으로 얄미운 말이다. 급박한 상황이 눈에 잡힐 듯한데 능글맞게도 말을 한다고 임창배는 생각했다.

일이야 어찌 됐든 먼저 얄미운 담우소의 안면에 자신의 주먹을 한 방 꽂아 넣고 보자는 유혹이 물밀듯 밀려오는 걸 참기란 무척 힘든 일이었다.

그러나 임창배의 그런 내심을 읽기라도 한 것일까?

또다시 피식 웃어 보인 담우소는 칼을 입에 문 채 뒤에서 튀어 올라온 수적의 머리를 잡아 가볍게 비틀어주며 말했다.

"뭐, 일이 급하게 됐으니 계산은 나중에 따로 하도록 합시다."

"계, 계산?"

임창배의 질문은 끔찍한 비명 소리와 함께 물보라 속으로 사라졌다.

"끄아악!"

풍덩!

성급히 나섰다가 앞으로 유려한 창가(唱歌:노래)를 부르긴 그르게 된 목의 형태가 된 수적의 입에서 터져 나온 비명이었다. 그리고 그것은 혼전을 부추겼다.

끼익! 끽! 끼익!

수맥질로 주변을 돌며 호시탐탐 기회를 엿보고 있던 수적들이 나룻배의 뱃전을 붙잡고 일제히 무임 승선했다.

이와 같은 일이 생활화되었다는 걸 보여주듯 조금의 망설임이나 죄책감이 엿보이지 않는 모습들이었다.

그러나 다른 방면으로 이와 같은 일이 생활화되어 있는 건 그들뿐이
아니었다.

역시 자신들의 맡은 바 본분에 충실하고자 금조표사들이 소리없이
움직였다.

퍽!

"아이구!"

퍽!

"에구!"

퍽!

"캐액!"

자맥질로 먹고 사는 수적들의 멋부림이 낳은 비극이었다. 옆구리나
다리춤에 비끄러매 두면 될 단검을 굳이 입에 물고 자맥질을 한 것까
지는 좋았다.

하지만 그것을 습격하는 순간에야 기세 좋게 입에서 뱉어냈으니 문
제가 되지 않을 수 없었다. 물고 있던 단검을 뱉어내던 수적들 중 몇의
아구창이 반대 편으로 날아간 것이다.

담우소의 눈짓과 확실한 대응책에 고무된 금조표사들의 멋진 각법(脚
法)과 퇴법(腿法)의 회오리가 만든 개가였다.

그러나 멋에 살고 멋에 죽는 자가 있다면 개중에는 실리를 추구하며
남의 뒤통수를 노리는 현명하고 약삭빠른 자들도 있었다.

앞서 덤벼들었던 동료들이야 죽든 말든 간에 물속에 잠수한 채 돌아
가는 상황을 지켜보고 있던 몇 명의 수적이 동료의 희생을 발판 삼아
달려들 때였다.

발길질에 당했던 놈들 중 다시 물속에서 머리를 내미는 자들을 향해

맹렬한 칼질을 해대는 금조표사들과 달리 담우소는 재빨리 한 팔을 물속에 담그고 몇 차례 휘저었다.

그것은 고기를 낚기 위해 미끼를 던지는 강태공(姜太公)의 모습과 같았는데 그렇게 아무렇게나 휘저어지던 손이 활짝 펴진 순간이었다.

파앗!

알 수 없는 기운이 담우소의 손끝을 따라 태호의 물살을 진동시켰다. 그리고 그렇게 시작된 진동은 곧 격렬한 파랑으로 변했다. 아니, 그것은 파랑 따위가 아니었다.

자맥질로만 따진다면 태호 밑바닥의 물고기들과도 충분히 경쟁을 벌일 만하던 수적들이 일시 물살에 휘말려 수면 위로 치솟아올랐을 정도인 것이다.

그러니 이런 초자연적인 사건 앞에서 평범한 약탈 생활을 영위하던 수적들의 입에서 비명이 터져 나오는 건 당연하다면 당연하달까?

"으아악!"

"어머니!"

"자기야!"

폐부를 울리는 찢어지는 듯한 비명성이었다.

지금껏 뱃전의 한쪽에서 자라 흉내를 내며 천지신명을 찾고 있던 뱃사공이나 상인과 진배없는 모습, 그리고 그들이 내심 부르짖고 있던 말들과 대동소이한 음성이었다.

한마디로 절체절명의 위기에 직면하여 피할 수 없는 공포와 당혹감에 사로잡힌 채 한없이 작아진 인간들의 절규성이 태호에 울려 퍼진 것이다.

챙그랑!

금조표사 중 한 명이 수중의 장검을 떨어뜨렸다.

방금 전까지 전심전력으로 상대하고 있던 수적들의 모습. 그러니까 모두 배를 앞으로 내민 채 수면 위로 두둥실 떠오른 수적들의 충격적인 모습이 일으킨 사건이었다.

하지만 어쨌거나 무사가 목숨이나 마찬가지인 장검을 떨어뜨린 것에 어줍잖은 변명이 통할 리 없었다.

"비, 빌어먹을!"

동료 표사들의 차가운 눈빛에 얼굴을 붉힌 그가 허겁지겁 검을 집어들 때였다.

처음의 일격을 제외하곤 완벽하리만치 주변인이 되어 있던 자.

어느 틈에 꺼냈는지 수중의 새끼줄로 재빨리 머리를 질끈 동여맨 담우소가 바람처럼 나룻배에서 뛰어내렸다.

퍽!

"끄억!"

가장 체중이 많이 실렸을 첫 발에 남자의 은밀한 곳을 밟힌 수적의 두 눈이 뒤집혔다.

필시 두 개 중 하나가 깨진 게 분명했다. 그 수적의 부인에게 미안할 만도 하건만 담우소는 조금의 머뭇거림도 없이 재차 신형을 날렸고,

퍽! 퍽! 퍽! 퍽!

연신 깨져 나가는 고통의 소리를 뒤로하고 담우소의 신형이 무지막지(無知莫知)한 기세로 물 위를 가로지르며 다가들고 있던 용두선으로 달려갔다.

제4장 지당문(地堂門)의 고수

용두선은 나룻배와 같지 않았다.

크기가 달랐고 높이 역시 마찬가지다. 물 위를 질풍같이 가로질러 용두선의 옆구리에 도달한 담우소에게 그것이 큰 부담으로 다가온 건 물론이다.

파파팍!

이 장이나 되는 높이 때문이었다. 배의 선체 중 하물을 박차고 뛰어오른 담우소는 전력으로 오른손을 뻗어서야 간신히 용두선의 난간을 붙잡을 수 있었다.

바둥바둥…….

이미 꽤나 멀리 떨어진 나룻배에서 보자면 억지로 매달린 채 떨어지지 않기 위해 발버둥 치는 모습과 하등 다른 점이 없어 보이는 모습이었다.

그러나 그쯤 전혀 신경 쓰지 않는 듯 몇 번의 바둥거림 끝에 얻은 탄력을 이용해 담우소는 신형을 크게 회전시켰고 단숨에 갑판 위로 뛰어올랐다.

타탁!

그렇게 용두선의 갑판과 최초로 조우하게 된 그를 환영하기 위해 두 개의 쇠꼬챙이가 득달같이 파고들었다.

처음부터 엽기적인 담우소의 수상표(水上漂) 신법을 주목하고 있던 수적들의 소유가 분명한 것들이었다.

그러니 담우소가 용두선에 승선하자마자 양 옆구리에 바람 구멍이 날 위기에 봉착한 건 운명이라고 할밖에 도리가 없는 일이었다.

어떻게든 운명으로부터 도망가든지 반항하든지 둘 중 하나를 양자택일해야 할 상황이랄까?

당연히 아직 앞날이 창창한 젊음과 성격상의 이유를 들어 전자보다는 후자 쪽을 과감하게 선택한 담우소가 순간적으로 갑판 위에 주저앉으며 쌍수를 좌우로 휘저었다.

우둑! 우두둑!

각기 쇠꼬챙이를 쥐고 있던 완골(腕骨) 중 한곳과 지골(指骨)의 너댓 군데가 부러져 나가는 소리였다.

당연히 귓전을 울리는 처절한 비명은 기본이었다.

단 세 걸음 만에 두 사람의 뼈마디 중 절반가량을 반대로 꺾어놓은 담우소가 입꼬리를 가볍게 치켜 보였다.

"안녕들하시오! 날씨도 화창하고 바람도 선선한데 장사를 방해해서 미안하외다."

이미 땅바닥을 뒹굴고 있는 두 수적들의 못난 모양새 때문이었다.

선뜻 담우소 앞으로 달려들지 못하고 있던 갑판 위의 수적들 중 하나가 이빨을 갈았다.

"으드득, 네가 누구의 장사를 방해한 것인지 알기는 아는 것이냐!"

"거야⋯⋯."

말을 끝까지 내뱉지는 않았지만 담우소의 뒷말을 갑판 위의 수적들은 모두 알아들을 수 있었다. 그의 히죽거리는 상판만으로도 말 따위는 필요가 없었다.

그러자 그것이 더욱 큰 분노를 부채질하였다. 처음 입을 열었던 자가 어깨를 부들거리며 다시 소리쳤다.

"그렇다면 우리가 태호의 녹림도라는 것도 알고 있다는 말이렷다!"

긁적!

뒤통수를 한차례 긁어 보인 담우소가 하늘을 바라보며 딴소리를 내뱉었다.

"아아, 날씨가 좋은 줄 알았는데 그렇지도 않은가? 어째 밤이 되면 비가 떨어질지도 모르겠는걸."

"이놈! 우리 태호의 형제들 앞에서 어찌⋯⋯."

분명 태호녹림도의 위대성을 읊으려 했을 것이다. 그래서 눈앞의 겁 없는 애송이를 바른길로 선도하려는 의도였을 것이다.

그러나 애석하게도 눈앞의 애송이는 겁이 없을 뿐더러 말귀도 어두운 특이한 성격을 지니고 있었다.

갑판 위에 몰려 있는 십여 명을 훌쩍 넘어서는 숫자상 절대적 우위를 점하고 있는 수적들의 기세등등한 모습에 전혀 쫄는 기색이 없었다.

게다가 오히려 그들의 노화를 부채질이라도 하려는 듯 특유의 사람을 열받게 만드는 웃음을 지어 보이니!

산전수전을 몽땅 겪은 쌍조표사 임창배를 그토록 열받게 했던 미소를 다시 입가에 배어 문 채 담우소는 바람처럼 갑판 위를 내달리기 시작했다.

글줄깨나 읽었음을 자랑하려는 자들이 앵무새처럼 지껄이곤 하는 병법서의 구절 중 '최선의 방어는 공격'이라는 합당한 병법을 몸소 실천할 마음을 먹은 것이다.

"크악!"

"캐액!"

"어이쿠!"

자신들의 설득이 실패했다는 걸 깨닫기도 전에 수적들 중 몇이 나뒹굴었다. 가장 앞선에 서 있던 자들 중 몇이 뼈가 부러지는 치도곤을 당한 것이다.

"마, 막아라!"

뒤늦게 터져 나온 외침은 공허했다. 마치 산책이라도 나온 듯 담우소는 이리저리 신형을 날렸다. 그리고 그의 손과 발이 번쩍일 때마다 온갖 종류의 뼈 부러지는 소리가 진동했다.

우둑! 둑!

우둑! 우둑!

양손에서 정신없이 움직이던 단검이나 쇠꼬챙이를 다시는 휘두를 수 없게 된 소리였다. 그리고 거기에는 다시는 자맥질을 하지 못하게 될 소리도 포함되어 있었다.

뒤늦게 병기를 뽑으려던 자는 손가락이 몽땅 발바닥에 찍혀 부러졌고 쇠꼬챙이를 휘두르던 자는 두 개의 다리와 두 팔에 끼어 온몸의 관절이 몽땅 부러졌다.

게다가 뒤이어 터져 나온 신음과 아우성!

놀랍게도 거기에는 처음부터 시끄럽게 설교를 늘어놓고 있던 수적의 목소리는 포함되어 있지 않았다.

세 명의 정강이 뼈를 박살 낸 후 기쾌하게 휘둘러진 다리의 회전을 그는 억지로 몸을 뒤로 뒹굴어 피해낸 것이다.

"어?"

아마도 자신의 일격이 실패한 것에 대한 놀라움이었을 것이다. 더이상 그의 뒤를 쫓지 않고 오히려 한 걸음 뒤로 물러선 담우소가 눈살을 찌푸리며 말했다.

"험하게 장사하는 분들치고 뼈마디들이 생각만큼 여물지 않구려. 어떻습니까? 지금도 이 사람의 앞을 막고서 장사판을 계속 벌일 생각이요?"

참으로 안하무인이요 얼토당토않은 발언이었다.

무단으로 남의 배에 옮겨 탄 것도 부족해서 사람을 사정없이 두들겨 팼다.

의당 무릎 꿇고 엎드려 사과를 하고 빌어도 시원치 않은데 담우소는 협박에 가까운 말을 늘어놓고 있었다.

당연히 거절과 동시에 갑판 위를 뒹굴고 있는 동료들의 복수를 결행하는 것이 전통있는 수적으로서의 도리였다.

평소처럼 하등의 문제가 없는 장사를 방해하는 담우소 같은 불순 세력은 가차없이 응징을 가해야만 앞으로의 삶이 윤택할 수 있었다.

하지만 나려타곤(懶驢打滾:게으른 나귀가 뒹굴다)에 가까운 동작으로 몇 바퀴나 갑판 위를 굴러 담우소와의 간격을 벌인 수적은 전혀 그럴 마음이 없는 얼굴을 하고 있었다.

멋지게 신형을 일으키고 어깨를 활짝 편 것까지는 좋았는데 얼굴에는 단연코 겁을 집어먹은 기색이 완연했다.

백 보 양보하더라도 눈앞의 담우소와는 절대로 대적하고 싶지 않다는 강한 의지가 엿보이는 얼굴을 하고 있었다.

'후, 실력에 비해 겁이 많군.'

담우소는 바보가 아니었다. 눈앞의 수적사내가 얼굴에 담고 있는 간절한 희구를 모른 척할 수 없었다.

긁적!

이곳에서의 볼일은 다 봤다는 생각을 했다. 버릇처럼 뒤통수를 긁적이곤 신형을 돌리려던 담우소의 머리카락이 순간 격렬하게 나부꼈다.

휘익!

본능적으로 위험한 낌새를 느끼자마자 발걸음을 엇박자로 움직여 세 걸음이나 옆으로 물러선 담우소의 안색이 가볍게 변했다.

아까까지 비굴한 얼굴에 어울리지 않게 가슴을 활짝 펴고 있던 수적사내가 어느 틈에 공세를 취하곤 다시 나려타곤을 펼치고 있었다.

'하하, 하지만 피할 공세도 없는데 일부러 나려타곤을 펼칠 리 없지!'

내심 고소를 터뜨린 담우소가 오히려 다시 다섯 걸음을 뒤로 후퇴한 후에야 두 손을 모아 포권했다.

"이거이거 몰라봐서 죄송하외다. 하지만 어찌 산서(山西) 지당문(地堂門)의 문하가 땅을 떠나 녹림에 투신하셨소?"

여전히 나려타곤, 아니, 산서 지당문의 비전절기 중 하나인 지당권(地堂拳)의 기수식(起手式) 자세를 풀지 않은 채 수적사내가 거칠게 응대했다.

"어찌 네가 지당문을 아는 것이냐?"

동료들을 모조리 개장 휴업 상태로 만든 것보다도 대번에 자신의 사문을 알아맞춘 일이 더욱 놀랍다는 반응이었다.

그도 그럴 것이, 말이 좋아 산서 지당문이지 무림의 어느 누구도 지당문의 앞에 산서성을 입에 담지는 않았다.

산서성이 비록 유명한 구파일방(九派一幇) 하나 없다지만 지당문을 대표로 내세운다는 건 말이 안 된다고 생각할 게 뻔한 것이다.

그것은 그만큼 지당문이 특별히 무림 중에 명성을 드날리지 못했다는 걸 의미했는데 대뜸 수적사내의 문파를 알아본 담우소는 마음이 착잡했다.

그가 지당문의 비전절기를 알아본 건 다름이 아니라 사부인 풍뢰문주의 엄중한 가르침 덕분이었다.

지난 백여 년간 각종 영웅대회나 비무대회에서 풍뢰문의 제자가 항시 맞붙곤 했던 상대는 바로 지당문을 비롯한 몇몇의 삼류문파들이었다.

아주 재수없는 경우가 아니라면 소위 명문이라 불리는 일류문파의 제자와 예선부터 맞붙는 일은 무척 드물었기 때문이다.

그런데 귀에 못이 박힐 정도로 기괴하고 고강하여 상대하기가 무척 까다롭다 들었던 지당문의 제자를 이런 곳에서 만난 것이다.

의당 문파의 명예를 걸고 전력을 다해 싸워야 할 터인데 지금 담우소의 처지는 전혀 그럴 수가 없었다. 사문의 이름을 내걸고 승부를 낼 수 없는 파문제자인 까닭이었다.

때문에 여전히 갑판 위에서 일어설 생각을 않고 있는 지당문의 제자를 바라보는 담우소의 눈빛은 그리 달갑지 않았고 대꾸 또한 그런 내심을 반영했다.

"천하에 또 어떤 절세의 신공이 있어 땅바닥을 그리 뒹굴면서도 그렇게 빠른 이동을 보이겠소이까?"

"……."

"뭐, 처음에는 나도 어찌 수치도 모르고 나려타곤을 저리 계속 펼치고 있는가 착각하긴 했지만서도."

"하아, 역시 그런가?"

비꼬인 담우소의 대답 탓일까?

수적사내는 잠시 주변을 둘러봤다. 얼마 전까지만 해도 하루를 뜻깊게 보내자며 음담패설(淫談悖說)을 주고받던 동료들이 갑판 위를 나뒹굴고 있었다.

모두 담우소에게 두들겨 맞고 그렇게 되어 있었다.

그 모습이 너무나 경건한 탓이었다.

담우소가 추레하나마 옷깃을 여며 보이는데 이미 멈춰 있던 수적사내의 양팔과 양다리가 격렬한 회전을 일으키고 있었다.

파파파파파팟!

모든 것이 거꾸로였다. 주먹으로 때려야 할 곳을 물구나무 선 채 다리로 후려쳤고 다리로 공격해 들어가야 할 곳은 주먹으로 훑어왔다.

보통의 무림인이라면 상리를 벗어난 그 같은 공세를 당해내지 못하고 쩔쩔맬 수도 있을 만한 기괴무쌍한 연타였다.

천하에서 말하는 방문좌도(傍門左道)들이 표본으로 삼아도 될 정도였다.

하지만 담우소는 풍뢰문에서 수련할 당시 이미 지당문의 웬만한 절초는 모두 꿰뚫어 볼 수 있을 정도의 공부를 끝마친 상태였다.

연달아 파고드는 발차기와 주먹질을 적당히 막아내길 십여 차례. 담우소의 눈빛이 가볍게 반짝였다.

'동작이 자못 특이하다 했더니 지당권의 오대절초 중 하나인 역행권(逆行拳)의 동작이로군.'

내심의 중얼거림과 동시였다.

쾅! 쾅!

이리저리 피하던 중 발바닥으로 몇 차례 갑판을 내려친 담우소가 번개같이 왼발을 기이한 각도로 회전시켰다.

순간적으로 물구나무를 풀고 옆으로 구르던 수적사내의 목젖을 발끝으로 감아 올린 것이다.

그러자 과연 첫 번째 발차기와는 달랐다.

'파악' 하는 파열음과 함께 담우소의 왼발이 수적사내의 목젖을 휘감아 갑판 위로 내동댕이쳤다.

모르긴 몰라도 목뼈가 부러지지 않은 게 다행일 정도의 타격을 받았을 터였다.

하지만 풍뢰문과 항상 호적수를 이뤘던 지당문의 제자는 확실히 그저 그렇게 갑판 바닥을 뒹군 다른 수적 동료들과는 달랐다.

당장에 정신을 잃고 까무러칠 정도의 통증을 느꼈을 텐데도 그는 마치 뼈가 없는 연체동물처럼 움직였다.

어깨를 잔뜩 좁히더니 양 무릎으로 재빨리 가슴을 가렸다. 흡사 가시를 잔뜩 세운 고슴도치와도 같은 형상이었다.

"……."

지당문의 무공에 대해 익숙한 담우소로서도 일시 어안이 벙벙하지 않을 수 없는 모습이었다.

게다가 그렇게 고슴도치의 모양을 한 채로 수적사내는 갑판 위에서 빙그르 회전했다. 담우소가 무언가 반응을 보이기도 전에 그의 주변을 데굴데굴 굴러다니기 시작한 것이다.

데굴데굴…….

어느 모로 보든 방금 전까지 비굴함과 얍삽함을 생명으로 삼고 있던 녹림 수적의 모습은 어디에서도 찾아볼 수 없었다.

동작 자체는 웃기지만 수적사내의 한 동작 한 동작에는 삼엄함과 비장미가 넘치고 있었다.

그 모습은 기이하다 못해 괴상할 정도였다. 도무지 사리에 맞지 않은 모습이었다.

그러나 그렇기에 담우소는 마음이 흔쾌해지는 걸 금하지 못했다. 저 정도는 되어야 사부가 누누이 당부하던 진짜 지당문의 제자라는 생각이 들었다.

"좋구나!"

상대방이 전력으로 달려들고 있었다. 무시하던 마음을 완전히 지운 담우소가 이미 움직이고 있었다.

파파팍!

언뜻 떠올랐던 입가에 머금어졌던 미소가 사라지기도 전이었다. 갑판 위를 굴러다니던 수적사내와 똑같은 방향으로 담우소는 신형을 날렸다.

점차 영역을 넓혀가고 있는 수적사내의 움직임을 좁히려는 의도였다.

그러자 의도했던 대로 움직임의 영역이 좁아진 수적사내의 점차 격렬해지던 회전이 기어이 머리를 축으로 삼고 더욱 맹렬해지는 순간이었다.

우드득!

순간적으로 간격을 좁히고 파고든 담우소가 내뻗은 쌍수의 움직임이 멈춘 곳은 풍차 바퀴를 연상시킬 정도로 맹렬히 회전을 일으키던 수적사내의 발목 중 하나였다.

그리고 흡사 대장간에서 자주 볼 수 있는 꺾쇠 모양이 된 발목과 기다렸다는 듯 터져 나온 처절한 신음과 몸부림!

역행권의 기본이자 시작은 허리에서 등 쪽으로 이어지는 척추 부분이었다. 그 부분을 이용해서 허리를 뒤틀고 회전의 축을 머리까지 이을 수 있었다.

그런데 머리 돌리기—브레이크 댄스의 헤드스핀—가 절정에 오른 순간 수적사내는 타의에 의해 동작을 멈출 수밖에 없었다.

더 이상 회전을 할 수 없게 된 머리를 치켜 올리려던 수적사내의 얼굴이 더욱 심한 고통으로 일그러졌다.

마치 상대방의 고통을 즐기기라도 하려는 듯 잠시 여유를 두고 있던 담우소의 뒷다리에 걸린 목이 또다시 반대 편으로 꺾이고 있었다.

"커헉!"

지독히도 아팠을 것이다. 비록 내공이 담기지 않은 외공(外功)만의 발재간이라 해도 웬만한 나무를 뿌리채 뽑아내는 다리 휘감기였다.

마지막 순간에 사정을 둔 탓에 목뼈가 완전히 꺾이진 않았으되 피가래가 끓어오르는 건 당연했다.

"쿨럭, 쿨럭, 쿨럭……."

"이런, 벌써 끝난 건가?"

가슴이 터질 듯한 기침 속에서 흘러나온 말이었다. 물론 대답을 들으려는 의도는 전혀 들어 있지 않았다.

　과연 자신의 질문에 기척조차 느껴지지 않자 숨 한번 흐트리지 않고 갑판 위에 모여 있던 수적 중 마지막을 처리한 담우소가 수적사내 옆으로 털석 주저앉았다.

　"헉헉헉……."

　"아아, 그렇게 노려보지는 말고."

　"……."

　"그래서 어떻게 된 게요?"

　뭐든 이해한다는 투였다. 분한 마음에 두 눈을 부릅뜨고 있던 수적사내가 이빨을 갈며 말했다.

　"허헉, 헉……. 주, 죽여라!"

　"응?"

　"비, 비록 한때 잘못을 저지른 탓에 사문에서 쫓겨나 지금은 수적질이나 하는 처지가 되었으나 사문의 대명에 먹칠을 할 순 없다!"

　끓어오른 피가래 때문만은 아니었다. 수적사내의 목소리에는 격렬한 울림이 담겨 있었다. 그리고 그것이 바로 자신이 지당문의 사내에게만은 손속을 봐줬던 까닭임을 눈치 챈 것일 게다.

　담우소가 재빨리 시선을 하늘로 향했다.

　산을 내려와 사문인 풍뢰문에 들른 이래 툭하면 나타나는 증상. 코끝이 시큰한 것이 눈물 몇 방울이 맺힌 걸 그에게 보이고 싶지 않았다.

　"지당문에서 쫓겨났다고요?"

　"그래, 지금의 난 지당문의 제자가 아니다! 그러니 네, 네놈은 얼마든지 날 비웃거라!"

　수적사내의 목소리 속엔 울혈이 담겨 있었다. 무슨 잘못을 저질렀는지는 모르겠으되 사문인 지당문에서 쫓겨난 울분이 느껴지는 목소리였다.

그의 심정을 누구보다 공감하는 마음이 된 담우소가 또렷한 목소리로 말했다.

"그러니까 다시 한 번 정리하자면 당신은 지당문의 무공을 사용하긴 하지만 이미 파문되어 지당문의 제자가 아니라는 말이지요?"

"……."

직접적인 말을 듣고 보니 부끄러움이 더하는 듯 고개를 숙인 채 수적사내는 잠시 말을 잇지 못했다. 그러자 담우소가 한쪽 눈을 가볍게 찌푸려 보였다.

"아닌가?"

"아니다! 네놈의 말이 맞다!"

"……."

"군문(軍門)의 명문이라 할 수 있고 공명정대한 지당문의 제자가 어찌 강남에서 수적질을 하고 있겠느냐! 네놈 말대로 나는 사문에서 쫓겨나 타락할대로 타락한 파문제자이니, 너는 어서 내 얼굴에 침을 뱉거라!"

'역시 그랬군. 역시 그랬어!'

내심 고개를 끄덕인 담우소가 허리의 반동을 이용해 벌떡 신형을 일으키고는 하늘을 바라보며 대소했다.

"하하하하하……!"

"……."

"그렇게 인정을 하니 내 마음이 참 유쾌하군. 알겠소이다. 내 당장 당신을 관가에 넘긴 후 지당문까지 달려가서 당신이 한 행동을 낱낱이

고해바쳐 주겠소.”

갑자기 장신의 신형을 일으켜 세운 탓이었다.

담우소의 찰랑이는 긴 머리 뒤편으로 중천을 지나가기 시작한 태양 볕이 따가웠다.

얼핏 두 눈으로 파고든 햇살에 눈살을 찌푸리던 수적사내가 대경하여 소리쳤다.

“아, 아니, 여기서 지, 지당문이 어디라고 그곳까지 찾아간다는 말이요?”

“그야 산서성에 가면 찾을 수 있지 않을까?”

“그, 그럼 정말로……?”

이미 대답 따윈 바라지 않고 있었으리라.

크게 기지개를 켠 후 몸의 관절 몇 군데를 적당히 풀어준 담우소가 근처에 쓰러져 있는 수적들의 품 안을 뒤지며 밉살스레 말했다.

“그야 이만큼이나 되는 수적들을 관가에 넘기면 당연히 포상이 있을 것이고 지당문에는 불초한 파문제자의 행적을 고함으로써 그들에게 짐을 지우려는 갸륵한 의도가 아니겠소.”

“쿨럭!”

놀라움에 더해 분노가 치민 탓에 수적사내는 아까와는 비교도 할 수 없을 정도로 많은 피를 토해냈다.

그러나 벌써 대여섯 명이 넘게 동료들의 품 안을 뒤지고 있는 담우소의 모양새를 보라!

자신을 때려눕힌 사내는 은밀한 곳에 숨겨놨던 동료들의 고랑내 가득한 쌈지 은자마저 귀신같이 찾아내고 있었다.

백주대낮에 참으로 천인공노할 강도 행위를 저지르고 있는 것인데 전혀 양심의 가책을 느끼지 않는 듯 득의만만한 표정조차 숨기지 않고 있었다.

'저, 저놈은 능히 그러고도 남을 인간이닷!'

두려움에 찬 절규였다. 그리고 절규는 기적을 일으켰다. 온몸의 뼈마디 중 절반 정도가 덜그럭거리는 자신의 몸 상태도 아랑곳없이 수적사내가 신형을 날렸다.

철퍼덕!

당연한 일이었다. 일 장도 못 가 갑판 위에 얼굴을 처박는 꼴이 된 수적사내의 온몸이 잠시 동안 부들부들 떨릴 뿐 움직이지 않았다. 조금쯤 사정을 봐줬다 하나 담우소가 던진 두 번에 걸친 타격은 그리 만만한 게 아닌 것이다.

하지만 수적사내의 목숨을 건 노력이 전혀 소용없는 일은 아니었나 보다.

마침 마지막 수적의 호주머니를 턴 후 발길을 돌리려던 담우소가 뒤통수를 긁적이며 중얼거렸다.

"사후강직(死後强直:죽은 후 몸이 굳는 현상)인가?"

"아아……."

"응?"

슬쩍 쭈그러 앉은 채 담우소는 귀를 수적사내의 입가로 갖다 댔다. 그리고 그 행동이 의미하는 바를 알았음이리라.

"뿌드득!"

잇몸에서 피가 날 정도로 이빨을 갈아붙인 수적사내가 버럭 소리를 질렀다.

"안 돼!"

"어이쿠!"

재빨리 귀를 떼고 뒤로 물러선 담우소의 발치로 수적사내가 토해낸 피가래와 내장(內臟) 부스러기가 점점이 섞여 있었다. 전력으로 고함을 치느라 내상(內傷)마저 입은 게 분명했다.

하나 그런 일쯤 자신과는 전혀 상관없는 남의 일이라 생각한 듯 담우소의 태도는 냉정하기만 했다.

그는 강호의 뭇 협사들처럼 수적사내에게 달려들어 내공(內功)을 주입시킨다거나 '일단 몸을 안정시키시지요!' 따위의 말을 늘어놓지 않았다.

그저 냉연히 수적사내의 식식거리는 모습을 내려다보던 담우소가 짐짓 차갑게 말했다.

"그러면?"

"헉헉……."

"그러면 당신은 내게 뭘 해줄 수 있지요?"

"뭘……."

힘들게 담우소를 올려다보던 수적사내의 가슴이 '쿵!' 하고 내려 앉았다.

갑판을 가득 메우고 있던 동료들의 쌈지 은자를 몽땅 차지한 해상 강도! 담우소의 두 눈은 잔뜩 치켜떠진 채 이글이글 불타오르고 있었다.

영업을 끝낸 후 모두 모인 자리에서 이익금을 분배하는 동안 동료 수적들이 보이곤 하던 바로 그 눈빛을 지금 담우소는 몇 배나 더 그윽하게 내뿜고 있는 것이다.

'하지만, 하지만 한동안 우리 용두선의 형제들은 비상체제에 들어간 덕분에 유곽(遊廓)이나 기루(妓樓)에 가지 못했다. 그러니 꽤나 많은 은량을 거둬들였을 터인데 저 인간은 전혀 만족하지 못하고 있는 것인가?

수적사내는 한탄했다. 아무리 염두를 굴려보아도 담우소의 얼굴은 전형적인 돈귀신의 형상이었다. 앞의 행태만 보더라도 충분히 짐작할 수 있는 일이었다.

'어쩔 수 없지!'

자신들의 사업을 방해하고 압도적인 무력을 행사한 담우소의 본질을 파악한 수적사내가 부들거리는 손을 품속으로 집어넣었다.

최후로 남은 자신의 쌈지 은자를 털어주려는 생각이었다. 아무리 생각해 봐도 그 수밖엔 눈앞의 돈귀신을 막을 방도가 없다는 판단이었다.

그러나 이때 담우소의 고개가 좌우로 흔들렸다.

'왜?'

의혹에 가득한 눈빛을 던지는 수적사내를 향해 담우소가 빙그레 웃어 보였다.

"그건 당연한 거고, 뭔가 특별한 것이 없냐는 말이오."

"트, 특별한?"

"일 테면 저기 선실 안에 숨겨놓은 보물 같은 거 말이오."

"선실?"

담우소의 손가락이 자연스레 가리키고 있는 방향을 향해 고개를 돌리던 수적사내가 있는 힘껏 고개를 좌우로 흔들었다.

"없다! 없어! 보물 따위⋯⋯."

"정말?"

"지, 진짜다! 그런 게 있다면 어찌⋯⋯."

"어찌?"

"어찌 우리 같은 해적들이 처분하지 않았겠느냐!"

"그렇지만 그래도 혹시?"

"흥, 그렇게 궁금하면 들어가서 살펴봐라! 사내들의 고란내밖엔 맡을 것이 없을 것이다."

"아아, 역시 그런가? 시시하군, 시시해."

애석함을 가득 품은 한숨과 함께 재미없다는 얼굴이 된 담우소가 주섬주섬 허리춤에 감고 있던 걸 풀러냈다.

거무튀튀하면서도 왠지 끈질긴 생명력이 느껴지는 모양새를 하고 있는 그것은 포승줄이었다.

일반적인 나무 껍질 등을 이용해 만든 것이 아니라 실처럼 가느다란 정체불명의 것들이 수백 가닥도 넘게 꼬인 채 중간중간 매듭 지어진 특이한 모양이었다.

물론 그런 모양새가 크게 중요한 건 아니었다. 포승줄의 길이와 자신의 몸을 이리저리 대보며 눈살을 찌푸려 보이는 담우소의 모습이라니!

생존본능이 극대화된 수적사내는 포승줄의 용도와 활용 가치를 충분할 정도로 꿰뚫어 볼 수 있었다. 그리고 깨달음이 있으면 행동으로 실천해 보이는 것이 도리였다.

대화 중 냉소마저 터뜨려 대던 수적사내가 재빨리 담우소의 바짓가랑이를 붙잡고 늘어졌다.

"소협(小俠)!"

"소협?"

"아니, 대, 대협(大俠)! 살려주십시오."

참으로 무림인이라면 필수적으로 가져야만 될 절개며 명예를 몽땅 집어던진 모양새였다.

자칫 과거 지당문에서 절기를 연마하던 자가 아니라 녹림의 한심한 수적이라 착각할 만한 모습인 것이다.

'아참, 사실 이자는 본래 수적이었지.'

내심 고개를 끄떡이며 납득의 표정이 된 담우소가 위협용으로 풀었던 포승줄을 다시 허리에 감고는 생뚱맞게 말했다.

"그럼?"

"예?"

"슬슬 서로를 위해 좋은 방도를 강구하는 게 좋지 않을까 사료되는데요."

말의 뜻 그대로 이젠 슬슬 부는 게 어떻겠냐는 의중이 강하게 담겨 있는 목소리였다. 그리고 물론 눈빛 역시 마찬가지로 집요하게 반짝이고 있었다.

"대, 대협! 도, 도대체 뭘?"

"허참! 말귀 어두운 사람이군. 내 말은 가는 것이 있으면 오는 것이 있는 게 고금(古今)의 이치라는 말이오."

"그, 그것이……."

수적사내의 얼굴로 진땀이 흘러내렸다. 도무지 담우소의 의뭉스런 의중을 알 수 없었던 까닭이다. 그러자 짐짓 눈매를 사납게 만들었던 담우소가 한숨을 내쉬었다.

"아아, 됐소이다. 우선 급한 불부터 끄고 봅시다."

"아!"

한껏 비굴해진 얼굴을 하고서 목소리를 떨어 보이던 수적사내의 두 눈이 화등잔만해지고 말았다.

한숨과 동시에 땅바닥에 널브러져 있던 수적들의 옷깃을 찢어 온 담우소가 자신의 부러진 팔과 다리를 단단히 고정시키고 있는 것이다.

그것은 일명 병(病) 주고 약(藥) 준다는 말에 합당한 모습으로 지금껏 봤던 담우소의 행동과는 꽤나 거리가 먼 모습이었다.

몇 군데 더 뼈를 부러뜨리지 않기만을 기도하고 있던 수적사내로서는 의외의 행운이라 할 만했다.

그러나 수적사내야 의혹과 불신에 찬 얼굴로 몸을 떨든지 말든지 담우소는 응급 조치를 끝냈고, 갑자기 두 개의 콧구멍을 킁킁거리기 시작했다.

"……."

그 모습이 마치 견공(犬公)을 연상시켰다. 잠시 감격한 얼굴이 되어 있던 수적사내가 다시 불안한 얼굴이 되었다.

"저, 저기……."

"킁킁……."

"저, 저기 그게 무슨……?"

"쉿!"

손가락을 입에 갖다 댄 채 담우소는 냉철한 눈빛을 번뜩이며 갑판 위를 이리저리 배회했다.

방금 전 수적들의 주머니를 털 때와는 또다른 긴장감이 감도는 모습이었다.

그러자 그 모습이 워낙 박진감 넘쳐 수적사내는 말을 잃었고, 한 지점에 이르러 발길을 멈춘 담우소의 입가로 히죽 미소가 떠올랐다.

"여기군."

'여기?'

수적사내의 얼굴에 의혹이 떠오르기도 전이었다. 멈춰 선 자리에서 가볍게 갑판 바닥을 몇 차례 두드리던 담우소의 발끝이 강하게 바닥을 때렸다.

쾅!

그것은 체내의 기력을 일시에 발끝으로 방출시키는 진각(震脚)의 일종으로 풍천경의 발(發)자결이 운용된 것이었다.

그러나 중요한 점은 그러한 것이 아니었다.

대번에 박살이 나 내부를 훤히 드러낸 갑판 아래쪽에서 폐부를 시원하게 하는 내음이 뭉클거리며 솟아 나왔다.

주변에 쓰러진 채 정신을 잃고 있던 수적들 중 몇이 다시 정신을 차렸을 정도로 지독한 약향이었다.

하지만 그렇다고 해서 방금 전까지 다 죽어가던 자들이 펄펄하게 기력을 되찾을 리 만무했다.

그나마 정신을 잃고 있었을 때는 몰랐으되 정신을 차리자 손발이 부러져 나간 충격으로 인해 울부짖음에 가까운 신음 소리가 갑판 위를 진동했다.

어머니부터 남자 친구까지 참으로 복잡다단한 군상(群像)들의 이름이 속해 있는 부르짖음이었다.

그러거나 말거나 원념에 가득 찬 수적들의 부르짖음을 뒤로하고 담우소는 태연히 박살난 갑판 밑으로 들어갔다 나왔다.

이때 그의 손에는 하나의 패짝이 들려 있었는데 선향(仙香)이라 할 만한 향기는 바로 그곳에서 흘러나오고 있었다.

언제 담우소를 욕했냐는 듯 역시 견공과 흡사한 콧구멍 운동을 하고 있던 수적사내의 얼굴이 복잡해졌다.

"그, 그건……?"

"아아, 아마도 멀리 조선국(朝鮮國)에서 난다는 상등품의 인삼(人蔘)인 것 같은데 관가의 눈을 피해 몰래 밀무역되고 있는 것이었겠지?"

"허어!"

수적사내의 얼굴이 허탈하게 변했다. 그는 이래 봬도 이곳 용두선을 맡고 있는 자였다.

태호녹림도에 들어온 지는 얼마 되지 않았지만 그동안 많은 공적을 쌓아 인정을 받은 결과였다.

그런데 저만큼의 영약을 운반한다는 사실을 자신이 몰랐다니, 허탈한 기분을 금할 수 없었다.

곰곰이 생각해 보면 상부에서 한동안 장사를 하지 말라는 명이 내려왔던 데는 다 이유가 있었던 것이다.

그런데도 자신은 전혀 그러한 일에 대해 의문조차 품지 않았던 것이니 수적사내의 마음이 고통스러운 건 당연했다.

사문인 지당문에서 쫓겨났던 그는 낯설고 물 설은 강남의 녹림까지 오고서도 인정을 못 받고 겉도는 존재에 불과했다는 생각을 지울 수 없었다.

'빌어먹을, 빌어먹을, 빌어먹을······.'

수적사내는 울분과 굴욕감에 얼굴을 딱딱하게 굳혔다.

이즈음에선 상부에서 무척 귀중하게 생각하고 있을 물건을 빼앗기게 됐다는 생각쯤은 안중에도 들어오지 않았다.

사문에 이어 두 번째로 정을 붙였던 곳으로부터 배반당했다는 생각에 마음이 너무나 고통스러웠다.

그러거나 말거나 담우소는 자신의 일을 하기에 여념이 없었다.

자신에 의해 만들어진 한 무더기의 환자들을 힐끔 보고는 족히 육 년근은 되어 보이는 인삼 한 뿌리를 몇 토막 냈다.

그리고 그중 가장 큰 토막을 느닷없이 수적사내의 입에 쑤셔 넣고는 지나가듯 한마디를 던지는 것이다.

"세상에 태어나 잘못 한 가지 하지 않고 산다는 건 참 재미없지 않겠소? 사문의 명예를 지켜 세상에 명성을 떨치는 것도 좋고 관직에 올라 세상을 호령하는 것도 나쁘지 않지만 형장처럼 한세상 자유롭게 지내는 것도 나쁘진 않을 것이오."

"그, 그런……."

"아아, 그렇다고 울진 말라구. 그저 지당문과 원한을 맺기 싫어서 당신을 치료해 준 것뿐이니까."

말과 함께 담우소는 돌아섰고 수적사내의 혼탁하던 눈동자가 가늘게 파문을 일으켰다.

'대, 대협!'

물론 방금 전까지와는 달리 조금쯤 진심이 깃든 수적사내의 마음속 목소리는 담우소에게 전해지지 못했다.

단지 그의 파문 어린 눈동자만이 수적들의 입속에 억지로 인삼 조각을 우겨넣는 그의 모습을 투영할 뿐이었다.

그것이 저러다 숨이라도 막히면 어쩔까 싶을 정도로 무지막지하고 막무가내한 모습이라 할지라도.

"허어!"

임창배의 입에서 흘러나온 경탄성이었다. 물론 흘러나오자마자 재빨리 자취를 감추긴 하였지만 그의 입에서 흘러나온 건 사실이었다.

그도 그럴 것이, 물 위에 고개만을 깔딱거리며 떠오른 수적들의 즐거운 한때를 방해하지 않기 위해 참으로 힘들게 용두선에 도착한 금조 표사들은 기가 막혔다.

아무리 못해도 이십 명은 족히 넘어 보이는 수적들이 모두 갑판 위에 드러누워 있는 황당한 모습을 본 탓이었다.

하지만 그쯤으로 경험 많은 임창배의 입을 크게 벌려놓을 순 없었다.

임창배의 입을 벌려놓은 건 수적들을 꼼꼼히 치료하고 있는 담우소의 알다가도 모를 모양새였다.

분명 지들끼리 치고 박지 않았다면 이러한 상황을 만들어놓은 건 바로 담우소의 공이 지대할 터였다.

그런데 그런 주제에 치료를 한답시고 동분서주하고 있으니 기가 막히지 않을 수 없었던 것이다.

그렇다 해도 절대 못 간다고 울부짖던 뱃사공과 상인을 협박하던 목소리의 여운이 채 가시지 않은 상태였다.

낯이 뜨끈해지는 걸 애써 참으며 임창배가 입을 열었다.

"이게……."

"아아, 내 솜씨가 분명하오."

고개조차 돌리지 않고 튀어나온 대답이다. 처음 봤을 때와 똑같은 감정이 치밀어 올랐으나 임창배는 꾹 눌러 참고 말했다.

"험험, 그렇구려. 참으로 놀랄 만한 신위이외다."

"뭐, 별거 아닙니다. 처음으로 태호에 온 날 환대해 주겠다는데 마다할 까닭이 없지요."

"그렇구려. 그런데 한 가지 궁금한 것이 있는데……."

일단 임창배는 말꼬리를 흐렸다. 무언가 할 말이 있는데 곤란하다는 듯한 모습이었다.

원하는 대답을 듣기 위해 강호의 호수(好手)들이 하수(下手)들을 후릴 때 자주 사용하는 방법을 임창배는 사용한 것이다.

과연 그의 생각대로 담우소가 고개를 돌리자 잠시 고뇌에 찬 얼굴을 해 보이던 임창배가 기다렸다는 듯 말했다.

"저곳 물 위에 떠 있는 빌어먹을 수적 놈들이 어째서 저 모양 저 꼴이 된 건지 짐작 가는 바가 있소이까?"

짝!

"크헉!"

마지막이었다. 그리고 그만큼 격렬한 울부짖음이 터져 나왔다. 진득하니 마지막 수적의 치료를 끝낸 담우소가 치료가 잘 됐는지를 확실한 방법으로 확인한 것이다.

물론 당하는 사람 입장에서는 죽을 맛일 게 분명한 확인 방법의 엄격함은 처절한 비명과 허옇게 까뒤집힌 흰자위가 보증할 터였다.

그러나 그런 환자의 모양새쯤에 신경 쓸 것 같았으면 그런 치료법을 구사하지 않는 게 정상이었다.

후일 태호의 뭇 녹림도들 사이에서 회자될 공포의 뼈 맞추기를 끝낸 담우소가 순진한 얼굴을 임창배에게 돌려 보였다.

"그건……."

"무언가 특별한 독문의 무공이라도 사용하신 겁니까?"

히죽 웃어 보이는 임창배의 얼굴이 섬찟했다. 역시 경험의 차이란 무시할 수 없는 것이, 그렇게 패악스럽던 후배 표사들의 안색은 이미 하얗게 질려 있었다.

그만큼 주변에서 치료의 고통으로 괴성을 질러대고 있는 자들의 모습이 목불인견(目不忍見)임을 반증하는 모습들이었다.

그런데 임창배는 담우소를 향해 태연자약하게 웃어 보이고 있는 것이다. 생각대로 눈앞의 텁석부리 표사가 보통이 아니란 생각을 되새기며 담우소가 역시 입가에 웃음을 배어 물었다.

"뭐, 그렇다고 할 수 있지요. 저들은 본인의 오행수기(五行水氣)에 얻어맞아 물속에서 무력한 상태에 놓인 것이니까요."

"오행수기?"

"그런 것이 있습니다."

요컨대 입을 다물고 있으면 중간은 간다였다.

내심 분함이 치밀어 올랐으나 임창배는 일언반구도 할 수 없었다. 내심 아무리 생각 해봐도 그와 같은 기괴한 무공이 있다는 소문조차 들어본 일이 없었던 까닭이다.

그러나 담우소의 말에 눈빛을 빛낸 이가 있으니, 그것은 어느새 용두선에 올라와 있던 백의서생이었다.

'호오! 일이 그리된 것이었구나!'

나룻배에 올라탄 이래로 가장 태연하게 냉정을 유지하고 있었던 건 놀랍게도 백의서생이었다.

싸움 경험으로 치자면 천하에서 손꼽힐 거라 항시 자랑하던 임창배나 담우소마저 약간 흥분의 기색을 띠고 있었다.

그런데 백의서생은 눈앞에서 벌어진 드잡이질이나 목숨을 위협하는 수적들의 암습, 눈앞의 처참한 모습 앞에서도 냉연한 신색을 유지하고 있었다.

마치 자신의 눈앞에서 벌어지고 있는 일들이 한편의 경극(京劇:중국의 연극)이라도 되는 양 별다른 관심을 보이지 않는 것이다.

그 모습은 분명 일반적인 독서인이라든가 백면서생으로선 무리가 있어 보였다.

용기가 있고 담대한 기상을 지닌 자라 해도 이와 같은 상황에 직면하면 두려움을 느끼는 게 당연했다.

목숨이 왔다 갔다 하는 자리에서 태연할 수 있는 건 절대적인 자신감으로밖엔 해석되지 않는 까닭이다.

그러니 보통 때 같았다면 이러한 백의서생의 모습은 임창배의 시선을 잡아끌었어야 했다.

처음에 그냥 지나쳤다 해도 이 정도면 충분히 다시 의혹을 품게 만들만 했다.

만일의 사태에 대한 확실한 대처만큼 표행에 나선 표사들에게 요구되는 직업 수행 능력은 없었다.

한데도 지금 임창배는 백의서생 쪽으론 고개도 돌리지 않고 있었다. 몇 마디 오고 가지 않아 연신 히죽이는 미소를 지우지 않고 있는 담우소에게 고래고래 소리를 지르기 시작한 때문이다.

처음부터 밉살맞게 대담한 담우소가 자기는 이제부터 용두선을 타고 가겠다며 억지를 부리자 더 이상 참지 못하고 노화가 폭발한 것이다.

"아니, 빌어먹을 녹림 수적의 배에 타고 어디로 가겠다는 말이냐!"

"당신이 알 거 없수다."

"내, 내가 알 거 없다고?"

"당연하지 않소? 당신과 나는 본래 도화나무—복숭아 나무—아래서 석 잔의 술을 나눠 마시고 의리를 나눈 것도 아니고, 태어난 날은 달라도 죽는 날은 한 날 한 시라 맹세한 사이도 아니지 않소."

"그렇지만 우리는 함께 싸웠지 않느냐?"

"함께?"

얼핏 담우소의 미소가 약간 더 진해졌다. 그 모습이 지금까지와는 다른지라 임창배가 약간 누그러진 얼굴로 말했다.

"그렇다면 저 수적 놈들을 이리 넘겨라!"

"저들은 당신이 잡은 게 아니올시다."

"저놈들은 우리 선량한 표사들의 공적(公敵)이란 말이다!"

"아아, 당신에게는 이자들이 공적일지 몰라도 내게는 그렇지 않소이다. 내게는 선량하고 착한 서민들을 괴롭히는 빚쟁이만이 공적이로소이다."

"빚쟁이?"

"그렇수다. 남에게 고리대금(高利貸金)을 해먹는 자들이 아니라면 나는 공적으로 치지 않소이다. 이들도 다 먹고 살자고 한 일인데 어찌 함부로 그대같이 포악한 사람에게 넘길 수 있겠소."

"그렇다곤 하지만……."

"아아, 그쯤 해두쇼."

'호오?'

손사래를 치는 담우소를 바라보던 백의서생의 눈빛이 처음으로 호기심의 기색을 띠었다. 무료함마저 엿보이던 얼굴이 조금쯤 변한 것이다.

하지만 백의서생이야 안색이 변하든 말든 눈앞의 상황은 일촉즉발(一觸即發)을 향해 달려갔다.

당장에라도 한판 붙으려는 듯 임창배의 안색은 흉포해져 있었고, 담우소는 마이동풍(馬耳東風) 격으로 입가의 미소를 더욱 진하게 하고 있었다.

제5장 저당 잡힌 현판(懸板)

"너……!"

"……."

"혹시… 빚졌냐?"

잠시의 침묵 끝에 내뱉어진 임창배의 한마디에 담우소는 순간적으로 눈물을 찔끔 흘릴 뻔했다.

아이들은 무심히 돌멩이를 던지지만 그것에 맞은 개구리는 생명이 위태로운 게 당연하다. 임창배의 아무 생각 없는 질문은 담우소의 가슴을 찢어놓았다.

무명산을 내려온 지 한 달여.

열흘 전 사문인 풍뢰문이 있는 절강성에서 겪었던 뼈저린 경험은 그의 가슴을 저며왔다. 울화통이 터지고 세상 모두를 향해 주먹질을 하고 싶을 정도였다.

그러나 가슴이 미어진다 하여 쉽사리 자신의 본색을 드러낸다면 그것은 무림인이라 할 수 없었다.

까닭은 잘 모르겠지만 강호의 무림인은 항시 남에게 삼 푼쯤 자기 자신을 숨기는 법을 터득하고 있어야 한다는 소리는 담우소 역시 주루의 이야기꾼에게 들은 터였다.

'홍, 까닭이야 어쨌든 내가 자각없는 무림인이 될 수는 없지!'

재빨리 두 눈에 떠올랐던 홍기(紅氣)를 지운 담우소가 의연하게 말했다.

"그거야 당연하지 않소! 세상에 빚 안 지고 사는 사람이 어디 있단 말이오. 부모님의 크신 은혜로 세상에 태어났으니 그것이 빚이고, 사부님께 무공을 배웠으니 그것이 또한 빚이 아니겠소."

"아니, 내 말은 그게 아니고……."

자세히 설명하려는 것이었다. 그래서 담우소에게서 듣고 싶은 말이 있었을 것이다.

하지만 담우소는 그러한 임창배의 기대에 전혀 부응하지 않았다. 아니, 부응할 생각조차 품지 않았다.

재빨리 손을 들어 그의 말을 막더니 하늘을 바라보며 한탄 섞인 열변을 토해냈다.

"아아, 귀하는 더 이상 말할 것이 없소이다. 앞서도 말했다시피 나는 항시 세상에 진 빚을 갚으려는 자세로 살아가고 있소. 그러니 세상사 람들이 날 어떻게 보든 상관하지 않겠소이다."

"……."

참으로 당당한 말이었다. 게다가 그런 말을 하는 장본인이 육 척의 장신을 쭈욱 펴고 있으니 실로 한마디 한마디에 정기(正氣)가 넘쳐흘 렀다.

때문에 강호 경험이 풍부하기로 따지면 누구에게도 지지 않는다고 자부하던 임창배조차 멍청한 표정이 되었는데 행동이 바르고 말이 늠연하다 해도 본성은 감추기 어려운 것일까?

짤랑!

"아, 이런……."

결단코 우연이라는 걸 강조하려는 듯한 청아한 목소리였다.

바닥에 떨어뜨린 전낭을 집기 위해 허리를 굽혀가는 백의서생의 얼굴에는 당황의 기색이 역력했다.

자신에게는 절대로 다른 의도가 숨어 있지 않다는 걸 꽤나 강조하는 모습이었다.

하지만 상당한 중량을 자랑하니만치 그만큼의 가치를 충분히 짐작케 하는 전낭을 집어 드는 동작은 너무 느렸고 시선은 사뭇 노골적이었다.

파팟!

타탁!

거의 동시에 전낭에 닿은 두 개의 전혀 다른 손과 마주친 두 개의 전혀 다른 얼굴.

얼핏 당황한 기색이 역력한 담우소를 바라보는 백의서생의 두 눈이 귀여운 반달형이 되었다.

처음부터 묵직한 은자의 합창에 담우소가 누구보다 빨리 반응하리라는 걸 알고 있었다는 의혹을 떨쳐 버릴 수 없는 모습이었다.

'역시!'

'이, 이런!'

백의서생의 입가에 떠오른 미소는 그래서 참으로 아름답고 순수해 보였다. 만족감으로 가득한 어린아이의 함박미소였다.

지금까지 오직 순수한 열정과 의기로써 세상을 굽어보는 열혈남아(熱血男兒)를 연기했던 담우소는 등줄기로 식은땀을 쏟아내지 않을 수 없었다.

며칠 전부터 기미가 보이기는 하였지만 참으로 더할 나위 없이 시의 적절한 순간을 만났다고 할 수 있었다.

돈만 보면 도지는 병중에 굴복했던 담우소는 순간적으로 갈등했다. 한마디로 빼도 박도 못할 정도로 덜미가 잡힌 상황에서 어떻게든 벗어날 방도를 찾아야만 하는 것이다.

그리고 잠시 후 담우소가 생각해 낸 건 웬만한 안면강화신공으로는 감히 시도도 하지 못할 일이었다.

전낭을 받친 채 펼치고 있던 복지부동(伏地不動)의 상승 초식을 재빨리 푼 담우소는 마치 아무런 일도 없었다는 듯 천천히 신형을 일으켜 세웠다.

"이런이런! 요즘 수적들은 부지런도 하군. 어찌 이리 갑판을 미끄럽게 닦아놨지?"

참으로 뻔뻔스럽다 못해 사람을 어이없게 만드는 말이었다. 게다가 그런 와중에도 슬쩍 붉혀 보이는 안색이라니!

이래 봬도 나름대로 예의도 잊지 않고 있으니 모른 척 넘어가 달라는 무언의 외침이었다. 자신도 모르게 움직인 몸의 반응에 놀라기도 했지만 결정적으로 주변의 쓸데없이 너무 많은 눈들을 의식한 행동인 것이다.

그러자 주변의 무거운 침묵을 뚫고 도톰한 입술 꼬리를 가늘게 말아 올리며 하얀 치열을 드러낸 백의서생이 키득 하고 웃었다.

"후훗, 참으로 멋진 동작이고 대단한 청력(聽力)이십니다. 어찌 이것이 돈주머니인 줄 아셨지요?"

"그, 그건……."

"뭐, 어쨌든 제 물건을 집어주시기 위해 신형을 그처럼 날리시다니, 참으로 소생 몸 둘 바를 모르겠습니다."

웃음이 섞이긴 하였으되 참으로 점잖은 치사였다. 질책조차 하지 않는 모습이 참으로 군자연했다.

하지만 묘하게도 이번 상황에서 백의서생의 점잖은 한마디는 웃음의 기폭제 역할을 했으니 근처에 서 있던 임창배가 참지 못하고 폭소를 터뜨렸다.

잠시 잠깐 만에 방금 전 위풍당당했던 말이나 행동이 모두 엉덩이 사이로 바람 빠지는 소리에 불과하다는 걸 담우소가 온몸으로 보여준 것이다.

때문에 더 이상 용두선에 남아 있기 걸끄러워졌을 것이다. 한마디 말도 없이 임창배의 비웃음을 감내하던 담우소가 신형을 나룻배로 날렸다.

정당한 노동의 대가라고 할 수 있는 인삼 궤짝을 차지했으니 더 이상 용두선에 남을 까닭이 없다는 말로 자신을 위로하면서였다.

그러자 치열한 공방—일방적으로 때리기와 두들겨 맞기—과 따사로운 의료 행위—제멋대로의 치료—가 이루어졌던 용두선에는 일시 적막이 흐르게 되었는데…….

처음부터 용두선의 수적들 따윈 전혀 관심이 없었던 백의서생이 담우소를 쫓아 슬그머니 나룻배로 내려가자 임창배와 금조표사들의 표정이 멀뚱해졌다.

"임 대형, 이제 어쩌지요?"

질문을 던진 건 나룻배 위에서 혼자 흥분해 길길이 날뛰던 녀석으로 얼굴에 난 두 줄짜리 상흔이 인상적이었다.

평소 같으면 '어이, 늙다리!' 하며 불렀을 텐데 얼마 전 배의 침몰을 막기 위해 임창배가 휘두른 일권이 효험을 본 듯 말이 점잖아져 있었다.

싸가지없는 애들은 패야 사람이 된다는 임창배의 평소 지론이 현실에서 입증된 사례라 할 만했다.

하지만 전혀 예전의 패기를 보이지 못하는 두 줄 상처의 약한 모습은 또 임창배가 바라는 바가 아니었다. 어차피 칼밥을 먹고 사는 처지이니 웬만큼의 깡은 필요한 것이다.

때문에 '짜샤, 힘내!' 하며 두 줄 상처의 어깨를 거칠게 두드린 후 임창배는 극구 구레나룻이라 주장하는 울창한 철사염(鐵絲髥)을 말없이 쓰다듬었다.

벅벅벅…….

소리와는 관계없이 철사염을 쓰다듬는 소리이다.

나름대로 신중한 결정을 내려야 할 아주 가끔의 상황에 직면했을 때 취하곤 하는 동작인데, 두 줄 상처보다는 조금쯤 현명한 곰보얼굴이 주춤거리며 말했다.

"임 대형, 오래 생각할 것 없이 몽땅 죽이고 배는 불태우죠."

"응?"

"그래야 앞으로 다시는 우리 금조표국을 건드리는 멍청한 짓은 하지 않을 게 아닙니까!"

"으음, 그거 일리있는데……."

별 생각 없이 사는 사람의 전형을 보여주듯 손바닥을 치며 고개를 끄떡이는 두 줄 상처였다.

그러나 역시 성정 자체가 두 줄 상처와 동일한 탓에 순간적으로 마음이 크게 동했음에도 임창배는 쉽사리 고개를 끄떡이지 않았다.

비록 뜻밖의 우세를 잡았다곤 하지만 분명 나룻배에 앉아 자신을 빤히 쳐다보고 있을 담우소의 시선에 뒤통수가 뜨끈했던 것이다.

'이곳을 정리한 것은 애석하게도 저 듣도 보도 못한 짓거리를 해대는 녀석이다. 그런데 내 맘대로 일을 처리한다면 분명 내 뒤통수에 대고 헛소리를 지껄이겠지?'

애초부터 절강성 방면의 나루에 배가 도착하기만 하면 본때를 보여줄 생각을 하고 있었다. 그래서 감히 금조표사에게 대든 값을 톡톡히 치르게 해줄 생각이었다.

그러니 그 정도 강호 도의쯤 가볍게 무시하는 게 당연할 터인데 임창배는 결정을 주저하고 있었다.

방금 전 보았던 전귀(錢鬼:돈귀신)의 모습과는 달리 제법 한가락 할 게 뻔한 용두선을 홀로 제압한 담우소의 실력을 무시할 수 없어서였다.

하지만 그렇다고 자신을 우상처럼 여기고 있는 두 명의 금조표사들이 보고 있는 앞에서 약한 모습을 보일 수도 없는 노릇이니…….

다시 애꿎은 철사염만을 혹사시키며 마음의 결정을 미루고 있던 임창배의 곁으로 쭈뼛거리며 전직 지당문의 문하였던 수적사내가 다가들었다.

"저기……."

"뭐야?"

"귀하께서는 저희 용두선의 이십여 녹림 형제들에 대한 처우와 앞으로 나아갈 건설적인 방향에 대한 생각을 삼가 끝내셨습니까?"

"……."

흉험과 흉랄이 판을 치고 있는 상황과는 어울리지 않게 꽤나 고상한 말이었다. 그리고 때문에 임창배는 잠시 침묵에 빠졌다.

무뢰배라는 말과 사뭇 친숙한 임창배로선 순간적으로 자신과 비슷하거나 더욱 심한 부류인 수적사내의 입에서 흘러나온 말이 도무지 이해가 가지 않는 것이다.

그러자 애초부터 임창배 따윈 전혀 염두에 두지 않았던 것일까?

굳이 그의 대답을 기다리지 않고 수적사내가 비틀거리며 두 손을 포권해 보였다.

"이 사람은 본래 산서 사람으로 현재 용두선을 맡고 있는 지룡권(地龍拳) 구대성(具大成)이라 합니다. 이곳 강남의 태호에 온 것은 얼마 되지 않습니다만 물은 맑고 날씨는 온화한 이곳에 정을 붙였으니 이제 이곳 사람이 다 됐지요."

"쳇! 수적 놈 주제에 지룡은 무슨⋯⋯."

"시끄럽다!"

"허허, 혹시 임 대형은 저 지룡인지 토룡인지 하는 놈에게 겁이라도 먹은 것이오?"

역시 아무 생각이 없는 두 줄 상처의 이죽거림이었다. 싸움에는 이력이 난 자신조차 가지고 있지 않은 외호를 수적 나부랭이가 가지고 있자 분기가 치밀어 오른 것이다.

하지만 이제야 자신의 이름, 점잖은 말로 존성대명(尊姓大名)을 말하게 된 구대성의 강한 눈빛을 바라보며 임창배는 눈살을 찌푸리지 않을 수 없었다.

─점잖은 말답잖게 불룩 튀어나와 있는 태양혈(太陽穴)!

그것은 구대성의 외공(外功)이 제법 경지에 올라 있음을 의미했다.

그런데 그런 상대까지 끼어 있는 수적들이 몽땅 병신을 면치 못하게
된 것이니!

'그렇다면 도대체 저 망할 긴 머리 녀석의 실력이 어느 정도나 된다
는 말이냐?'

내심 투덜거린 임창배가 말했다.

"난 금조표국의 쌍조표사인 임창배라 한다. 그러니 너는 어찌하자는
말이냐?"

"그건……."

구대성의 두 눈이 오직 자신만을 바라보고 있는 가련한 동료 수적들
을 바라봤다.

비록 저 중에 이번 인삼 밀거래 사실을 자신에게 속인 녀석이 숨어
있겠지만 그동안 쌓인 정은 아무래도 떨치기 힘들었다.

하나 이미 엄청난 재보가 들었을 인삼 궤짝을 담우소에게 뺏긴 터였
다. 더 이상 태호녹림도에 몸을 담고 있긴 힘들다고 체념한 구대성의
목소리가 냉정해졌다.

"태호는 잔잔한 호수입니다. 바람이 불어 용두선만한 배도 쉽사리
움직일 수 있지만 활짝 펴진 돛이 없다면 꼼짝도 못하고 표류할 가능
성이 지대하다 할 수 있겠지요."

"……."

"……."

어디까지나 멍청한 얼굴이 된 동료들과 달리 눈빛을 번쩍이고 있던
곰보얼굴이 대신 말을 받았다.

"그러니까 굳이 죽이진 말아달라는 말이요?"

"그럴 필요가 없지 않겠소."

"그 외에 몇 가지 조건이 담겨 있을 듯한데?"

"그야 이 구 모가 탄다 해도 저쪽 나룻배는 자리가 남을 듯싶은데요."

"호오, 그렇……."

퍽!

감탄하는 기색이 됐던 곰보얼굴의 얼굴이 옆으로 획하고 돌아갔다.

대화의 주도권을 잃고 있던 임창배가 두 사람 간의 이야기를 얼른 정리하곤 건방진 후배에게 일권을 날린 것이다.

그러나 무림 특유의 강자존(强者存) 원칙이 중원 천지 어떤 곳보다 더욱 잘 지켜지는 금조표국이었다.

감히 대들 생각을 하지 못하고 입을 댓발이나 내민 채 뒤로 물러선 곰보얼굴을 대신해서 임창배가 날카롭게 말했다.

"그렇다는 건 태호녹림도로부터 독립할 생각인 건가?"

"독각대도(獨脚大盜·홀로 강도질을 하는 자)가 될 생각은 없습니다."

"그렇다면?"

"이번 기회에 직종을 바꿔볼 생각이 든 것이지요."

"직종을 바꾼다?"

"예, 이유야 어찌 됐든 몰래 뒤통수 때리는 자들과는 상종을 않는 게 철칙이니까요."

"뒤통수를 때려? 저들이?"

임창배의 손가락이 갑판 위를 나뒹굴고 있던 수적들을 연신 찔러댔다. 하지만 그런 손가락질에도 수적들은 전혀 저항을 하지 못했고 냉담하게 구대성이 말했다.

"그런 셈이지요. 그러니 사내대장부가 되어가지고 이곳에 계속 있을 순 없지 않겠습니까?"

"그건 당연하지만 녹림의 규율은 엄격하다던데?"

"물론 그렇지요. 하지만 마음속에 분노를 안고서 살아갈 수는 없다고 생각합니다."

"그… 렁군."

그 말로 끝이었다.

퍽! 퍽! 퍽!

수중의 검을 휘둘러 돛대를 몽땅 분질러 놓은 임창배가 나룻배로 신형을 날렸고 나머지 금조표사들도 군말없이 신형을 나룻배로 옮겼다. 안색 하나 변하지 않고 동료들을 배신한 구대성이 그들의 뒤를 따랐음은 물론이다.

덕분에 지옥의 한가운데에서 천국을 되찾게 된 뱃사공의 얼굴로 함박웃음이 피어올랐다.

비록 무시무시한 수적 한 명을 덤으로 태우게 되긴 했지만 그는 병신이나 다름없을 정도의 몸이었다. 천우신조로 죽음 중에서 삶을 구하게 된 지금 투덜거림은 있을 수 없었다.

때문에 나룻배는 쏜살같이 용두선으로부터 멀어졌고 주변 승객들의 따가운 시선 속에서 담우소는 인삼 궤짝을 부둥켜안고 침묵을 지켰다.

그 뒤로의 태호 일주는 대단히 신속히 이루어졌다.

혹여라도 또다른 수적들 내지는 복수에 불타는 일단의 무리들의 추격이 있을 것을 두려워한 뱃사공이 괴력(怪力)을 발휘한 덕분이었다.

때문에 적어도 한 시진 반(약 3시간)은 족히 걸릴 거리를 한 시진 만에 돌파한 뱃사공의 등줄기로 비 오듯 땀이 흘러내렸다.

웬만하면 오늘의 일과를 끝마치고 집으로 돌아가 시원한 마유주(馬乳酒)라도 한 사발 마시고 싶은 심정이었다.

하지만 여우 같은 마누라와 토끼 같은 자식들의 초롱초롱한 눈망울을 생각하면 그런 감정은 사치에 불과했다.

중년이란 나이는 뼈가 부서지도록 일해야 할 뿐 아니라 가끔씩 느끼는 쾌조차 허용치 않는 것이다.

'그려그려, 설마 하니 하루에 두 번이나 이런 기가 막히고 자다 봉창 맞을 일이 일어날려구. 어여어여 사람들 부리고 한탕 더 뛰어야지.'

얼른 고개를 좌우로 흔들어 보인 뱃사공이 신중한 표정으로 나루에 배를 갖다 댔다.

태호에서 배를 띄운 지 십수 년이 넘는 그로서도 목적지인 이곳 강소 나루에 배를 댈 때는 주의에 또 주의를 기울였다.

의외로 나루 근처의 수심이 얕기 때문이기도 하지만 소심한 성격에 돌다리도 두드려 보고 건넌다는 고사(古事)에 충실했던 것이다.

그런고로 나룻배에 몸을 기대고 있던 사람들의 얼굴에선 짜증의 기운이 폭출됐고 그중 한 명인 두 줄 상처는 자신의 의지를 관철시키려 두 팔을 걷어붙일 지경이었다.

하지만 그런 거센 외압에도 불구하고 뱃사공은 끝까지 자신의 직업 정신을 발휘했고 나룻배는 느릿느릿 강소 나루에 도착할 수 있었다.

터억!

언제 자신이 하늘만을 응시하고 있었냐는 듯 누구보다 먼저 나루로 뛰어내린 담우소의 뒷덜미를 잡아당기는 목소리가 있었다.

"손니임!"

"……."

"동전 닷 푼 되겠습니다요."

다분히 요식 행위자의 간사스러움이 담긴 목소리였다. 적어도 뒷덜미를 잡아채인 담우소는 그리 생각했다.

하지만 요식 행위란 것도 본래 목적에 충실하고 법과 정의의 이름 앞에 떳떳이 비호받는다면 강력한 힘을 발휘하는 건 당연했다.

주변에 보는 눈이 많다는 점을 노골적으로 이용한 강압적이고 완강하며 끈질기게 사람을 옥죄어 들어오는 뱃사공의 눈빛에 담우소는 순간 가볍게 눈살을 찌푸렸다.

"실례지만 뭐라고 하셨소?"

"예? 그게 그러니까……."

뱃사공으로선 뜻밖의 상황을 당했다고 할 수 있었다. 담우소의 쏘아보는 눈빛에 당황한 그가 목소리를 더듬자 그를 대신해서 나서는 이가 있었다. 여전히 부채로 얼굴의 반면을 가리고 있는 백의서생이 얄미운 목소리를 내며 참견한 것이다.

"여기서 동전 닷 푼이란 구리를 주 원료로 할 뿐더러 관부의 인(印)이 찍혀 있는 상용화된 통화 화폐의 한 단위 중 다섯 개를 말하는 것입니다."

"……."

"뱃삯이라는 말이지요."

"아아!"

먼저 정의를 내리고 간단명료하게 납득시키는 백의서생이었다. 그러자 사람들은 그제야 고개를 끄떡였고 역시 고개를 끄떡인 담우소가 심드렁하니 말했다.

"뱃삯이라……."

“…….”

“그런데 말이야, 뱃삯이란 승객의 안전을 처음 시작으로부터 끝까지 책임져야만 요구할 수 있는 게 아닌가?”

두 눈은 백의서생을 향하고 있었지만 기실 이번 사건의 원인이자 발단이라 할 수 있는 뱃사공에게 내뱉어진 말이었다.

그쯤 대충 눈치 채지 못할 뱃사공이 아니니 우물거리며 불안한 목소리를 냈다.

“그, 그야 그렇습지요.”

“하하, 그렇군. 역시 그랬어.”

뱃사공의 대답이 만족스러운 듯 손뼉까지 소리가 나도록 친 담우소가 목소리를 착 내리깔았다.

“그렇다면 당신은 방금 전 절대 안전이라는 명제를 무시한 운행을 한 것이 아닌가!”

“예?”

“첫째로 수적선을 만나게 만들어 승객들의 안전에 지대한 영향을 끼쳤고, 둘째로 겁에 질려 빨리 노를 젓느라 승객들의 안락한 여행에 악영향을 끼쳤다는 말일세!”

“그, 그건 그렇지만…….”

“아아, 불가항력적인 일이었다고?”

“예예, 그렇지요. 암요. 그 부, 불가… 능적인…….”

“그렇지. 세상엔 불가항력적인 일도 있는 법이지. 그러니 사공을 탓할 생각은 없네. 하지만 어쨌든 나는 제대로 된 대우를 받으며 태호를 건넌 것이 아니니 뱃삯은 못 주겠네!”

“예? 뭐라고 하셨는지?”

"뱃삯은 못 주겠다고 했네."

"……."

지금까지의 장황한 말들의 본질을 드러내는 요지의 단 한 마디였다. 덕분에 어안이 벙벙해진 뱃사공이 침묵에 잠기자 지룡권 구대성이 눈살을 가볍게 찌푸렸다.

"그렇지만, 소, 아니, 대협은 용두선에서……."

"하하, 그쯤에서 침묵을 지키는 것이 당신과 본인 양자 간을 위해 피차 좋은 방향이 아닐까요?"

웃으면서 협박하는 목소리. 담우소의 손이 허리춤에 매고 있던 포승을 더듬었다. 인삼 궤짝에 관한 사항을 불면 관가로 끌고 가겠다는 무언의 엄포였다.

그러니 뒤가 구릴 수밖에 없는 구대성으로서도 더 이상 뱃사공의 역성을 들고 나설 수는 없었다.

관가는 두렵지 않으나 자신의 내력을 손바닥 보듯 알고 있는 담우소가 그 후 지당문으로 달려가는 것만큼은 두렵기 짝이 없는 일이었다.

때문에 고객과의 불화에 정신이 팔려 있던 임창배의 곁으로 구대성이 찌그러지자 절망적인 표정이 된 뱃사공의 수호선녀인 백의서생이 또다시 나섰다.

"하지만 그것은 이상하군요."

"……."

"태호를 일주하는 동안 수적을 만나 안전에 문제가 있었고 오는 내내 출렁거리는 물살에 몸이 불편했다는 말씀의 요지는 알겠습니다."

"……."

"하지만 수적을 만났을 때 싸움을 부추긴 건 여기 사공의 잘못이 아니지 않습니까?"

"커험, 험!"

멋쩍어하는 헛기침. 굳이 살펴보지 않아도 누군지 짐작할 수 있는 탁성이었다. 그렇기에 전혀 신경 쓰지 않은 채 백의서생은 유려한 말솜씨로 다시 담우소를 공박했다.

"게다가 어디까지나 사공이 배를 전심전력으로 몬 것은 손님들의 안전을 최우선하는 직업 정신의 발로라 할 만합니다. 세상천지에 어떤 사공이 또 있어 중간에 목숨을 위협할 수 있는 수적까지 태운 채 한가로이 자신의 배를 물결 속에 맡겨두겠습니까?"

'아아, 서생님!'

백의서생의 말 중 대부분을 이해하지 못하는 뱃사공이었다. 아무리 들은 풍월이 있다 해도 전문성을 띤 백의서생의 풍월에는 알아듣기 어려운 복잡 미묘한 부분이 포함된 탓이었다.

그러나 절대로 뱃삯을 못 받을 게 분명하던 찰나에 드리워진 실낱같은 희망에 뱃사공은 절대적으로 의지할 수밖에 없었다.

눈앞의 무지막지한 긴 머리 사내로부터 뱃삯을 받아내기 위해서는 백의서생의 말이 옳은지 그른지를 떠나 무조건 믿고 의지할밖에 도리가 없어 보였다.

때문에 일의 진행 상황이 그렇게 귀결됐음을 확신한 백의서생의 얼굴에는 강렬한 자신감이 번뜩이고 있었다.

잘생긴 얼굴에 참으로 어울리는 자신감으로 보는 이의 낯이 붉어질 정도였다.

하지만 세상엔 예외란 게 존재하는 법!

느닷없이 뛰어들어 자신의 앞길을 가로막아 선 백의서생을 눈엣가

시처럼 노려보던 담우소는 나직이 한숨을 내쉬었다.

"하아, 하지만······."

"예, 하지만 확실히 그리 완벽한 태호 일주는 아니었지요. 그러니 적당히 타협을 보는 것이 어떻겠습니까?"

"타협?"

"예, 본래 어떤 일이든 흥정과 타협은 삶의 미덕이라 할 수 있습니다. 이번 사건도 굳이 타협을 못할 바는 아니라 생각합니다만."

이미 많은 시간을 소모하고 있었다. 시간이 곧 은자라는 절대적인 개념을 마음속에 품고 있던 담우소가 결국 눈빛을 누그러뜨렸다.

"오늘 그대 같은 사람을 만났으니 나도 더 이상 우기진 못하겠군. 그쪽의 요구 조건을 말해 보시오."

"그렇다면?"

"일단 그대의 요구 조건이나 들어봅시다."

"세 푼으로 하죠."

손가락까지 꼽아 보이며 바로 내뱉어진 말이었다. 내심 그 정도면 적당하다 생각했으되 못 먹는 감 찔러나 본다는 심정으로 담우소가 은근히 질문했다.

"내가 거기에 응해야 하는 까닭은?"

"첫째로 불가항력이었다곤 하지만 손님에게 정신적인 피해를 끼친 점으로 한 푼이 제해지고, 둘째로 손님으로 하여금 편안히 태호의 절경을 둘러보지 못하게 한 죄로다 다시 한 푼이 제해집니다."

"흐음, 각기 한 푼씩 빠진다라? 당신은 내가 그 거래에 응하리라 생각하는 것이오?"

"그야 응하지 않을 것 같았으면 처음부터 뺑소니를 칠 것이지 이 사람 같은 백면서생과 흥정을 벌이진 않았겠지요."

"하하, 일리가 있군, 일리가 있어."

대소와 함께 구리 동전 세 개를 백의서생에게 집어 던진 담우소가 바람처럼 강소 나루 밖으로 달려갔다.

'엇?'

그 모습이 흡사 선불 맞은 멧돼지와 같아 담우소를 막을 엄두조차 내지 못했던 백의서생의 안색이 슬쩍 굳었다.

자신의 수중에 떨어진 구리 동전 세 개 중 두 개의 중량이 미묘하게 차이가 나는 걸 깨달은 것이다.

'하하, 재미있군, 재미있어! 그사이 동전 한 개를 반으로 가른 것인가?'

그랬다. 그의 수중에 잡힌 동전 두 개 중 하나는 마치 예리한 칼날에라도 잘린 듯 반으로 잘려 있었다.

상당히 강한 회전을 일으키며 날아든 탓에 백의서생도 나중에서야 그와 같은 사실을 눈치 챌 수 있었다.

하지만 그와 같은 실책을 남에게 눈치 채게 한다는 건 백의서생의 자존심상 허락되지 않는 일이었다.

나이는 그리 많지 않지만 백의서생은 지금껏 한 번도 이문이 남지 않는 장사를 해본 일이 없고 남 앞에서 낭패를 본 일이 없기 때문이었다.

빙긋!

입가의 미소와 함께 재빨리 쪼개진 동전 두 개를 다른 동전으로 바꿔치기한 백의서생이 뱃사공에게 다가들며 부드럽게 말했다.

"이렇게 일은 처리되었습니다."

"아! 예, 예! 감사합니다요."

"뭐, 감사하실 것까진 없습니다. 저도 직업상 해야 할 바를 한 것뿐이니까요."

"예?"

"이젠 소생과 중계료에 대한 협상을 벌여야 한다는 말이지요."

"……."

"아, 그리 염려하진 마십시오. 소생은 참으로 양심적인 직업 정신을 가진 사람이니까요."

"아, 안 돼에에에……."

한쪽에서 임창배의 솥뚜껑 같은 손에 멱살을 잡힌 채 이리저리 흔들리고 있는 쥐상을 한 장사치의 흐느낌에 더해 뱃사공의 애절한 목소리가 태호의 호반 위를 메아리쳤다.

*   *   *

우연찮게 떼돈을 번 담우소의 발걸음은 가볍기만 했다. 태호에 도착했을 때만 해도 온몸을 가득 장악하고 있던 무력감이 단숨에 날아간 듯한 모습이었다.

그도 그럴 것이, 무명산에서 보낸 오 년간 담우소가 생업으로 삼았던 것은 사냥과 약초 채집이었다.

산 아래에 있는 몇 군데 약초방과 의원 등과의 거래로 약초에 대한 지식이 탁월하지 않을 수 없었다.

때문에 천하의 명약으로 소문난 조선국 인삼의 값어치를 모를 턱이 없었다.

한 궤짝 가득한 걸 보면 적어도 이삼십 뿌리쯤 될 터이니 한몫을 잡아 장사 밑천으로 쓸 생각이었다.

물론 아직까지 특별히 어떤 장사를 해야겠다는 생각은 없었지만 어떻게든 돈 안 들고 이익이 많은 장사에 투자할 생각이었다. 그는 태호에서 장사 밑천을 잡는 쾌거를 올린 것이다.

그러나 호사다마(好事多魔)요, 사람은 항상 잘 나갈 때 조심하라 했던가!

담우소가 커다란 성읍이라 할 수 있는 소주의 약초방에 가져가 인삼을 팔 생각으로 희희낙락할 때였다.

강이나 호수가 없으면 산지에 가까운 구릉이 대부분인 강남의 지형을 그대로 보여주던 산길의 한곳에서 모락모락 연기가 피어올랐다.

사람의 행적이 드문 소로이니 보통 일반적인 무림인이라면 눈앞의 번연한 연기를 의심했을 것이다.

하지만 내심 득의양양해져 있던 담우소는 그러질 못했으니, 그는 느닷없이 한동안 잊고 있던 시장기를 격하게 느꼈다.

연기는 그저 그런 연기가 아니라 꽤나 구수한 향취에 노릇노릇 고소하게 익은 고기의 매혹적인 향기를 담고 있었다.

"꿀꺽!"

어느새 입 안 가득히 고인 침이 넘어가는 소리였다. 그리고 이쯤 되어서도 시장기를 참는다는 건 위장에 대한 모독이며 배신 행위일 게 분명했다.

더 생각해 볼 것도 없이 날카로운 후각의 힘을 발휘하여 향기의 자취를 쫓기 시작한 담우소가 도착한 곳은 산등성이 아래에 차려진 주지육림의 현장이었다.

물론 여기서 주지육림이란 꽤나 오래전인 옛날 옛적 중국의 왕조 중 하나인 은 왕조 말기의 고사에서 유래된 주지육림과는 조금 다른 것이었다.

배고픈 자의 착각이었을 뿐 술로 만든 호수도 없었고 가느다란 허리에 교태가 뚝뚝 떨어지는 미인가녀(美人歌女)들도 보이지 않았다.

그저 활활 타오르고 있는 화톳불 위에서 기름을 뚝뚝 떨어뜨리며 구워지고 있는 범상찮은 크기의 고깃덩이와 냄새나는 사내들만이 눈을 어지럽히고 있을 뿐이었다.

그런데도 담우소는 주지육림을 떠올렸으니 그의 취향이 정상적인 남성들과는 그 궤를 달리하는 것일까?

그럴 턱이 없다는 걸 명백히 보여주려는 듯 사내들의 상판을 한차례씩 살펴본 담우소의 눈살은 가볍게 찌푸려져 있었다.

'이들은 도대체 불에 익혀지고 있는 고깃덩이와 무슨 상관관계가 있는 것일까?

화톳불을 중심으로 사방에 널브러져 있는 냄새나는 사내들의 모양새는 '추악' 그 자체였다.

마치 이 땅이 몽땅 자신들의 것이라는 듯 땅바닥 위에 엎어져 마음껏 활개를 펴고 있는 것도 모자라 그들의 입에서는 연신 기이한 신음이 흘러나오고 있었다.

게다가 그런 주제에 옷은 홀랑 벗고 있으니 순진한 처자라면 민망하여 얼굴을 붉힐 광경을 그들은 아무렇지도 않게 연출하고 있는 것이었다.

그러니 어찌 보면 성별이 다를 뿐 육림이라는 표현이 적당할 것도 같은 모습에 담우소가 욕지기를 느낀 건 당연하다면 당연하달까?

경험없는 바보처럼 구토를 한다거나 서둘러 발길을 돌리지 않고 담우소는 가만히 염두를 굴렸다.

'물론 대낮에 일광욕을 즐기는 사내 녀석들의 꼬락서니 때문에 내 마음이 설렌 건 아닐 것이다. 그리고 눈앞의 고깃덩이 역시 꽤나 그럴 듯하지만 마찬가지이고. 그렇다면 이 근처에 필시 명주(名酒)가 숨겨져 있다는 말인데……'

과연 아니나 다를까였다. 내심의 염두와 함께 꼭꼭 숨겨져 있던 인삼 궤짝을 찾아냈던 지뢰경의 바람[風]을 유동시키길 촌분(寸分:몇 초간)여!

주변에 늘어서 있던 몇 그루의 나무 중 가지와 잎이 무성한 고목을 지목한 담우소가 슬쩍 목소리를 높였다.

"내 단언하건대 귀하가 당장에 수중에 들고 있는 술병을 가지고 이 곳으로 내려오지 않는다면 눈앞의 고기는 몽땅 한 사람의 위장을 즐거이 하는 데 쓰여질 것이오!"

단호한 의지가 느껴지는 일갈이었다. 만약 담우소가 바람과 함께 유동시킨 목소리가 사실이라면 나무 위의 사람으로선 내려오지 않고는 못 배길 그러한 일갈이었다.

수중에 아무리 향기 그윽한 명주가 있다 해도 그것과 청풍명월(清風明月)을 즐길 맛 좋은 안주가 없다면 완벽하지 못하다고 할 수 있다. 명주의 맛 자체가 줄어들 소지가 충분하기 때문이다.

물론 그러한 상황을 능히 감수할 수 있는 사람이라면 명주를 마실 자격이 없다는 게 담우소가 내뱉은 일갈의 판단 근거였다. 그와 같은 범부(凡夫)라면 이와 같이 술판을 위한 아수라장을 만들어놓을 까닭이 없을 게 분명했다.

때문에 일갈이 끝나자마자 담우소는 성큼성큼 화톳불로 다가들었고 '젠장' 하는 투덜거림과 함께 나무에서 하나의 인영이 떨어져 내렸다.

파곽!

족히 십여 장은 넘을 듯한 나무 위에서 단숨에 뛰어내린 것치고는 사뿐하다 할 착지였다. 웬만한 경공이 아니라면 그와 같은 광경을 연출하기 힘들 게 분명했다.

그러니 착지만으로도 충분히 주변을 놀라게 할 만한 실력을 가졌다고 볼 수 있겠으나 하필 인영의 상대는 담우소였다.

처음부터 단 한 가지 일에만 정신을 집중하고 있었다는 것을 보여주는 한마디!

"과연 주도(酒道)를 아는 자로군! 어서 빨리 술병을 가지고 이곳으로 오시오."

실로 적반하장 격이요 안하무인 격인 일갈이었다. 일반적인 강호의 호한(好漢)이라면 참지 못하고 달려들거나 으르렁댔을 게 분명했다.

하지만 인영, 그러니까 주변에 널브러져 있는 산도적을 연상시키는 사내들과는 조금 다른 기도를 보이는 사내는 오히려 입가에 미소를 배어 물었다.

"하하, 거 재밌는 사람이군. 처음엔 본인이 숨어 있는 장소를 찾아내 놀라게 하더니 이번엔 주객을 전도시키는 고절한 실력을 선보이는 걸 보면 당신도 여간내기는 아니겠군."

"아무렴. 난 여간내기가 아니지. 하지만 당신의 허리춤에 매달려 있는 술병 또한 여간한 향기는 아닌걸?"

"그야 그렇지."

선선한 대꾸와 함께 사내가 성큼거리며 담우소 쪽으로 다가들었다. 적절히 구워진 고깃덩이 중 가장 맛있는 부위가 담우소의 손에 잡아뜯기는 걸 본 것이다.

그러나 이미 때는 늦어 단숨에 입을 벌려 고깃덩이를 한입 베어 문 담우소가 승리자의 눈빛을 번뜩였다.

"우물우물, 술을 나눠준다면 고기를 나눠 먹을 용의가 있소이다."

"나눠 먹을 용의가 있다?"

"아무렴. 당신의 수중에 들린 술은 꽤 좋은 술이거든. 고기는 배를 부르게 하지만 좋은 술은 마음을 살찌우고 정신을 이롭게 하지. 어찌 내가 바꾸길 망설이겠소."

종전까지의 상황을 알지 못하는 사람이 듣는다면 사뭇 그럴듯한 제안이었다.

물물 교환은 고대 원시 사회로부터 지금까지 면면부절 이어져 온 거래 방법의 하나인 까닭이다.

하지만 사내는 종전까지의 상황을 알 뿐더러 담우소가 나타나기까지 이러한 상황을 만들고 주도했던 인물이다.

담우소의 장광설(長廣舌) 따위는 처음부터 관심 밖이었던 듯 나무에서 뛰어내린 직후 계속해서 매달려 있던 입가의 미소가 사라진 순간 그는 이미 손을 쓰고 있었다.

파파팟!

어깨에서부터 손끝까지 바짝 곧추세워진 채 떨어져 내린 특이한 모양새의 조법(爪法)이었다.

어깨로부터 손끝까지 직선을 이루니 당연히 일격 필살의 위력은 있겠지만 변초(變招) 따윈 기대할 수 없을 게 뻔했다.

하지만 이와 같은 공세가 지척(咫尺)에서 펼쳐진다면 얘기는 달라진다. 변초가 없는 대신 빠르기가 섬전과 같으니 피할 도리가 없기 때문이다.

사내에게 그만큼의 간격을 허용한 바보 짓으로 고기 한 덩이와 목숨이 바뀔 처지가 된 담우소가 절체절명의 순간 발라당 뒤로 누워버렸다.

뇌문을 노리며 떨어져 내린 조영의 직격을 피할 조금의 시간이라도 벌기 위함이었다. 그리고 눈앞의 화톳불을 향해 담우소의 손바닥이 활짝 펴졌다.

'오행화기(五行火氣)!'

그저 일격 필살의 조법이나 배운 게 아니라는 걸 보여주기 위함이었을 것이다.

파파파파팍!

가까스로 자신의 일조(一爪)를 피해낸 담우소에게 연속적인 연환각을 펼쳐 가던 사내가 흠칫 놀라 신형을 재빨리 뒤로 굴렸다. 태호의 용두선에서 구대성이 펼쳤던 지당권과 흡사한 모양새였다.

그러나 그때와는 주변 상황이나 여건 등이 전혀 달랐고 당하는 당사자의 정신 상태나 무공 실력 역시 차이가 확연했다.

몇 바퀴 채 구르지 않아 신형을 다시 일으켜 세운 사내가 주변을 온통 불태워 버린 화무(火霧)를 바라보며 미간을 좁혀 보았다.

"이곳을 온통 불태워 버릴 작정이냐!"

"꿀꺽꿀꺽!"

"이런!"

한소리 경호성과 함께 자신의 허리춤을 더듬으려던 사내가 어깨를 움찔하며 낭패한 표정을 지었다.

불꽃의 회오리로 공격할 때가 언제라고 담우소는 그새 사내에게서 빼앗은 술병에 입을 대고 승리자의 권리를 행사하고 있었다.

그러니 그야말로 누가 보더라도 사내의 완패가 분명한데 잠시 눈빛을 이리저리 굴려보던 그는 오히려 크게 대소했다.

"크하하! 그랬군, 그랬어!"

"……."

사내들끼리는 종종 말이 필요없을 때가 있다. 서로 마음이 통한 사내들끼리의 경우인데 물론 담우소는 눈앞의 사내와 마음 따위 나눠 가지고픈 생각이 눈꼽만큼도 없었다.

단지 눈앞 사내의 대소 속에 숨어 있는 얄궂은 기색에 눈짓을 한 것인데 그 역시 담우소와 마음을 나누고픈 생각은 전혀 없었나 보다.

단호히 이심전심을 거부한 사내가 품속을 뒤적여 비단으로 된 첩지 하나를 꺼내 들고는 낭랑한 목소리로 읽어 내려가기 시작했다.

"공문(公文) 제삼백오십이호! 풍뢰문의 부채 황금 일백삼십다섯 냥에 대한 건. 빚을 진 채 야반도주한 풍뢰문의 제자 십 명에 대한 현상수배를 당분간 철회한다."

"그만!"

"저당 잡고 있는 현판(懸板)과 역대 풍뢰문주들의 위패를 찾으러 온 자가 있음. 그자는……."

화르륵!

또다시 파고든 화염의 기세에 놀란 사내가 재빨리 신형을 뒤쪽으로 빼냈다.

한 손에는 고깃덩이를, 다른 한 손엔 술병을 쥔 채로 담우소의 안색이 노여움으로 붉게 물들고 있었다.

제6장 억장(億丈)이 무너지는 심정으로

"그런데……."

"우걱우걱……."

"저기 말야……."

"꿀꺽꿀꺽……."

"야, 이 새끼야! 분위기 잡으려거든 손에 들고 있는 고기하고 술병이나 집어던지고 잡아라!"

사내의 일견 타당성이 돋보이는 항변이다. 어깨를 활짝 편 상태로 한 손엔 술병, 다른 한 손엔 고깃덩이를 굳건히 잡고 있는 모습의 부조화랄까?

뒤로 보든 앞으로 보든 옆으로 보든 간에 결의에 찬 모습과는 상당한 거리로 담을 쌓은 게 분명한 모습을 담우소는 견지하고 있었다.

이글거리는 눈빛에 짐승과 같은 살기를 뿜어내고 있는 주제에 열심히 고기를 우걱거리고 술을 반주 삼기를 마다하지 않는 것이다.

때문에 처음엔 다소 담우소의 격렬한 눈빛에 질린 빛이 되었던 사내는 점차 울화가 치밀어 올랐다.

몇 차례의 으름장에도 불구하고 오직 식사에만 전력을 기울이는 모습은 자신을 완전히 무시하는 처사라는 결론에 쉽사리 도달했던 것이다.

"그, 그러니까……."

"우걱우걱……."

"너, 지금 날 무시하는……."

"시끄럽다! 꺼억!"

"……."

"이 몸은 식사 중일 때 누가 옆에서 떠드는 게 제일 참을 수 없는 일 중 하나다. 그리고 더욱 참을 수 없는 건 신의를 칼날같이 지키는 고결한 내 마음을 의심하는 사람이다."

말과 함께 담우소는 수중의 고깃덩이를 한꺼번에 입에 털어넣고 술로 입가심했다.

다른 때, 다른 장소 같았다면 호쾌한 쾌남아(快男兒)의 모습이라 할 만한 모습이요 말이란 걸 부인할 수 없는 모습이었다.

산중의 생활로 제법 망가지긴 했으되 아직 담우소의 모습은 어린 소저들까지는 몰라도 규방의 과부들에겐 제법 연모지심(戀慕之心)을 불러일으킬 만한 것이다.

그러나 담우소와 대치하고 있는 사내는 긴긴 밤을 홀로 새는 걸 두려워하는 과부가 아니었다. 그렇다고 홀아비는 더 더욱 아니지만. 어쨌든 상대의 안하무인격인 말을 만부부당(萬夫不當)의 의지로 참고 있을 까닭이 없었다.

"후욱! 그렇단 말이지!"

말과 같이 부들거리던 신형과 잠시의 정적 후, 사내가 더 이상 참지 못하고 그대로 담우소에게 달려들려고 신형을 가다듬었을 때였다.

화르륵!

마치 사내의 결정을 기다리고나 있었다는 듯 주변에 가지를 드리우고 있던 나뭇가지로 약해졌던 불길이 옮겨 붙었다.

아니, 그것은 어쩌면 나뭇가지 자체가 불길을 끌어들였다고 볼 만한 광경이었다.

아무래도 불길과는 상당한 거리를 두고 있던 나뭇가지가 느닷없이 낭창한 가지를 불길 쪽으로 드리운 까닭이다.

그리고 습격용 신법의 기본이라 할 수 있는 궁신탄영(弓身彈影)의 자세를 취하고 있던 사내를 향해 무수히 많은 불덩이들이 습격해 들어왔다.

화르륵! 타탁! 탁! 탁! 탁!

꼭 시세(時勢)를 알아 준걸(俊傑)이 되고픈 마음이 사내에게 있었던 건 아닐 터였다.

사내는 그저 눈앞을 온통 붉게 물들인 채 달려드는 불덩이와 친하고 싶은 바보 멍청이가 아니고 싶었을 따름이다.

휘익!

궁신탄영을 오히려 처음과는 다른 의도로 전개한 사내의 등줄기로 식은땀이 흘러내렸다. 그가 서 있던 자리가 순식간에 검은색으로 불타오르고 있었다.

덕분에 식사를 무사히 마칠 수 있었던 담우소의 손가락이 기다렸다는 듯 불꽃의 벽을 향해 몇 개의 동그라미를 그렸다.

파앗!

그러자 순식간에 사그라드는 불꽃!

금세라도 주변의 삼림을 몽땅 태울 듯 기세가 엄엄하던 불꽃의 벽은 나타날 때와 같이 순식간에 사라졌다.

고작 담우소가 그려 보인 몇 개의 동그라미가 만들어낸 마술(魔術)과도 같은 모습이었다.

일시 범상치 않은 신법과 과감하고 올바른 정신 상태를 보여줬던 사내의 안색이 가볍게 붉어졌다.

비록 자신의 눈앞에서 벌어졌던 일이 환상이 아니었음을 보여주는 매캐한 내음이 코를 찔렀으되 그는 도저히 믿을 수 없는 기분이었다.

천하에 몇몇 양강지학(陽剛之學)이 있어 그 위력이 바위를 녹인다―물론 바위는 녹지 않는다. 쇠라면 모를까―는 말을 듣지 못한 바는 아니었다.

하지만 그런 고절한 무공이라는 건 어차피 전설에 가까울 뿐 실제로 세상에 나타나는 일은 드물었다. 풍문의 특성상 부풀려지거나 꾸며지는 일이 많다는 뜻이다.

당연히 담우소의 사문인 풍뢰문에 대해 어느 정도 알고 있는 사내로선 아연실색할 따름이었다. 저런 해괴한 공력(功力)은 이제껏 듣도 보도 못했기 때문이다.

그러거나 말거나 손가락마저 쪽쪽 빨아 먹고 포만감을 만끽한 담우소가 사내를 향해 입을 열었다.

"끄윽! 이제 식사가 끝났으니 너는 덤벼봐라!"

"……."

"화(火)를 승하게 하는 오행목기(五行木氣) 따윈 이제 빌리지 않을

테니 너는 덤벼보란 말이다!'

물론 담우소의 말이 뭘 뜻하는지 사내로선 알 도리가 없었다. 그저 방금 전 사용했던 마술 같은 공력을 사용하지 않겠다는 뜻이라 짐작할 뿐이었다.

하지만 그런 말 따위 들었다 하여 무작정 덤벼들고 보는 자들을 통칭하여 세상 사람들이 부르는 말이 있었다.

'날 무공을 익히느라 뇌(腦)까지 근육으로 뭉쳐진 머저리들과 동급으로 보는 건가?'

내심 반문을 던진 사내는 불같이 들끓어오르던 내심을 차갑게 가라앉혔다. 단연코 자신은 그런 무공 바보들과 같지 않았다. 결단코 아니라고 자부하고 있었다.

괴이한 공력을 구사하는 담우소에게 섣불리 달려들어선 안 된다는 결정을 내린 사내가 갑자기 딱딱하게 굳어 있던 얼굴 근육을 활짝 풀었다.

설명을 덧붙이자면 만면에 미소를 머금는다는 말의 뜻을 모르는 자가 있다면 반드시 주의 깊은 관찰을 요할 정도로 가식적인 미소를 서슴없이 지어 보인 것이다.

"하하하, 이거이거 뭔가 오해가 있었나 봅니다."

"……."

"본인은 그저 재산권에 대한 권리를 행사하려 한 것뿐인데 귀공께서 그리 심각하게 생각하실지 몰랐습니다."

'재산권? 권리? 행사? 홍, 과연 어디선가 많이 들어본 말들이로군.'

그랬다. 분명히 얼마 전 귀에 딱지가 앉도록 들은 바 있는 말들이었다.

그래서 더욱 싸늘해진 마음. 내심 냉소를 터뜨린 담우소가 다시 입에 술병을 대며 태연히 말했다.

"흥, 말은 잘하는군. 당신 역시 저기 땅바닥을 기고 있는 호걸들을 약탈한 것이 아닌가? 자고로 훔친 자에게서 다시 훔치는 건 죄가 아니란 말야."

"어이쿠! 그런 사정까지 알고 계셨던 것이오?"

가볍게 손사래까지 쳐 보이는 사내의 모습은 흡사 봄날 나들이를 나온 대가 댁의 귀공자를 방불케 했다.

얼굴이 말상이니 전혀 어울리지 않는데 태도나 표정은 분명 그러하다는 말이다.

대번에 얼굴에 떠오른 혐오의 감정을 숨기지 않으며 담우소가 입술을 가늘게 꿈틀거렸다.

"젠장! 뭐 하는 짓이냐? 차라리 처음처럼 다짜고짜 공격해 들어오는 게 그 말이 형님하자 하는 상판과 어울리겠다."

"말이 형님하자 하는 상판?"

"뭐, 종종 얼굴을 씻을 테니 자기 자신이 가장 잘 알 텐데……."

말끝을 흐리는 담우소의 눈빛이 날카로웠다.

그만큼 비꼬았으니 더 이상 참지 못하고 사내가 달려들리란 생각에서였다. 어떻게든 사내의 화를 북돋아 한판 붙고 싶은 것이 그의 내심이었다.

그러나 사내 역시 이러한 인간 관계에서는 백전노장이라 할 만했다. 그저 입가에 가식적인 미소를 담을 뿐 처음과 같이 발작하지 않았다.

'이 녀석이! 내가 그리 쉽사리 넘어갈 것 같으냐!'

눈앞으로 보이는 사내의 이죽거리는 말상. 단단히 거머쥐었던 주먹을 맥없이 풀어 보이며 담우소가 역시 히죽 웃어 보였다.

"역시 그렇군. 그래도 적적한 하루 중 술 한잔을 나눠 마실 만한 사람을 만났다 싶었는데……."

"……."

"당신은 금산전장에서 파견된 빚쟁이가 분명하겠지?"

"어?"

다소 놀란 듯 벌어진 입술. 단정적인 담우소의 말에 사내가 기어이 자신의 얼굴과 어울리는 표정이 되었다.

'그것을 어떻게?'

'니가 먼저 말했잖아!'

'아참, 그랬었지!'

'그래, 이 녀석아!'

순간적으로 수많은 눈빛의 밀어들이 오고 갔다. 덕분에 사내는 의혹을 표시하며 담우소가 어떻게 자신의 정체를 눈치 챘는지 궁금해서 미치겠다는 표정을 지어 보이진 않았다.

다른 때, 다른 장소 같았다면 재빨리 자신의 몸과 마음을 정돈하고 깊은 반성의 시간을 보냈어야 할 것이다. 사내의 목숨은 몇 개나 되는 여분이 없기 때문이다.

그러나 앞서 사내는 이미 담우소의 정체를 눈치 챘고 자신의 판단력을 확인하기 위해 미끼를 던진 상태였다. 그것을 바보 멍청이가 아닌 담우소가 알아챘다 하여 달라질 일은 없었다.

오히려 자신의 판단력이 여전히 예리하다는 걸 확인시켜 줄 따름이랄까?

혹시 자신도 모르는 사이 금산전장에 관한 사항을 흘리고 다닌 것이 아닌가 하는 자아비판을 전혀 하지 않은 얼굴로 사내는 투덜거리듯 말했다.

"흐음, 물론 고객에게 항상 환영받는 입장은 아니지만 빚쟁이란 표현은 좀 그렇군요."

"허면?"

"재산권 집행권자라는 듣기도 좋고 누가 듣기에도 점잖은 표현이 있지 않습니까."

"하! 재산권 집행권자?"

웃는 얼굴에 더해 가소롭다는 표정이 여실히 담우소의 얼굴에 퍼졌음은 두말하면 잔소리였다.

그러나 그쯤은 유구함을 자랑하는 그동안의 전적으로 충분히 이력이 생긴 것이리라.

사내는 언제 표정이 변했냐는 듯 더욱 가식적인 미소를 만면에 퍼뜨리며 담우소에게 차분히 설명했다.

"그렇지요. 재산권 집행권자란 빚을 지고 도망간 참으로 천인공노할 후레자식들을 찾아다니며 원만하게 일을 처리하는 사람을 말합니다. 결코 멍청하게 돈을 빌려주고 욕이나 먹고 남는 것도 없는 빚쟁이와는 거리가 있는 직업이지요."

'그거나 이거나!'

내심 어이없는 실소를 터뜨리며 담우소가 퉁명스레 말했다.

"그래서?"

"예?"

"당신이 읽은 서신과 같이 금산전장은 이미 확실한 담보를 잡고 있는 걸로 안다. 그런데 어째서 며칠 되지도 않아 본인의 뒤를 쫓아온 것이지?"

이 부분에서 사내는 확연히 깨닫는 것이 있었다.

세상을 살아가며, 그것도 이렇게 광활한 세상을 제멋대로 배회하던 중 일어나기 매우 힘든 일을 자신이 만났다는 깨달음이었다.

자신의 깨달음을 타인과 공유하고픈 마음이 된 사내가 목소리와 표정을 더욱 사교적으로 바꿨다.

평소 애용하곤 하던 기초적인 공갈협박으로는 담우소를 상대하기가 약간 껄끄럽다는 판단 하에 내린 선택이었다.

"오호, 통재라! 어찌 세상에 이와 같은 우연이 있단 말인가?"

"우연?"

"그렇습니다. 우연이지요. 우연인 것입니다. 물론 당사자인 저 역시도 놀랍기 그지없습니다만 제가 이곳에서 한동안 집중 관리 고객이 되실 담 소협을 만나게 된 것은 우연이 분명합니다."

"……."

"물론 이와 같은 우연이란 세상에 별로 없다는 건 저도 알고 있습니다. 세상은 넓고 사람 또한 많으니 당연하겠지요. 하지만 제가 풍뢰문 건을 맡은 건 사흘도 되기 전입니다. 그 짧은 기간 동안 얼굴도 모르는 귀공의 뒤를 쫓는다는 건 아무리 유능한 저라 해도 힘든 일이지요."

"힘든 일이라는 건 아주 불가능하다는 건 아닌 듯싶은데?"

"그야 그렇죠. 제가 전력을 다한다면야……."

"……."

"하지만 풍뢰문 건은 쉽사리 해결될 사항이 아니라는 점이 첨부되어 있습니다. 장기, 혹은 악성 사건이라는 뜻이지요. 그러한 일에 처음부터 전력을 다한다는 건 일의 효율성에 위배되는 일이라고 할 수 있습니다."

사내는 교묘하게도 첫말에 '우연'이란 말을 강조하기 위해 세 번씩이나 집어넣어 문장을 만들어냈다.

게다가 그는 꽤나 그럴듯하게 말을 포장했다. 결코 안 된다는 둥 그럴 수 없는 일이라는 둥 해가며 진실을 호도하려 하지 않았다는 뜻이다.

극히 자연스레 자신의 의견이 진실임을, 최소한 진실을 말하고자 한다는 걸 상대방에게 전하는 고도의 수법을 사용한 것이다.

그러니 사내의 뛰어난 순발력이 돋보이는 언변에 담우소로서도 계속 혼자 화를 내고 있을 수만은 없었다.

우연이라고 상대가 주장하는 가운데 상대적으로 약자인 입장에서 자존심만을 들어 밀어붙이는 것은 성격에 맞지 않았다. 그리고 그 때문이었을 것이다.

"후우!"

나직한 신음과 함께 눈살을 가볍게 찌푸려 보인 담우소가 갑자기 온몸의 근육을 하나하나 풀기 시작했다.

우드득…….

"그렇다면……."

우드득…….

"내가 참 큰 실수를 한……."

우드득…….

"것이로군."

우드득…….

말만 들어보면 사과를 하는 것 같았다. 비록 여전히 말끝은 짧았지만 말이다.

그러나 가볍게 몸을 이리저리 움직일 때마다 일어나는 뼈 부딪치는 소리가 주는 압박은 장난이 아니었다.

사과를 받는 입장이 된 사내의 기분이 오히려 떨떠름해졌다. 엎드려 절받기란 하는 사람이나 받는 사람이나 괴로운 게 분명했다.

그러거나 말거나 그것으로 지금까지 자신이 저질렀던 일련의 사태가 몽땅 해결됐다고 생각한 것이리라.

거죽에 감싸여 있는 몸 안의 뼈마디 중 대부분을 하나하나 풀어낸 담우소는 천천히 옷에 묻은 흙먼지를 털었다.

배도 채웠겠다, 술도 얼큰히 마셨겠다, 이젠 그만 갈 길을 재촉하려는 모습이었다.

그러자 슬그머니 담우소의 앞을 사내가 가로막아 섰다.

'또 뭐야?'

눈짓으로 질문을 던지는 담우소를 향해 사내가 입가로 가식적인 미소에 더하여 사악한 미소를 넘실거리며 떠올렸다.

"저기… 그런데 말이지요."

"또 무슨 할 말이 남았나? 방금 전에도 말했다시피 당신이 저리 많은 사람들을 벗겨먹었으니 고기 한 점쯤 본인이 먹었다 해서 손해날 것은 없을 텐데?"

결코 손에 들고 있는 술병을 돌려주지도 않고 돌려줄 생각도 없다는 듯 말속에서 빼버리는 담우소였다.

진정한 술꾼이라면 당장에라도 다시 두 팔의 소매를 걷어붙이고 덤벼들 정도로 뻔뻔스런 모습이었다.

그러나 애초에 술병 하나쯤으로 입가의 미소를 더한 사내가 아니었다.

담우소의 자못 잔머리를 쓴 말에 피식 미소할 뿐 탓하지 않은 사내가 목소리를 저음으로 깔았다.

"그야 귀공의 말씀은 백 번 옳습니다. 비록 저들이 못된 산도적으로서 산속에서 선량하게 한 끼를 때우려던 민간인을 공격하여 제 손발을 힘들게 했다곤 하지만 말입니다."

"산도적?"

"예, 아마도 저희들 말로는 대왕채(大王寨)의 멋쟁이들이라고 하던가요? 어쨌든 겉에 꽤 값 좀 나갈 듯한 모피를 걸치고 있는 통에 귀공이 손에 들려 있는 매화춘(梅花春) 한 병을 살 수 있었지요."

"그런데?"

"그렇다는 말이지요."

"……."

"그러니까 제 말은 귀공께서 모르고 있었던 전후 사정에 대한 설명이 그렇다는 말입니다."

"으음."

다시 나직이 침음하며 담우소는 다시 하나같이 나체를 자랑하고 있는 녀석들의 면상을 스윽 훑어봤다.

과연 처음에 봤던 것과 같이 소 도둑 아니면 말 도둑의 형상들이었다. 사내의 말이 거짓말이라고는 생각되지 않는 모습들이라 할 만했다.

하지만 그렇다고 이제 와서 사내의 말에 맞장구칠 수는 없는 노릇이었다.

그런 일쯤 자신은 전혀 아랑곳하지 않는다는 표정으로 담우소가 퉁명스레 물었다.

"그래서 당신은 지금 본인에게 매화춘 한 병 값을 물어달라는 말인가?"

"그야……."

"하하, 그렇군. 어차피 불로소득이니 물어줄 필요는 없다는 것이군."

"에?"

"역시 술을 좋아하는 사람들은 시원한 면이 있단 말야!"

자신이 말을 꺼내고 자신이 말을 끝내는 담우소의 훌륭한 일 인 이역에 순간적으로 말문이 막힌 사내가 어이없다는 표정이 되었다. 세상에 이와 같이 막무가내한 사람을 본 일이 없던 까닭이다.

그렇다 해도 이대로 물러선다는 건 사내의 자존심이 허락치 않았다.

오히려 자신의 천품을 능가하는 듯한 가식적인 미소를 한껏 얼굴에 흩뿌리고 있는 담우소에게 강렬한 승부욕을 느끼며 사내가 말을 이었다.

"그야 매화춘 한 병에 제가 째째하게 굴 수는 없는 노릇이지요. 하지만……."

"하지만?"

"오늘 처음으로 귀공을 만났으니 상견례는 있어야 하지 않겠습니까?"

"상견례?"

"헤헤, 이렇게 우연찮게 귀공을 만난 것도 인연이니 조금쯤 계산을 해보자는 뜻이지요."

"우연찮게? 계산?"

뇌까리는 담우소의 얼굴로 가벼운 위기감이 떠올랐다. 그리고 사내의 눈빛이 모종의 연유를 담고 반짝거리기 시작했다.

스슥.

자신도 모르게 등에 짊어지고 있던 인삼 궤짝을 더듬는 담우소의 왼손을 슬쩍 곁눈질하며 사내가 이빨을 드러냈다.

"호오! 절강성을 떠날 당시엔 분명 하나도 짐이 없었다고 하던데……."

파앗!

사내의 말이 끝나기도 전에 담우소는 전력으로 신형을 날렸다. 어렵사리 마련한 장사 밑천을 뺏길 수 없다는 위기의식의 발로였다.

그러나 사내의 말마따나 재산권 집행권자란 야반도주한 사람들을 찾아다니는 사람이다.

으레 이와 같은 상황이 발생하면 취하곤 하는 사람들의 행태를 모를 리 없었다.

"하아, 그러시겠다?"

나직한 한숨. 벌써 저만치 달려가고 있는 담우소의 뒤통수를 뚫어지게 쳐다보던 사내가 벼락같이 자신의 양 소맷자락을 떨쳤다.

쇄액! 촤르륵…….

사내의 소맷자락 속에서 튀어나온 은빛의 섬광이 내는 소리였다. 그리고 소리를 뛰어넘는 빠르기로 신형을 날리던 담우소를 따라잡은 은빛 섬광이 기괴한 호선을 그렸다.

담우소의 신형을 쫓아 직선으로 파고들더니 곧바로 그의 다리 쪽을 향해 방향을 틀고는 맹렬한 기세로 휘감겨 들어간 것이다.

파곽! 패앵!

양쪽 허벅지가 조여드는 느낌. 담우소는 순간적으로 자신의 기도가 수포로 돌아갔음을 깨달았다.

자칭 업무에 매진하고 있다고 주장하는 빚쟁이는 의외로 대단한 실력을 지니고 있었다.

등 뒤로 느껴지는 기세를 피하기 위해 발걸음[步法]을 몇 차례나 바꿨는데 떨쳐 낼 수 없었다.

산을 내려온 이후 담우소는 최초로 좌절의 순간을 맞았다고 하지 않을 수 없었다.

하지만 이쯤으로 어렵사리 얻은 장사 밑천을 포기할 순 없었다. 담우소는 허벅지를 조여드는 은빛의 사슬에 저항하지 않고 오히려 신형을 뒤로 날렸다.

사슬의 기세를 늦춰서 어떻게든 반격을 가해볼 심산이었다. 그리고 그의 그런 의도는 어느 정도 맞아떨어져 담우소의 허벅지를 옥죄었던 사슬의 기세가 잠시 늦춰졌다.

사슬의 주인인 사내가 잡아당기는 힘보다 담우소가 뒤로 신형을 날리는 속도가 더욱 빠른 까닭이었다.

덕분에 허벅지에 감겨진 사슬에 손을 댈 수 있게 된 담우소!

그의 수장이 거문고의 현을 튕기듯 사슬 위를 가볍게 두드렸다. 그저 새끼손가락 굵기 정도인 사슬이 가볍게 출렁거릴 정도였다.

하지만 처음 시작은 가볍디가볍던 출렁거림의 전도는 끝에 가서도 그리 가벼운 것은 아니었다.

막아놨던 둑의 한쪽이 뚫렸다고나 할까!

무섭게 불어난 물결은 역시 사슬의 한쪽 끝을 잡고 있던 사내에게 이르러선 걷잡을 수 없을 정도로 커다란 파고가 되어 있었다.

쩌르르!

은빛 사슬의 정확한 명칭은 후안무치(厚顔無恥)였다. 사내의 눈앞에서 달아나려는 자들을 얼굴 두껍게 눈치 보지 않고 잡아들인다는 자랑스런 이름이다.

그런데 분명 평소와 다름없이 자신의 임무를 수행한 후안무치가 느닷없이 사내에게 고난이란 이름으로 다가왔다. 자칫 사슬의 끝을 놓칠 뻔했을 정도로 밀려온 기세가 맹렬했던 것이다.

덕분에 황황히 내공을 끌어올려 양손으로 진기를 밀어낸 사내의 안색이 일시 새빨갛게 달아올랐다.

'이런 빌어먹을! 신법이 변변치 않아서 내공이 형편없을 거라고 생각했는데 이건 흡사 강력한 내가기공(內家氣功)이라도 담긴 듯한 기세잖아!'

사내의 투덜거림은 당연했다. 내가기공이란 일반적으로 무림에서 거들먹거리고 다니는 삼류의 무리들과는 별로 관계가 깊지 않았다.

체내로 천하의 대기를 끌어들여 몸 안에 쌓고 그것을 밖으로 배출하여 거대한 힘을 낸다는 건 말만이 그럴듯할 뿐이지 실제로 구현하기란 지극히 힘들었다.

적어도 확실한 내공심법이 전해지는 명문 정파의 제자로 들어가 십수 년간을 죽어라 공(功)을 쌓아도 실전에서 사용할까 말까 할 정도인 것이다.

그런데 사내는 어느 정도 내공의 기본을 갖추고 있었다. 일반 강호의 삼류가 아니란 뜻이다. 그런 그가 담우소의 일수를 어렵게 막아낸 것이니 문제가 아니 될 수 없었다.

애초에 담우소가 발휘한 기괴한 공력에 놀라기는 하였으되 후안무치를 통해 파고든 기운은 평생 듣도 보도 못했을 정도로 괴이한 것이었다.

때문에 사내는 평소와 같이 후안무치를 조종해 상대방을 땅바닥에 자빠뜨리는 두 번째 동작을 일시 발휘하지 못했는데 담우소는 그 틈을 놓치지 않았다.

데굴데굴데굴······.

사내를 놀라게 했던 일격은 풍천경의 이(移)자결을 운용한 것으로 적은 힘을 눈덩이처럼 굴려 상대방으로 하여금 방비할 수 없게 만드는 고급의 수법이었다.

하지만 느닷없이 땅바닥을 뒹굴며 달려든 수법은 풍천경에도 지뢰경에도 없는 것이었다.

아니, 천하에 존재하는 문파 중 그러한 수법을 절기로 삼는 곳은 단한 곳밖에 없었다.

그곳은 바로!

"지당권?"

사내의 얼굴이 가볍게 경직됐다. 담우소에 대한 기록상 전혀 뜻밖의 절기를 본 탓이다.

그러나 이미 상황은 기호지세였다. 그는 재빨리 수중의 후안무치를 잡아당겼다.

자신의 몸뚱이쯤 어찌 되든 상관없다는 듯 맹렬한 기세로 굴러오는 담우소의 행동을 저지하기 위함이었다.

그러나 벌써부터 그쯤 대비하고 있었던 담우소의 다음 행동은 대담하기까지 했다.

신형을 고슴도치처럼 웅크리더니 번개같이 후안무치의 가는 사슬위로 뛰어올라 단숨에 사내와의 간격을 좁혀든 것이다.

'이런 말도 안 되는!'

사내의 얼굴이 와락 일그러졌다. 일시 담우소에게 전신의 대혈(大穴)이 훤하게 드러난 때문이었다.

하지만 그동안의 전적을 말해 주듯 사내는 처음과 똑같은 실수를 반복하지 않았다.

그는 조금의 망설임도 없이 그동안 자신의 생명을 몇 차례에 걸쳐 구해줬던 독문병기 후안무치를 놓고 뒤로 물러섰다.

촤르륵! 파앗!

"어이쿠!"

팽팽하게 당겨졌던 후안무치의 위를 달려오던 담우소가 땅바닥에 떨어져 볼썽사납게 나뒹굴었다.

내가기공이 담겼다 착각할 정도의 일수라든지 눈부실 정도의 반격을 해 보였던 사람이라곤 도저히 믿어지지 않는 황당한 모습이었다.

그러나 웬만하면 어이없다는 표정쯤 지어 보일 만도 하건만 사내는 서슴없이 물러섰던 만큼 다시 앞으로 달려들었다. 뒤로 물러섰을 때보다 두 배쯤 빠른 동작이었다.

등줄기로 식은땀을 쏟아냈던 만큼 담우소를 상대로 더 이상의 방심은 용납할 수 없다는 결의에 찬 얼굴과 그에 걸맞는 신속한 동작을 그는 펼쳐 낸 것이다.

파파파파팟!

사내의 날카롭게 곧추세워진 열 개의 손가락은 종횡으로 휘둘러졌다. 처음 담우소를 급습했던 때보다 손가락이 다섯 개나 늘어난 공세였다.

그러니 웬만하면 맞아주는 것이 도리일 터였다. 아니, 맞아주지는 않더라도 적어도 낭패한 기색이라도 보여야 했다.

그러나 그야말로 그동안 공들여 갈고닦은 진재절학을 유감없이 발휘하여 담우소를 제압하려던 사내의 의도는 또다시 수포로 돌아가고 말았다.

촤르르르륵……

온몸이 후안무치의 은빛 사슬에 감겨 꼴사납게 널브러져 있던 담우소가 땅에 몸을 누인 채 일으킨 맹렬한 회전에 의해 범죄적 행위가 저질러졌다.

주인을 잃은 후안무치는 자신과 함께 생사고락을 함께하던 주인이 일으킨 십조쌍뢰(十爪雙雷)의 초식을 가혹한 방법으로 막아냈다.

강력한 회전력에 의해 공중으로 튀어오른 은색의 뱀 머리가 여덟 개의 허초와 두 개의 실초를 가리지 않고 모조리 두들긴 것이다.

카카캉!

순간 사내의 얼굴이 참혹하게 일그러졌다. 그리고 고이고이 수련했던 한 쌍의 호조수(虎爪手)를 다시는 사용하지 못할지도 모른다는 불길한 예감과 함께 사내의 입이 떡 벌어졌다.

"끄으……"

"저런, 상당히 아프겠는걸."

"그, 그걸 말이라고……"

그 와중에도 담우소의 급습에 대비하여 뒤로 신형을 날린 사내의 이빨이 악물렸다. 열심히 단련했던 손가락이 부러졌으니 그 고통이 보통이 아니었다.

그러나 그동안 온몸을 혹사하길 밥 먹듯 하던 담우소에게 있어 뼈 몇 개 정도 부러지는 건 별다른 감흥을 주지 못했다.

눈앞의 사내야 기절할 지경이든 말든지 간에 땅바닥에서 신형을 일으켜 세우곤 심통스레 말하는 것이다.

"그렇지만 말이야."

"……."

"난 아직 빚을 갚을 준비가 되지 않았다구."

"그, 그런 말은……."

"그래, 빚을 진 사람들이라면 대부분 그리 말들을 한다고 하더군. 하지만 나는 달라!"

'젠장할! 다르긴 뭐가 다르단 말이냐! 네놈도 역시 정당한 재산권을 집행하려 하자 꽁지가 빠지게 달아나지 않았더냐!'

사내는 생각할수록 분기가 치밀어 올랐다.

지금껏 단 한 차례도 업무에 차질을 빚지 않았던 빛나는 명성을 그는 자랑하고 있었다. 분명 자신을 출세가도에 올려놓을 게 분명한 황금빛으로 번쩍거리는 이력이었다.

그런데 방금 전 그것에 흠집이 간 것이다.

그것도 자신을 배신하고 딴 사내와 눈이 맞은 애병 후안무치의 변절에 의해서…….

'망할 것! 망할 것! 망할 것!'

마치 더러운 오물이라도 묻은 듯 사내는 후안무치를 회수할 생각을 하지 않았다. 그러자 담우소가 허벅지를 조이고 있던 사슬을 풀며 조용조용히 말했다.

"풍뢰문은 어쩌면 한낱 삼류문파에 불과할지도 몰라. 사부님은 사람 좋은 호인이기는 하셨지만 남과 싸워 이기는 일보다는 지는 일이 많으셨으니까. 하지만 내게 풍뢰문은 하나밖에 없는 사문이다. 사문의 현판과 역대 조사님들의 위패를 찾기 위해서라면 나는 무슨 짓이든 할 것이다. 그러니 언제든 빚을 갚을 만큼의 은자가 마련되면 내 발로 금산전장에 찾아갈 거야. 당신이 굳이 재산권을 집행할 필요도 없이."

"언제?"

"그야 나도 모르지."

"……."

참으로 감동적인 답변이었다. 냉혹함과 이성만으로 뇌의 전부가 꽉 차 있다 자부하던 사내의 마음이 병아리 눈물만큼 흔들렸다.

그러나 그렇다 해도 사내에게 버림받고 쓸쓸히 땅바닥에 방치되어 있던 후안무치를 챙겨 드는 모습은 무언가!

잠시 말을 잃고 있던 사내가 불길한 표정으로 목소리를 냈다.

"그, 그거 뭐 하는 짓이오?"

"응?"

"그거 말이오, 그거!"

분노의 힘이었을 것이다. 벌써 퉁퉁 부어오르기 시작한 손가락으로 후안무치를 손짓하며 사내는 노발대발 소리쳤다.

그러자 오히려 더 이상 뺄 수 없을 정도로 재빨리 후안무치를 자신의 양 팔뚝에 감은 담우소가 태연한 목소리로 대답했다.

"보시다시피 전리품이 아니오!"

"저, 전리품?"

"내 일찍이 사부님으로부터 혈우성풍이 끊이지 않는 강호는 피와 살이 튀는 전장이나 진배없다고 들었소이다. 그러니 당신과 나는 방금 전 피 튀기는 전쟁을 치렀고 내가 이겼으니 전리품쯤 챙기는 게 당연하지 않겠소."

"그, 그런……."

분명 뒷말은 말도 안 되는, 내지는 이 강도 녀석아! 정도의 말이 합당할 것이다. 역시 사내가 분노와 경악으로 점철된 목소리를 낸 순간이었다.

퍼억!

불시에 사내에게 다가들어 아랫배를 걷어찬 담우소가 으스스하게 말했다.

"게다가 말이야."

"끄, 끄으……."

"난 이게 마음에 들었어. 내가 오행금기를 움직였는데도 끊기지 않는 쇠붙이는 꽤나 드물거든."

"……."

"그러니 이건 본인이 접수하겠다는 말씀이야. 당신이 말했다시피 상견례라 생각하고 마음 편히 가지라구."

"아, 안 돼……."

"안 돼긴 뭐가 안 돼!"

말이 끝나자마자였다. 마치 따사로운 봄날 바람난 계집아이와 같은 발재간으로 뒤로 몇 발짝 종종걸음 친 담우소가 신형을 펄쩍 뒤로 날렸다.

─뒤도 돌아보지 않고 내달리기!

강호의 수많은 양상군자(梁上君子)들이 항시 애용하는 병법서인 손자병법 중 삼십육계(三十六計) 주위상책(走爲上策)이 펼쳐진 것이다.

덕분에 보통 이러한 직업을 가진 사람들이 이러한 상황에 직면한 순간 내리는 결정을 내리려던 사내의 얼굴이 일시 멍청해졌다.

더 이상 고통당하지 않기 위해 이빨 사이에 숨겨놨던 독단(毒丹)을 깨물려던 순간인데 입에서 힘이 빠지고 턱이 하염없이 벌어진 것이다.

그러나 이미 한참이나 멀찍이 떨어진 모습!

양팔에는 후안무치를, 허리춤에는 궤짝을 낀 채로 줄행랑을 치고 있는 담우소의 뒷모습에 사내의 냉혹한 이성의 두뇌가 일시 제정신을 차렸다.

"우아아! 후안무치야아아아……."

사내는 하늘을 바라보며 울부짖었다. 제갈량을 만난 주유의 울부짖음보다 더했으면 더했지 덜하지 않는 절규였다.

그날 밤.

수적에게서 장사 밑천을 뺏고 빚쟁이의 애병을 뺏은 담우소는 보무도 당당하게 빗속을 걷고 있었다. 신이라 불리는 여인이 훌륭한 변덕을 부린 덕분이다.

때문에 담우소의 온몸이 흠씬 젖어버린 건 당연했다. 그것도 꽤나 비참하게.

보통 사람이라면 발걸음을 빨리한다든지 주변의 민가를 찾는 등의 일에 심력을 소모했을 것이다.

이제 슬슬 초여름의 문턱에 도달하고 있다곤 하지만 비에 홀랑 젖어버린 바짓가랑이의 느낌이 기분 좋을 일은 동서고금을 막론하고 없기 때문이다.

하지만 담우소는 발걸음을 재촉해 뛰지도, 민가를 찾아 두리번거리지도 않았다. 마치 본래부터 빗속을 거닐며 노닐기를 좋아하는 사람의 모양새랄까?

일 테면 입가에 헤죽거리는 미소를 짓고 눈이 풀어진 부류의 사람(狂 시)과도 같이 담우소는 빗속을 마냥 걷고 있었다.

미쳤다면 너무나 점잖고 무게있는 모습, 그럼에도 미쳤다면 참으로 곱게 미쳤다고 할 수 있는 얼굴을 하고 있지 않았다면 누구라도 의심할 만한 모습이었다.

하지만 그렇다고 해서 담우소가 미쳤다는 건 아니다.

전혀 그러한 병증과는 거리가 멀다는 걸 입증이라도 하듯 담우소는 냉전과도 같은 두 눈에 입술을 굳게 다물고 있었다.

다른 사람들의 앞에선 절대 엿보이지 않는 얼굴이랄까?

주변을 둘러싸고 있는 어둠과 빗속에 갇혀 담우소는 심한 자괴감에 빠져 있었다.

수적들에게서 장사 밑천을 뽑은 건 좋은 일이었다.

덕분에 타락한 지당문의 파문제자 한 명을 구원하는 부수입까지 얻은 터였다. 결코 나쁠 까닭이 없었다.

지룡권 구대성 자신이야 그렇게 생각하든 말든지 간에 담우소 스스로 그렇게 납득했으니 전혀 문제될 것이 없는 일이다.

지금 담우소를 괴롭히는 건 다른 일이었다.

오늘 하루 동안 벌였던 두 번째 싸움의 노획물. 아니, 전리품인 은빛 사슬의 묵직함이 그의 자책감에 응대했다.

─이름조차 주워듣지 못한 빚쟁이 사내와의 격렬한 일전!

만약 위기의 순간 지당권의 한 동작이 떠올라 빨리 기선을 제압하지 않았다면 담우소는 위험했을지도 몰랐다. 오랜 시간 격투에 힘을 쏟을 만한 내공이 그에겐 없기 때문이었다.

그러니 승부의 끝은 그만큼 정정당당해야만 했다.

어찌 됐든 처음부터 한 끼의 식사와 술 한잔이 그리워 시작됐던 일이니 목적을 이뤘으면 손을 떼야 했다. 그것이 강호를 살아가는 사나이들의 정리요 의리라 할 수 있었다.

그런데 담우소는 그러질 못했다. 상대방의 애병을 말도 안 되는 이유를 들어 뺏고 기습을 가하기까지 했다. 참으로 창피스런 노릇이었다.

그것은 뻔질나게 말했다시피 상대방이 느닷없이 식사 중에 손을 쓴 것 때문도 아니요 장사 밑천을 털려 했기 때문도 아니었다.

본래 출신이 거지에 가까운 밑바닥인 담우소에게 그런 일쯤 참아 넘길 인내력이 없을 리 만무했다. 웬만하면 좋게 좋게 넘길 수도 있는 문제라는 뜻이다.

그런데도 담우소는 사내의 마음에 한(恨)을 심은 것이니 그것에는 까닭이 있었고 언뜻 그 까닭을 떠올린 담우소는 아랫입술을 깨물었다.

'젠장! 그는 강했다. 어쩌면 사부님보다 강했을 것이다. 아니, 강한 자는 그뿐이 아니라 지룡권 구대성이란 자도 강했다. 그래서 나는 그들에게 심하게 손을 쓴 것이다. 내가, 아니, 우리 풍뢰문의 무공이 결코 약하지 않다는 걸 증명하기 위해⋯⋯.'

뇌까림 중 담우소는 입맛이 쓰다고 느꼈다. 다른 풍뢰문의 사형제들이 강호를 떠돌며 느꼈을 좌절감이 뼛속까지 파고들었다. 그 역시 서서히 강호의 비정함과 풍뢰문도로서 세상을 살아가야 하는 현실을 깨닫기 시작한 것이다.

　그리고 또다시 떠올려진 사부의 기대와 염원이 담긴 눈빛과 자신을 내쫓던 때의 암담한 좌절과 고통의 내음!

　요즘에서야 그것이 의미하는 바를 대충이나마 깨달은 담우소의 얼굴 근육이 가벼운 경련을 일으켰다.

　태호에서부터 줄곧 파격적인 행동으로 다른 사람들의 억장(億丈)을 무너지게 했던 그가 지금은 오히려 억장이 무너지는 심경에 사로잡히고 있었다.

　무명산을 내려와 다시 사문인 풍뢰문을 찾았을 때 겪었던 기가 막힌 일들이 마치 어젯밤 겪었던 일인 양 주마등처럼 뇌리를 스쳐 가고 있었다.

제7장 우중(雨中)의 조우

'이젠 이곳도 마지막이렷다!'

바람이 불고 있었다. 덕분에 오 년 동안 한 번도 자르지 않은 머리가 흩날려 눈앞을 가리자 담우소는 눈살을 찌푸렸다.

무명산에서 불철주야 이대심법을 익힌 지 어언 오 년여. 담우소는 이제 산을 내려가려 하고 있었다.

처음 이곳에 도착해 눈물로 하루를 보내던 때를 생각하면 참으로 마음이 감개무량했다.

과거 주화입마를 당하기 전의 무공은 어떠했던가?

지금의 자신보다 그다지 나을 것도 없다는 생각에 담우소는 입가에 미소를 배어 물었다.

지금까지의 고련이 얼마만했던지를 보여주듯 담우소의 미소는 더이상 저잣거리 소저들의 가슴을 울렁이게 할 만한 것이 못 됐다.

갸름하던 턱 선은 강인하게 각이 졌고 부드럽던 눈매는 살기라도 머금은 듯 날카로워져 전날의 곱상하던 얼굴을 떠올리기란 이미 힘든 일이었다.

게다가 장신의 키에 적당한 근육을 자랑하던 탄탄한 몸은 다소 말랐다 싶을 정도로 야위어 있었다.

밖으로 드러난 어깨가 온통 잘게 나뉘어진 근육으로 꿈틀대지 않았다면 연약하다 오해받을 법도 했다.

하지만 애초부터 자신의 변한 신체나 얼굴에 그다지 커다란 관심을 기울이지 않던 담우소였다.

자꾸만 눈을 괴롭히는 머리를 과감히 뒤로 젖혀낸 그는 등에 짊어지고 있던 봇짐을 한차례 들썩이곤 발길을 돌렸다.

사문이었던 풍뢰문을 제외하곤 처음으로 가져 봤던 초가집을 뒷전으로 한 채였다. 겨우내 길을 막고 있던 눈이 몽땅 녹았으니 산을 내려갈 때가 된 것이다.

담우소가 풍뢰문에 돌아온 건 춘삼월을 넘어 절강성 전역이 온통 봄 내음으로 가득해질 무렵이었다.

소년기를 거쳐 청년이 될 때까지의 삶을 보냈던 곳이니 길을 잘못 들어설 까닭이 없었다.

한시라도 빨리 그리운 사부에게 달려가 파문제자의 오명을 벗으려는 일념으로 풍뢰문에 도착한 담우소는 일순 어안이 벙벙했다.

분명 자신이 무공을 수련하고 주변을 노닐던 그곳이 틀림없었다. 무명산에서 머리를 다친 일도 없으니 자신의 기억이 틀릴 리 없는 것이다.

그런데 눈앞으로 보이는 이 황량한 모습은 무언가?

담우소가 도착한 곳은 주변의 성시(城市)가 내려다보이는 야트막한 구릉 지대였다. 주변의 사람들로부터 와호장룡지(臥虎藏龍地)라 불리는 곳으로 천여 년 동안 풍뢰문이 뿌리를 내리고 있던 곳이었다.

그러니 당연히 고색창연한 건물들과 널찍한 연무장 뒤편으로 낭창하게 자라나 있는 청죽림(靑竹林)이 흥취를 더해야만 했다. 사부님은 그곳에 정자(亭子)를 만들어놓고 여름이면 더위를 피하곤 하셨지 않은가!

그러나 담우소는 그토록 정겨웠던 어떠한 것도 볼 수 없었다. 낡았으되 기품이 느껴지던 건물들은 하나같이 부서져 있었고 청죽림의 대나무들은 몽땅 잘려 을씨년스러움을 더했다.

게다가 놀란 마음에 달려간 청죽림 저편에는 사부님이 아끼던 정자 역시 주춧돌밖엔 보이지 않으니…….

순간 아찔한 어지럼중을 느끼고 신형을 휘청이던 담우소의 시선을 잡아끄는 것이 있었다.

온통 누렇게 뜬 풀이 대부분인 주변과는 달리 새파랗게 생명력이 넘치는 풀밭이 무성한 조그만 동산이었다.

대뜸 그것을 사람이 매장된 무덤이라 판단한 담우소의 미간이 잔뜩 좁혀졌다.

문파의 제자가 명을 다할 경우 문파의 그림자가 닿는 곳에 일 년간 매장했다가 유골을 거두어 조사동(祖師洞)에 위패를 내건다는 풍뢰문의 문규를 떠올린 것이다.

'설마!'

그쪽으로 발걸음을 옮기며 담우소는 고개를 연신 가로저었다. 그러나 과연 주변과 달리 생명력 넘치는 풀밭을 이룬 그것은 이곳에서 잔뼈가 굵은 담우소의 눈에도 낯선 무덤이었다.

'어찌 이런 곳에 무덤이 있단 말인가? 호, 혹시!'

일시 까닭 모를 두려움이 담우소의 뇌리를 스쳤다. 가슴을 뚫을 듯 두근거리기 시작한 심장의 박동 소리에 정신이 혼미해질 지경이었다.

그러나 성급한 판단은 금물이었다. 재빨리 무덤 앞으로 다가간 담우소의 입에서 급기야 기이한 신음이 흘러나왔다.

"흐으윽……!"

담우소는 힘없이 무너져 내렸다. 무덤의 앞, 번듯한 나무를 쪼개 만든 목비(木碑)에 초서체(草書體)로 적혀 있는 글자들이 그의 눈 속으로 매섭게 파고들었다.

이십이대(二十二代) 풍뢰문주(風雷門主) 위공(威公) 천승지묘(千乘之墓).

그것은 이 세상에서 담우소가 가장 사랑했던 사람이자 가장 원망했던 사람의 이름이었다.

눈앞의 목비와 풀밭 가득한 무덤은 사부의 죽음을 의미하고 있는 것이다.

땅바닥에 쓰러진 채 잠시 넋을 놓고 있던 담우소가 허겁지겁 목비 쪽으로 얼굴을 갖다 댔다. 필체를 확인하려는 것이었다.

그러나 실낱과도 같은 희망에 걸었던 기대도 곧 산산조각이 났으니, 손가락을 대고 자획을 더듬어가던 담우소의 입에서 처절한 흐느낌이 터져 나왔다.

"크흐흑, 맞구나! 글자마다 획수 하나씩을 더 그은 걸 보니 멋부리기 좋아하는 대사형이 쓴 것이 맞구나! 사부님, 사부님은 이 우소를 기다리지 않고 가셨구나! 이 우소가 돌아오는 것도 보지 못하고 가셨구나! 우아아아……!"

목비를 끌어안고 흐느끼던 담우소가 땅바닥에 털썩 주저앉아 하늘을 바라보며 대성통곡했다.

서른에 가까운 나이임에도 불구하고 마치 여남은 살 먹은 어린아이처럼 두 눈으로 눈물을 줄줄 흘려냈다.

마음속 깊이 은혜하던 사부의 죽음 앞에서 담우소는 부모를 잃은 어린아이와 같은 심정이 되고 말았던 것이다.

그러니 그 같은 모습을 사부의 영혼이 보기가 괴로워서였을까, 아니면 그저 단순한 우연이었을까?

한 식경이 다 되도록 울음을 그치지 않는 담우소의 배후로 세 명의 사내가 다가섰다.

그중 커다란 코에 선명한 왕점이 찍혀 있는 사내가 '패앵' 하고 코를 풀었다.

"쿵쿵, 이런 빌어먹을! 제자 놈들도 하나같이 빚을 지고 야반도주한 떨거지 같은 문파에 어찌 저런 녀석이 나타났나?"

굳이 누군가의 의견에 귀 기울이려는 의도는 없었을 것이다. 그러나 왕점사내의 말을 받은 원숭이같이 팔이 길죽한 사내와 눈이 잔뜩 째진 사내는 이구동성으로 맞장구쳤다.

"그, 그렇군. 꼬, 꼴불견이다."

"흐흐, 삼류문파에 삼류떨거지가 찾아들었구만."

사내 셋이 다가와 소리를 질렀으되 먼저 말문을 연 자와 그 뒤를 따른 자는 엄연히 달랐다.

무리가 형성되면 자연스레 이루어지는 힘의 역학 관계상 먼저 말문을 여는 건 우두머리일 확률이 높았다.

내심 어린 시절 밑바닥 인생을 거치며 몸으로 뼈저리게 느꼈던 단순 명쾌한 진리를 떠올린 담우소의 행동은 한 점의 망설임이 없었다.

휘릭!

왕점사내를 셋 중의 우두머리로 찍은 담우소의 신형이 앉은 자리에서 뒤로 회전했다. 허리에 힘을 주고 땅으로부터 받은 반동을 이용해 단숨에 몸을 뒤집은 것이다.

그리고 눈 깜짝할 사이 이뤄진 발끝으로의 연타!

한 손으로 땅바닥을 지지한 상태에서 왕점사내의 면상과 몸젖 부위를 힘껏 걷어찬 담우소가 재빨리 신형을 옆으로 굴렸다.

우두머리가 분명한 왕점사내가 당한 습격에 잠시 당황한 기색이 되었던 두 사내의 연환각(連環脚)을 피하기 위해서였다.

파파팍!

대여섯 바퀴나 몸을 굴리고야 신형을 일으킨 담우소의 시선이 어이없다는 표정이 완연한 두 사내와 허리를 숙인 채 땅바닥에 쓰러져 있는 왕점사내를 훑어갔다.

'풍천경의 발자결을 발끝으로 운용했으니 한 놈은 끝났다고 보고 나머지 녀석들은 또 어떻게 처리한다?'

담우소는 처음부터 불문곡직 암습을 가하고도 모자라 나머지 두 사내 역시 어떻게든 골로 보낼 심산을 하고 있었다.

특별히 자신의 대성통곡하는 모습을 들킨 게 부끄러워서가 아니라 사부의 죽음으로 인해 기혈이 거꾸로 돌던 차에 걸린 화풀이 대상을 놓치기 싫었기 때문이다.

그러자 담우소의 살기등등한 모습에 기가 질렸는지 왕점사내가 앓는 소리를 내며 땅바닥을 뒹굴고 있는데도 사내들은 쉽사리 달려들지 못했다.

천성적으로 겁이 많아 보이는 얼굴을 하고 있는 원숭이팔사내는 물론이거니와 독한 얼굴을 하고 있는 째진 눈의 사내도 마찬가지로 머뭇거리고 있었다.

그들은 일시에 웬만하면 악귀와 같은 표정을 하고 있는 담우소와 맞상대하고 싶지 않다는 공감대를 형성한 것 같았다.

하지만 앞서 설명했듯 담우소는 이미 꼭지가 돌아 있었다. 그들과 같이 평화적으로 상황을 해결하고픈 마음이 애초에 없었다.

스윽.

마치 공격을 강요하듯 중단을 방어하기 위해 자세를 취하고 있던 두 팔을 슬쩍 내려뜨린 담우소가 버럭 소리 질렀다.

"너희들은 뭐 하는 놈들이냐?"

"……."

"왜? 대답하기 싫으냐?"

담우소의 윽박은 과연 효과가 있었다. 마치 입술이 달라붙은 듯 말이 없는 원숭이팔사내와 달리 째진 눈의 사내가 더 이상 참지 못하고 분기를 내쏟았다.

"그러는 네놈이야말로 뭐 하는 녀석이냐?"

"나?"

"그래! 어째서 망한 지 오래인 이곳에서 계집애처럼 울고 있냐는 말이다!"

"울어? 내가?"

반문과 동시에 소맷자락으로 얼굴을 슥슥 문지른 담우소가 퉁명스레 다시 말했다.

"내가 언제 울었다는 거냐?"

"그야 방금 전에……."

"이놈아, 내가 언제 울었냐고!"

목소리를 높이는 담우소의 눈빛이 여전히 빨리 자신에게 달려들라는 의도가 물씬 풍기고 있었다. 담우소가 봐왔던 저잣거리의 싸움이란 보통 이런 식으로 일어나곤 했던 것이다.

그러자 더 이상 참지 못하겠는지 앞으로 나서려던 째진눈사내의 소맷자락을 잡아당기는 손이 있었다. 지금껏 침묵을 지키고 있던 원숭이팔사내였다.

"나는……."

"……."

원숭이팔사내는 여전히 말이 없었다. 그러나 놀랍게도 그에게 제지를 받은 째진눈사내는 그때까지도 끙끙거리며 땅바닥에 얼굴을 묻고 있던 왕점사내 쪽으로 분노의 방향을 돌렸다.

"임마, 일어나!"

"끄응."

"안 되겠군. 사내 구실도 못하는 녀석, 아예 환관(宦官)이나 되게 거시기를 뽑아버려야지."

말과 함께 째진눈사내는 진짜로 왕점사내의 하체 쪽으로 손을 뻗었다. 오로지 하체만을 노린 매서운 일격이었다.

그러자 왕점사내가 재빨리 두 다리를 교차하며 방향을 비틀었고 두 다리를 단단히 오므린 상태로 연환각의 자세를 취한 그를 향해 째진눈사내가 냉랭하게 말했다.

"멀쩡하구만. 빨랑 일어나라!"

"으으, 난 정말로 아프다구."

"그래그래, 알았으니까 빨랑 일어나라. 안 일어나면 내 단검의 명예를 걸고 정말 네 녀석의 거시기를 확 뽑아버릴 테니까."

"이, 이런 제기랄!"

투덜거림과 함께 왕점사내가 째진눈사내를 한차례 째려보곤 구부정한 자세로 자리에서 몸을 일으켰다.

담우소가 내심 자신했던 풍천경의 발자결에 두 차례나 목젖을 가격당한 자치고는 꽤나 양호한 얼굴을 한 채였다.

'젠장! 내가 어째서 관절기(關節技)를 사용하지 않았지!'

담우소는 방금 전 풍천경을 관절기로 운용하지 않은 걸 후회했다. 아무리 내, 외공을 견실히 쌓은 자라도 뼈가 부러지면 저렇게 멀쩡한 모습으로 일어날 순 없는 까닭이다.

그런 담우소를 물끄러미 바라보고 있던 원숭이팔사내가 느닷없이 두터운 침묵을 깼다.

"너, 너는 누, 누구냐!"

"응?"

"우, 우리들이 누, 누군지 알고 시, 시비를 거는 거, 것이냐?"

"……"

담우소는 순간 깨닫는 바가 있었다. 원숭이팔사내가 지금껏 침묵을 지켰던 것은 원래 말을 더듬기 때문이지 자신에게 겁을 먹어서가 아니었다.

겁을 집어먹은 자라면 째진눈사내의 옷자락을 잡아당기지도 않았을 것이며 지금과 같이 도전적인 눈빛을 내비치지도 않았을 게 분명했다.

'그렇다면 맨처음 우두머리로 지목했던 녀석은?'

왕점사내 역시 머뭇거리며 원숭이팔사내의 눈치를 살피는 모습을 힐끔 쳐다본 담우소의 눈살이 가볍게 찌푸려졌다.

'젠장, 그러니까 우두머리는 사실 저 더듬이 녀석이었군.'

담우소로선 천만뜻밖이었다. 등으로 식은땀이 흘러내릴 지경이었다. 왕점사내나 째진눈사내라면 몰라도 원숭이팔사내 쪽은 전혀 주의를 기울이지 않았기 때문이다.

그도 그럴 것이, 원숭이팔사내는 누가 보더라도 꽤나 겁이 많아 보이는 얼굴과 구부정한 허리를 하고 있었다.

도저히 우두머리의 자질이라든지 무공을 익히기에 훌륭한 근골이라는 싹수를 찾아볼 수 없는 모습이었다.

그래서 담우소 역시 지금까지 그에게 전혀 신경을 기울이지 않았던 것인데 우두머리라 지목하고 다시 살펴보니 그에겐 숨겨진 비범한 구석이 있어 보였다.

허리춤을 넘어 무릎 근처까지 내려뜨려져 있는 두 팔이 바로 그것인데, 보통 사람의 입장에서 보면 그저 흉측해 보일 뿐이지만 무인에게는 그렇지 않았다.

그런 길쭉한 손을 완벽하게 단련시켜 주먹을 쏟아내고 칼을 빼 들어 휘두른다면 웬만한 고수가 아닌 한 상대하기가 꽤나 껄끄러울 게 분명한 것이다.

때문에 가볍게 호흡을 되새김질한 담우소가 여태껏 잔뜩 부릅뜨고 있던 눈의 힘을 조금 풀었다.

"그러니까 당신들은 동문(同門)의 사형제들인가?"

"도, 동문?"

"그래, 셋 모두가 똑같은 옷을 걸치고 있잖아. 물론 거기 당신은 따로 후권(猴拳)을 절정까지 익힌 고수 같긴 하지만."

"후, 후, 후, 후……."

"왜? 내게 정곡을 찔린 건가?"

"후, 후, 후, 후……."

"이런이런, 대답을 기다리다 해가 지겠군."

담우소의 다시 이어진 비아냥거림이었다. 원숭이팔사내와 같은 부류는 말보다는 주먹을 먼저 나눠보는 것이 의사 소통에 편리하다는 판단에서였다.

그러나 생각보다 신중한 성격인 듯 원숭이팔사내는 경동하지 않았고 연신 왕점사내와 으르렁거리고 있던 째진눈사내가 대신 입을 열었다.

"내가 대신 대답하지. 나 곡전풍(曲癲風)은 단검을 쓰고 옆의 점만 무식하게 큰 교(喬)가 녀석은……."

"이놈아, 나 교진운(喬秦運)의 점이 뭐가 크다는 것이냐! 네놈의 째진 눈이야말로 더러운 인상의 결정판이 아니더냐!"

"뭐라고!"

"왜? 내가 틀린 말을 했느냐! 주변 읍내에서 네 녀석의 상판대기를 보고 기겁하지 않는 소저들을 내가 보지 못했다!"

분명 우두머리를 대신해 첫 번째로 입을 열 만한 입심이랄까? 방금 전 곡전풍에게 협박당했던 게 억울한 듯 교진운은 퍼렇게 부풀어 오르기 시작한 얼굴로 마음껏 떠들었다.

하지만 이미 충분할 정도로 교진운하고는 입씨름을 벌인 전력이 있었으리라.

길길이 날뛰며 화를 내기보다는 오히려 차갑게 콧방귀를 뀐 곡전풍이 비웃음을 던졌다.

"흥! 이 녀석아, 출신 성분도 모르는 녀석한테 초반부터 쥐어터진 주제에 주둥이는 살았구나! 쯧쯧, 네놈이 익힌 철포삼(鐵布衫)이 아깝다!"

그것은 결정타였다. 그렇지 않아도 기습적으로 얻어맞은 얼굴과 목 부위의 통증에 교진운은 화가 머리끝까지 난 상태였다.

만약 담우소가 발산하고 있는 기이한 살기에 주눅이 들지 않았다면 당장에라도 사생결단으로 달려들었을 터였다.

그런데 서로 간에 막말을 하고 지내는 사이인 곡전풍이 대놓고 비웃음을 던지니 견딜 재간이 없었다.

"이, 이놈이!"

"왜? 해볼 테냐?"

주변의 누구도 안중에 없는 듯 당장에라도 자신에게 달려들 듯 으르렁거리는 교진운의 모습에 곡전풍이 얼른 두 손을 소맷자락으로 감쌌다.

강호의 일반적인 비검수(飛劍手)들이 그러하듯 단검을 날리는 방향을 가늠하지 못하게 하려는 의도가 분명했다.

그러자 황당해진 건 다름 아닌 담우소였다. 자신의 바로 뒤까지 다가오도록 종적을 알지 못했으니 처음부터 범상한 인물들이란 생각은 염두에 두지 않은 상태였다.

그래서 우두머리가 되는 원숭이팔사내에게 좋은 목소리로 질문을 던졌던 것인데 괜한 곡전풍과 교진운이 자신을 놔둔 채 드잡이질을 벌이려 하고 있는 것이다.

그러니 이러한 모습은 처음 피가 거꾸로 돌고 제정신이 아니었을 때라면 분명 마음속으로 쾌재를 불렀을 상황이나 냉정을 되찾은 지금은 그렇지가 않았다.

의혹은 꼬리에 꼬리를 물며 수없이 떠오르고 있었다.

어떻게든 정정하던 사부님의 갑작스런 죽음과 풍뢰문이 이렇게 쪽박 찬 꼴이 된 까닭에 대해 담우소는 알아야 했다.

비록 남들의 조롱을 받는 파문제자의 신분이긴 하지만 오늘과 같은 사태는 도저히 묵과할 수 없다고 생각한 것이다.

따라서 담우소는 드잡이질을 벌이는 모습을 지켜볼 마음이 전혀 들지 않았고 두 사내의 분쟁에 과감히 끼어들었다.

과거 꼬마 거지들 간의 치열한 세력권 싸움이나 십여 명이나 되는 사형제들의 분쟁을 억압적인 방법으로 해결했던 경험을 되살리기로 마음먹은 것이다.

쿵!

두 사내가 팽팽하게 대립하고 있던 사이로 울려 퍼진 한차례의 진각은 단숨에 주변의 이목을 집중시켰다. 곡전풍과 교진운뿐 아니라 원숭이팔사내의 시선까지.

내심 자신의 진각이 만들어낸 잠깐의 고요에 만족한 담우소가 목소리를 낮게 깔았다.

"그래서?"

"……."

"난 당신들이 곡가와 교가라는 것과 각기 비검술과 외공을 특기로 한다는 것밖에 들은 것이 없거든. 그러니 다음 말을 이어서 해줘야 하지 않을까?"

여전히 은근한 위협이 담겼으나 목소리는 꽤나 부드러워져 있었다. 지금껏 담우소가 내뱉었던 말 중 가장 예의를 차린 목소리라는 뜻이다.

하지만 그렇다 해도 그의 목소리에 여전히 사람의 마음을 옥죄는 힘이 깃든 건 마찬가지였다.

풍천경을 익히기 위해 수많은 야생 짐승들과 생사결전을 벌이는 동안 자연스레 몸에 밴 기이한 살기 덕분이었다.

순간 자신도 모르게 침을 꿀꺽 삼킨 곡전풍과 교진운의 모습에 더욱 기세가 등등해진 담우소의 눈빛이 곡전풍의 째진 눈을 향해 재촉했다.

'어서 말해!'

'이, 이런 제길!'

더 이상 견딜 수 없었을 것이다. 내심 혀를 찬 곡전풍이 떨떠름한 표정으로 입을 열었다.

"그, 그게 그러니까……."

"더듬는 건 한 명이면 족하지 않을까?"

끝까지 위협의 분위기로 밀어붙이는 담우소였다. 본능적으로 눈앞의 사내들이 자신에게 완전히 겁먹었다는 걸 눈치 챈 것이다.

그러나 곧 죽어도 무림인이었다. 기분이 나빠지자 담우소가 발산하는 살기 따윈 완전히 무시하게 된 곡전풍이 성난 표정으로 소리쳤다.

"그러니까 내가 하려던 말은 비검술을 익힌 녀석하고 철포삼을 익힌 녀석하고 어떻게 동문일 수 있겠냐는 말이다!"

"그렇군. 그럼 어째서 같은 옷을 입고 있는 거지? 혹시 당신들은 표사들인가?"

"표사라니! 우리들은……."

"그, 그만!"

소리를 질러 곡전풍의 말문을 막은 건 여태껏 입술을 씰룩거리고 있던 원숭이팔사내였다.

'겨우 말문이 터졌구나' 하는 표정이 된 곡전풍을 향해 그가 손을 휘저어 보였다.

"조장?"

"돼, 됐다! 지, 지, 지금부터는 내, 내가 마, 말하겠다."

아마도 이런 일이 여러 번 있었을 것이다.

'그러슈' 하는 표정으로 곡전풍이 물러서자 원숭이팔사내가 기이한 위압감을 뿌리며 담우소 앞으로 성큼 한 걸음 다가섰다.

'호오, 과연 우두머리군.'

마음이 움직인 담우소가 슬쩍 고개를 숙여 보였다.

"과연 당신이 우두머리였군."

"……."

"뭐, 어쨌든 다짜고짜 당신의 부하를 두들긴 건 미안하게 생각하는 바요."

"어, 어떻게?"

"알았냐구?"

"……."

대답 대신 원숭이팔사내는 고개를 끄떡였다.

아마도 기이한 살기를 뿜어내는 담우소가 아니었으면 먼저 주먹부터 날려 두들겨 팬 후 부하들에게 넘기는 성격일 게 분명했다. 한마디로 말보다 주먹이 앞서는 성격이란 뜻이다.

하지만 그러한 모습이나 행동이 오히려 자신과 배가 맞는다는 생각에 담우소가 조금 전과는 달리 퉁퉁거리지 않고 말했다.

"분명 당신은 나와 한 판 겨룰 생각이었겠지. 그렇지 않았다면 그렇게 살기를 띤 채 나서지도 않았을 것이고."

"다, 당연하다!"

"하지만 지금 나에겐 의문이 하나 있거든. 당신에게 한번쯤 고개를 숙이고라도 묻고 싶은 것이 있단 말야."

"그, 그게……."

"그전에 확답부터 받고 싶군. 당신은 내 질문에 대답해 줄 건가?"

"……."

한참 동안 원숭이팔사내는 대답하지 않았다. 결코 입술이 떨려서 대답할 수 없는 게 아니라는 걸 보여주기 위해서 입술을 한일 자로 꽉 다문 채였다.

하지만 이미 눈앞의 사내에게 인정한 터였다. 담우소가 가공할 만한 인내력을 발휘하여 침묵에 동조하자 결국 원숭이팔사내가 손을 들었다.

"우, 우리는 그, 금산전장의 무사들이다."

무사란 말을 할 때만은 입술이 떨리지 않는다. 충분히 원숭이팔사내의 자부심을 읽은 담우소가 눈빛을 강렬히 했다.

"그렇군. 내가 산속에 틀어박힌 오 년간 결국 이곳 절강성에도 금산상회의 힘이 뻗쳤다는 말이군."

"그, 그렇다."

"한데 강남에서 가장 돈이 많다는 금산전장의 무사가 이곳에는 어쩐 일이오?"

담우소는 결코 본 문이라 하지 않았다. 이러한 순간에도 파문제자인 자신의 신분을 자각한 행동이었다. 그러자 원숭이팔사내가 순박해 뵈는 두 눈을 크게 찡그려 보였다.

"너, 너는 푸, 풍뢰문의 제, 제, 제……."

"풍뢰문의 제자가 아니냐고?"

"그, 그렇다."

"그게 그렇게 중요한가?"

더 이상 참지 못하겠는지 뒤로 물러나 교진운과 치열한 눈싸움을 벌이고 있던 곡전풍이 버럭 소리쳤다.

"그야 당연하잖아! 문주는 병들어 죽고 제자란 것들은 엄청난 빚을 지고 달아났으니 어떤 전장인들 이곳을 지키고 있지 않겠냔 말야!"

"저, 전풍!"

원숭이팔사내의 순박하던 눈빛이 매섭게 곡전풍을 향했다. 분명 함부로 말해선 안 될 말을 지껄인 게 분명했다.

그러자 곡전풍이 입을 쑥 내민 채 고개를 숙였고 어디까지나 풍뢰문이 요 모양 요 꼴이 된 까닭을 알아내기 위해 성질을 누르고 있던 담우소의 눈빛이 차갑게 가라앉았다. 순식간에 상황 파악이 된 것이다.

그러니 상황이 파악됐으면 행동으로 옮기는 게 당연한 수순이었다.

풍천경의 발자결을 두 방이나 얻어맞고도 정신을 잃지 않은 외공의 고수와 보기 드문 비검술을 지닌 수하를 둔 자!

원숭이팔사내를 향해 산중 대호에 비견될 듯한 살기를 뿜어내 뒤로 물러서게 만든 담우소가 음울하게 말했다.

"그런데 말야, 도대체 풍뢰문에서 얼마나 많은 빚을 졌길래 제자들은 몽땅 도망가고 현판까지 뜯긴 거지?"

"그……."

처음부터 대답 따윌 기대한 건 아니었을 것이다. 몇 차례 땅바닥을 디딘 담우소의 신형이 원숭이팔사내를 향해 달려들고 있었다.

우르릉! 쾅!

하늘을 찢어 발기는 천둥 소리와 함께 야우(夜雨)는 이제 폭우로 변하고 있었다. 밤의 어둠과 더불어 한 치 앞도 분별하기가 힘들 정도의 장막을 치고 있었다.

이제는 슬슬 비를 피할 만한 곳을 찾지 않으면 안 될 터인데 담우소는 여전히 대수롭지 않다는 표정으로 산길을 걷고 있었다.

아침나절의 일들을 떠올리다 보니 요 근래 만난 사람 중 가장 인상깊었던 원숭이팔사내가 떠올랐고 마음이 우울해졌다. 여느 사람들처럼 비를 피한다거나 몸을 따뜻하게 해야 한다는 생각은 떠오르지 않았다.

실제로 지뢰경 중 오행수기를 움직인다면 어떻게든 쏟아지는 빗방울의 방향을 틀어 장막을 만들 수 있을 것도 같았다.

그러면 옷도 젖지 않을 것이고 등골을 타고 흘러내리는 한 가닥 냉기도 덜할 게 분명했다.

하지만 그렇다 한들 담우소가 떠안은 천문학적인 빚이 없어질 리 없었고 도망간 사형제들이 개과천선하고 돌아올 리도 없었다.

그는 어떻게든 자신만의 힘으로 돈을 벌어 저당 잡힌 현판과 역대 조사들과 사부의 위패를 찾아야 하고 사형제들을 찾아 천 년 전통의 풍뢰문을 다시 일으켜 세워야만 하는 것이다.

'하지만 어떻게?'

나름대로 자신을 갖고 있던 자신의 무공 실력이 사실 별 볼일 없는 수준이란 걸 요 근래 절실히 깨달은 담우소는 빗속에서 우뚝 발길을 멈췄다.

'어떻게든 되겠지' 하는 생각에 금산전장에서 호언장담했던 일과 어느새 돈귀신이 된 자신의 처지는 어처구니가 없을 정도였다.

될 수만 있다면 짊어진 빚을 물리고 금산전장의 빚쟁이들이 보이지 않는 곳으로 달아나고 싶은 마음이 간절했다.

'하지만 어떻게?'

두 번째 자문이었다. 첫 번째와 똑같은 자문이되 이번 것의 답은 담우소가 이미 알고 있었다.

이러쿵저러쿵 해도 그는 절대 사부의 크나큰 은혜와 풍뢰문의 너른 그림자로부터 벗어날 수 없었다.

그러기에는 지난 십수 년간의 은혜와 오 년간의 피나는 고련이 결코 용서하지 않을 것이기 때문이다. 그리고 깨달음은 오기를 불러일으켰다.

그저 아무 생각 없이 부렸던 호기가 아니라 진짜 사나이의 강한 의지가 오기란 이름으로 솟구쳐 올랐다. 가슴속에서 들끓다 못해 입 밖으로 아우성이 되어 튀어나왔다.

"으아악! 그러니 어쩌겠어! 돈귀신이 되어서라도 빚을 갚을밖에! 더러운 금산전장의 빚쟁이 녀석들에게서 사문의 현판을 찾아올밖에!"

쏟아지는 장대비를 향해 담우소는 연신 주먹질을 해댔다.

마치 떨어지는 빗방울이 금빛으로 떡칠을 해놨던 금산전장의 편액이라도 되는 양 마구 주먹질을 해댔다. 그렇게 해서라도 마음속에 쌓인 울분을 풀지 않고서는 견딜 수가 없을 것 같았다.

하지만 야반 삼경에 비를 맞으며 하늘을 향해 주먹질하는 멋진 짓이 오래갈 수는 없었다.

일단 비에 젖은 채 격렬한 움직임을 지속한다는 건 신체의 각 관절에 무리를 주는 매우 멍청한 짓이었다.

기운이 펄펄 넘치는 젊은 시절을 보낸 후 인생의 황혼이 되면 무리가 올 가능성이 높았다. 결코 현재의 건강에 자신이 있다고 무작정 해대는 건 좋지 않은 바였다.

게다가 등골을 타고 흘러내리는 냉기와 척척하게 들러붙는 옷감의 칙칙한 느낌은 또 어떤가!

직접 경험해 봤다면 알겠지만 그 느낌이란 사람으로 하여금 따뜻한

온기를 그리워하게 만들었다. 불을 피워놓고 옷을 말려서 뽀송뽀송해지고 싶은 건 본능이라 할 만한 것이다.

때문에 담우소의 주먹질은 채 반 각도 되지 않아 멈췄다. 다시 불꽃 같은 이성의 지배를 담우소는 받기 시작한 것이다.

그러자 기다렸다는 듯 제정신으로 돌아온 담우소를 부르는 목소리가 있었다.

"이, 이제 다 끝나셨습니까?"

"……."

"어? 아직 안 끝났나?"

'흐음, 대답이 없자 바로 싸가지없이 말을 놓는다? 그리고 저 목소리는 귀에 꽤 익은데?

사람은커녕 날짐승의 푸드덕거림조차 들리지 않는 산속이었다.

사실 얼마 전부터 길을 잃은 까닭에 같은 장소를 돌고 있었던 담우소로선 사람의 소리가 반갑지 않을 수 없었다. 미로와 같은 산속에서 벗어날 수 있는 한 가닥 희망을 발견한 것이다.

하지만 사람도 사람 나름이었다.

대답이 없자 대뜸 처음과는 다른 태도를 보이는 목소리 하며 귀에 익은 듯한 느낌은 썩 좋지 않았다.

어쨌든 귀에 익은 목소리치고 담우소에게 좋은 기억으로 남아 있는 건 별로 없기 때문이다.

한동안 잊고 있던 무림인으로서의 자각을 떠올리며 발걸음을 돌리던 담우소의 눈에 가벼운 이채가 떠올랐다.

폭우에도 끄떡없어 보이는 우산(雨傘)의 아래쪽으로 낯익은 얼굴이 나타나 있었다.

"아, 안녕하셨습니까? 또 만나게 되었습니다."

"당신은……?"

"예, 낮에 대협께 신세를 졌던 지룡권 구대성입니다."

"하지만 어떻게? 아니, 어째서?"

"대협 덕분에 손을 씻고 이번에 일자리를 얻게 되었습니다."

"일자리?"

"예, 제게 일자리를 주신 분이 대협을 꼭 좀 만나뵙고 싶다시길래 실
례를 무릅쓰고 뒤를 쫓아왔습니다."

"허어!"

"물론 대협께서 제 주인님을 정 만나기 싫으시다면 어쩔 수 없지
만……."

"그만!"

"예?"

버럭 소리를 질러 구대성의 입을 막고서 담우소는 잠시 침묵했다.
그저 그런 침묵이 아니라 눈앞에서 뽀송뽀송한 옷에 휘감겨 있는 구대
성의 위아래를 훑는 침묵이었다.

하지만 그것도 잠시뿐이었다.

으스스한 기운이 뒷골까지 파고들자 담우소는 더 이상 기다리지 않
고 구대성 쪽으로 성큼성큼 걸어갔다.

방금 전까지 그토록 후회하고 있던 강탈 행위를 싹 잊고 매우 훌륭
해 봬는 우산에 눈독을 들이면서였다.

그리고 일어난 일련의 사태들.

그중 하나인 우산 탈취를 감행한 담우소는 전직 수적 주제에 제법

산길을 찾을 줄 아는 구대성의 뒤를 쫓으며 우산에 부딪쳐 튕겨 나가는 빗방울 소리가 흥겹다고 생각했다.

비에 푹 절어 한기 속에 방치되어 있을 때는 몰랐는데 밤중에 빗속을 걷는다는 건 꽤나 운치있는 일이었다.

귀찮게 굴던 풀벌레들은 소리 죽이고 달의 주변엔 뽀얀 달무리가 져 주변을 침묵하게 만들었다. 만약 옆에 사랑스런 소저라도 한 명 있다면 금상첨화일 터였다.

하지만 그거야 어디까지나 담우소 혼자만의 생각일 뿐 또다시 얻어맞아 눈이 밤탱이가 된 구대성의 생각은 달랐다.

아까까지만 해도 뽀송뽀송하던 옷은 흠뻑 젖어 있었고 뒤에서는 갈구는 눈빛이 송곳처럼 파고들고 있었다.

익숙지 않은 산속을 재촉하는 동안 남겨놓은 표식을 찾느라 정신이 없는 그로선 밤의 정취라거나 우중의 고요 같은 건 개나 줘버릴 말들에 불과했다.

아까까지만 해도 새로운 일자리를 얻은 기쁨으로 부상의 고통마저 아랑곳 않았지만 이제는 빨리 목적지에 도달해서 지친 몸을 쉬고픈 마음밖엔 떠오르는 게 없는 것이다.

덕분에 서로 다른 이유로 침묵을 지킨 두 사람의 움직임은 신속했고 담우소를 그토록 골탕먹였던 산속의 미로는 결국 자신의 속살을 내보이고 말았다. 계속 오르락내리락을 반복하던 산길이 오로지 내리막으로 변했다는 말이다.

그리고도 한참을 더 내려가서야 나타난 그림 같은 정자!

마치 기다렸다는 듯 물기를 말끔히 지운 밤하늘이 달빛과 별빛의 음율을 합주했고 정자 위에 정연히 앉아 있던 백의의 미서생이 살풋 미소를 지어 보였다.

"좀 늦으셨습니다."

"기분 나쁘군."

"예?"

"흐음, 편안히 앉아서 청풍명월을 논하다 보니 귓구멍이 막혔는가
보지? 나는 기분 나쁘다고 말했다구."

"......."

물론 백의미서생은 버선발로 정자 안에서 뛰어나오진 않았다. 그가
한고조(漢高祖:유방)가 아니듯 담우소 또한 장량(張良:장자방)이 아니었
던 것이다.

그러니 그가 담우소에게 극상의 환대를 했다곤 볼 수 없었다. 얼떨
결에 구대성을 쫓아온 담우소로선 감격으로 눈물을 흘리며 신하의 예
를 차리지 않아도 좋다는 뜻이다.

하지만 세상에는 아무리 화가 나는 일이 있어도 서로 어느 정도 선
에서는 멈추고 상대방을 존중해 주는 예의범절이란 게 있었다.

가끔 그것이 압도적인 주먹(폭력) 앞에선 종종 무의미해진다 해도 대
충은 그것에 맞춰주는 게 도리였다.

아니, 도리라고 세상 사람들은 말하곤 했다. 그래야만 세상을 살아
가는 데 편리하기 때문이다.

그런데 담우소는 대뜸 그런 일반적인 삶의 규칙 중 하나를 깬 것이
다. 그것도 어느 누구든 절대 싫은 소리를 할 수 없을 듯한 얼굴과 기
태를 지닌 사람 앞에서.

덕분에 안절부절못하는 모습이 된 구대성이지만 그가 염려하던 모
종의 일, 혹은 사태는 벌어지지 않았다.

잠시의 침묵 후 월야―月夜―의 비무를 가장한 드잡이질이나 육두문자의 향연이 아니라 담담한 웃음소리가 정자 안을 물들인 것이다.

"하하하, 과연 나 엄정하(嚴正霞)의 마음을 진동시킨 사내답소이다."

"엄정하?"

백의미서생이 대뜸 정자에서 몸을 일으키며 포권했다.

"그렇소이다. 본인은 엄씨 성을 지닌 사내로 노형의 기태에 반해 태호에서 이곳까지 쫓아왔소이다."

"흥, 그야 내 눈이 어찌 된 것이 아니니 당신의 얼굴 따위 잊을 리가 없지. 하지만 나한테 반하다니, 당신은 계집 같은 얼굴을 했다고 별로 바람직하지 못한 취향에 빠진 것이 아닌가?"

실로 노골적인 비꼼이었다. 처음에는 대놓고 하대를 하더니 이번에는 엄정하의 사내답지 않게 곱상한 외모를 걸고넘어지는 것이다.

그러니 계속해서 엄정하의 입가에 걸려 있던 미소는 이제 슬슬 사라져야만 했다.

아무리 배포가 크고 마음이 관대한 사내라 해도 참고 넘길 일이 있고 참지 말아야 할 일이 있는데 담우소가 건드린 것은 후자 쪽에 가까웠다.

오죽했으면 이미 두 차례에 걸쳐 그에게 얻어맞은 전력이 있는 구대성이 주먹을 불끈 쥐고 어깨를 부르르 떨었을 정도인 것이다.

하지만 세상에 보기 드문 용모에 어울릴 정도로 엄정하란 사내는 세상의 이치에 따라 좌우되는 사람이 아닌 것일까?

오히려 밉살스러울 정도로 기분 나쁜 미소를 매단 담우소보다 더욱 짙고, 어떻게 보면 요염한 미소를 지어 보이며 엄정하가 눈빛을 야릇하게 물들였다.

"그렇다면 어쩌시겠습니까?"

'뭘?'

"소생의 가슴에 불을 당겼으니 귀하께서는 오늘 밤을 소생과 뜨겁게
불살라 주시겠습니까?"

"에엑!"

"진정코 음양(陰陽)의 이치보다 더욱 뜨거운 지음(至淫)의 경계를 함
께 넘나들어 보시겠냐는 말입니다."

이쯤에서 엄정하는 어느새 정자의 계단 자락까지 걸음을 옮겨놓고
있었다. 당연히 아연실색한 담우소의 얼굴이 하얗게 물들었다.

"……."

가볍게 입을 벌린 채 말문이 막힌다는 표정이 되어버린 담우소를 바
라보며 엄정하가 슬쩍 비웃음을 던졌다.

"호오? 그저 장난을 한번 쳐본 것뿐인데 그렇게까지 민감한 반응을
보이다니!"

"……."

"아까의 헌걸찬 기세는 어디로 가고 얼굴이 발개진 소년이 이곳에
있을까? 사실 말만 그럴듯했지 아직 합궁(合宮)의 음락조차 느껴보지
못한 것이 아닙니까?"

방금 전 담우소가 했던 말보다 더욱 노골적인 비웃음이었다. 때문에
더욱 당황한 표정이 된 담우소를 향해 엄정하가 손을 가볍게 휘저었다.

"아아, 됐습니다. 오늘 운우(雲雨)의 기쁨을 알고 인생의 진수를 논할
만한 사람을 만났다고 생각했거늘 소생이 사람을 잘못 본 것 같군요."

"그게 무슨?"

"당신도 역시 그 정도밖엔 안 되는 사람이라는 뜻입니다."

'이런!'

말과 거의 동시였다. '피잉' 소리와 함께 엄정하의 중지가 튕겨졌고 순간적으로 담우소의 고개가 강하게 옆으로 젖혀졌다.

암습을 눈치 챘다기보다는 엄정하의 손가락에서 튀어나온 쇳조각에 지뢰경상의 오행금기(五行金氣)가 반응한 덕분이었다.

하지만 그렇다 해도 그저 지척에서 조금 더 떨어진 거리였다. 막강한 엄정하의 삼촌설(三寸舌) 신공에 눌려 있던 담우소의 대처가 완전할 수는 없었다.

주르륵…….

약간의 차이로 피하는 게 늦은 까닭에 담우소의 뺨을 타고 한 방울의 핏물이 흘러내렸다.

하지만 월광의 푸른 빛과 합쳐져 검게 물든 그것을 담우소는 미처 신경 쓰지 못했다.

고개를 젖히며 내뻗었던 손바닥의 오행금기를 뚫고 절반쯤 박혀 들어간 쇳조각 쪽이 더욱 시급했고 훨씬 더 그의 신경을 긁어대고 있는 것이다.

"이것은…….

"본인이 가장 잘 아실 텐데요?"

"……."

"본래 구리 돈의 효용 가치는 완전무결할 때만 있습니다. 은자나 황금이라면야 토막이 나더라도 무게를 달아 가치를 잴 수 있지만 구리라는 건 그렇지가 않아서 훼손되면 아무런 가치가 없어진다는 말이지요. 그래서 귀하가 소생에게 줬던 것 중 하나를 제 성의를 담은 예물로써 돌려 드린 겁니다만. 어떻게 마음에 드셨는지 모르겠습니다?"

소기의 목적을 이뤘음이리라!

언제 자신이 담우소에게 교염한 눈빛을 던졌냐는 듯 엄정하의 목소리는 지극히 정중해져 있었고 습관처럼 입가에는 진홍빛 미소가 떠올라 있었다.

자신이 튕겨낸 예물 덕분에 얼굴의 반면을 피로 물들이고 있는 담우소의 현 상황과 자신은 전혀 아무런 관련이 없다는 듯 여유가 넘치는 모습이었다.

그러니 지금까지의 담우소라면 두 번 생각할 것도 없었다. 눈앞에서 간악스러울 정도로 매력적인 미소를 짓고 있는 엄정하에게 달려들어야만 했다.

무명산을 내려온 후 태호를 넘어 강소성의 언저리에 들어서기까지 먼저 싸움을 걸지는 않더라도 걸어온 싸움을 피해본 기억이 없는 그인 것이다.

하지만 잠시의 침묵 끝에 도대체 무슨 생각을 한 것일까?

파앗!

손바닥에 오행금기를 집중해 박혀 있던 반쪽 난 구리 동전을 뽑아낸 담우소는 자신의 눈앞에서 무방비 상태나 다름없는 자세로 서 있는 엄정하에게 달려들지 않았다.

그저 달려들지 않았을 뿐만 아니라 가냘파 보이기까지 한 그의 섬세한 손짓을 쫓아 말없이 조촐한 술상이 차려져 있는 정자 안으로 걸어들어갔다.

뒤에 말없이 시립해 있던 구대성이 놀라 입을 벌렸을 정도로 지금까지의 막무가내 하고 개차반 같던 모습과는 달리 자못 점잖은 얼굴에 옷깃까지 여민 채였다.

제8장 노예 계약(奴隷契約)을 권유받다

백옥처럼 뽀얀 피부에 흑요석(黑曜石)처럼 반짝이는 눈동자. 적당히 솟아오른 콧날과 주삿빛의 도톰한 입술은 보는 이, 그러니까 담우소의 가슴을 두근거리게 한다.

청려하다기보다는 오히려 도발적인 색감마저 풍겨내고 있는 눈앞의 사내. 어찌 보면 도저히 같은 사내라는 생각이 들지 않을 듯 신비한 미모를 눈앞의 엄정하는 가지고 있었다.

그래서였을까? 태호에서와는 달리 정신이 말짱한 상태로 엄정하를 가까이 접한 담우소는 자신도 모르게 침을 꿀꺽 삼키곤 화들짝 놀랐다.

한참 잘 나갈 만한 시절을 무공 수련에만 바쳤던 담우소였다. 여태 껏 여인과의 관계란 농으로나 지껄일 뿐 실제로 경험한 적이 없었다.

그런데 이 밤, 이곳 정자와 같이 으슥하고 달빛이 요염하게 쏟아지는 곳에서 자신과 같이 달릴 것 다 달린 사내를 바라보며 가슴이 두근거리자 분노가 치밀지 않을 수 없었다.

그러나 차갑게 식어 있는 머리와는 달리 계속 두근거리는 가슴의 떨림은 무언가!

자신이 가녀린 허리춤과 아름다운 용모, 부드러운 목소리의 소저도 아니고 눈앞의 사내에게 반했음에 좌절한 담우소가 내심 한탄했다.

'하아! 산에 너무 오래 있었다. 아니, 산에서 내려온 후 너무 많은 일을 맞느라 사랑스런 소저들을 보지 못한 이유가 더욱 크다. 그렇지 않았다면 어찌 이렇게까지 타락할 수 있단 말인가! 아무리 저 녀석이 웬만한 소저들 뺨 치게 이쁘다곤 하지만……'

담우소는 내심 중얼거리며 눈살을 찌푸렸고 단아하게 좌정하고 있는 엄정하를 위아래로 훑어봤다.

얼굴은 비록 옥용이란 말이 어울릴 듯 아름답지만 몸매만큼은 사내의 우락부락함을 숨길 수 없을 거란 판단에서였다.

하지만 푸른빛이 감도는 백의로 감춰진 엄정하의 왜소한 몸매는 처절하리만치 담우소의 꿈과 기대를 무너뜨렸다.

언뜻 품 넓은 옷자락에 가려진 엄장하의 풍채는 그럴듯해 보였다. 허리가 곧고 가슴은 제법 두툼해 보였다.

만약 풍천경을 익혀 동물의 가죽 속 뼈마디를 하나하나 읽어낼 수 있는 담우소가 아니라면 충분히 세간의 이목을 속일 수 있었을 것이다.

하나 얼굴과 너무나 잘 어울리는 가냘픈 어깨와 호리호리한 허리의 곡선으로 시선이 옮겨지자 엄정하의 몸매는 이미 웬만한 여인의 몸매를 가볍게 능가하고 있었다.

두툼한 가슴마저 여타의 사항과 결부되자 찬연히 피어난 꽃봉오리처럼 만개하고 있었다.

때문에 더욱 심해진 두근거림. 미치고 환장할 듯한 기분이 된 담우소가 마음속 울부짖음을 포기한 채 오랜 침묵을 깼다.

"나머지 반쪽은?"

"예?"

"내게 던진 것을 제외한 반쪽을 말하는 것이다."

'티잉!' 소리와 함께 담우소의 손바닥에 쥐어져 있던 반 토막짜리 구리 동전이 소반 위를 굴렀다. 그것의 반쪽을 마저 달라는 무언의 요구였다.

하지만 정자로 오른 후 담우소가 보였던 무례한 눈길이나 침묵의 의미를 짐작한 것일까?

엄정하는 피식 웃더니 주삿빛 입술을 열었다.

"어차피 거래는 강소나루에서 이미 끝난 것. 우리 두 사람이 다시 만난 기념으로 하나를 드렸으니 다른 하나는 제 마음속에 담는 것이 도리라고 생각합니다만?"

"구리 동전 반 토막을 마음속에 담는다? 말은 잘하는군. 잔말 말고 나머지 반 토막을 내게 주시오. 내가 빚졌던 구리 동전 두 푼을 줄 테니."

티팅!

소반 위에 외롭게 배를 내밀고 있던 반쪽짜리 구리 동전 곁으로 두 개의 모양 번듯한 놈들이 덜그럭거리며 튀어올랐다.

실로 담우소로선 산을 내려온 이래 처음으로 보는 손해였다. 떨리는 손길처럼 그의 가슴에서 피눈물이 흘러내렸다.

그러거나 말거나 그런 담우소의 심정쯤 자신이 알 바 아니라고 생각한 것일까?

소반 위의 구리 동전과 담우소를 번갈아 바라보며 빙글거리던 엄정하가 살며시 고개를 가로저었다.

"왜?"

"그야 당신 같은 돈귀신이 손해를 감수하는 건 무언가 까닭이 있을 게 분명하기 때문이지요. 안 그런가요?"

"그, 그건……."

"뭐, 굳이 설명하려 애쓰지 않아도 됩니다. 당신의 표정만으로도 충분히 알 수 있으니까요. 하지만 본인은 이런 유리한 상황에서 원금만으로 만족하는 바보가 있으리라곤 생각지 않습니다만."

순간 담우소의 얼굴이 아까와는 다른 이유로 가볍게 변했다.

"도, 돈을 더 달라는 건가… 요?"

"후후, 더 주실 건가요? 아니, 얼마나 더 주실 건가요? 본인은 이래 봬도 꽤나 부잔데 당신이 본인과 거래할 수 있을까요?"

"으음, 그것은, 그것은……."

담우소는 더듬거릴 뿐 말을 잇지 못했다. 엄정하에게 가장 큰 약점을 찔리자 일시 대처할 방법을 찾지 못한 것이다.

그러자 그 모습이 재밌는지 엄정하는 다시 입가에 요염한 미소를 떠올렸고, 그의 젓가락이 소반 위에 정갈히 놓여진 소채를 가리켰다.

"대답이 없으신 걸 보니 아직 본인과 거래할 준비가 되지 않았다고 생각해도 되겠지요? 그보다 제가 변변찮지만 술안주를 준비했습니다. 특이하게도 아직 봄의 정취가 남아 있으니 맛을 좀 보십시오."

"아니, 그보다는 먼저 남은 반쪽을……."

"이 근처 제일의 요리사가 정성 들여 만든 것입니다. 술을 마시기 전에 입맛을 돋워 흥취를 북돋울 수 있을 겁니다."

굳이 담우소와 흥정을 벌이겠다기보다는 주인이 객을 접대하는 목소리였다. 그러니 더욱 구리 동전에만 신경을 쓰고 있던 담우소로선 무안할밖에.

'이런 젠장할!'

할 수 없다는 듯 젓가락을 들어 소채를 뒤적인 담우소가 그중에서 간혹 모습을 드러내는 고기 토막을 골라내었다. 그리곤 연신 입으로 가져가기 시작했다.

엄정하가 던졌던 점잖은 권유와는 실로 동떨어진 모습으로 만약 식구가 많은 집안 같으면 가내공적(家內公敵)으로 몰려 치도곤을 면치 못할 행동이었다.

그러자 더 이상 참지 못하겠는 듯 엄정하가 섬섬옥수(纖纖玉手)를 들어 입가를 가렸다. 아까와 같은 요염한 미소가 아니라 키득대는 웃음을 그대로 드러내며 엄정하가 목소리를 바꿨다.

"하긴 이와 같은 사람을 만났으니 군자연한 가면을 쓰고 대하는 것도 우스운 노릇."

"우물우물……."

"귀하는 명성 높은 신비문의 제자이겠지요?"

"우물우물……."

"소문으로만 들어봤던 이대심법 중 삼십육계신법은 못 봤으나 그 안 면강화신공은 이미 경지에 오른 것 같군요."

"우물우물……."

"그래서 말인데……."

마침 더 이상 뒤적여 봤자 남은 고기 조각이 없다는 걸 깨달은 참이었다. '꿀꺽' 하고 잘게 조각난 고기 조각의 나머지를 삼킨 담우소가 입을 열었다.

"어찌 알았지?"

돈 문제가 사라지자 다시 말끝을 짧게 하는 담우소였다. 평소와 같은 살기를 뿜어내진 않았지만 상대방으로 하여금 눈살을 찌푸리게 하는 말버릇이었다. 하지만 방금 전 말했다시피 사소한 일쯤 너무 꼬치꼬치 따지지 않기로 한 듯 엄정하는 개의치 않고 되물었다.

"뭘 묻는 것인지……."

"어떻게 내가 신비문의 제자란 걸 알았냐는 질문이야. 실제로 내 무공을 본 적도 없을 텐데?"

"아아!"

그제야 알았다는 듯 귀엽게 고개를 끄떡인 엄정하가 배실거렸고, 담우소의 눈빛이 날카로워졌다.

방금 전 '신비문' 이란 말이 엄정하에게서 튀어나왔을 때 그는 하마터면 혀를 씹을 뻔했다.

자신에게도 낯선 문파 명, 풍뢰문도들이 강호를 배회할 때 내세웠던 문파 명이 엄정하의 입에서 흘러나온 탓인데 거기에는 그럴 만한 까닭이 있었다.

근래 백여 년간 무림에는 몇 가지 커다란 사건들이 있었다. 천하를 암중으로 지배하고 있던 마천루(摩天樓)가 사라진 후 일어난 동란이라고나 할까?

한동안 보기 드물 정도로 평화로웠던 무림은 마천루에서 풀려난 수많은 거마효웅들에 의해 피보라가 몰아쳤다.

마치 그동안의 평화가 거짓이었음을 주장이라도 하려는 듯 하루도 피바람이 걷힐 날이 없었다.

어제 웃으며 술잔을 부딪치던 지기가 오늘은 싸늘한 시신으로 변해 있는 암울한 시기였다.

그러나 당연히 난세는 영웅을 배출하는 법!

오늘날에 이르러선 당대 제일이라 불리는 일대의 영웅 청우 선인(靑牛
仙人)의 눈부신 활약으로 근래 들어 무림은 크게 안정을 되찾고 있었다.

무림의 각대문파에서 청우 선인의 사문인 무당파(武當派)에 해검지(解
劍地)를 만들어 그 위업을 칭송할 정도였다.

비록 수많은 군소 문파들이 봉문(封門)하거나 멸망했다지만 하루가
멀다 하고 날뛰던 거마효웅들의 대부분이 청우 선인에 의해 죽거나 무
림을 떠났기 때문이다.

하지만 그런 일들이야 어디까지나 남의 얘기에 불과했다. 그동안 문
파의 천 년 전통대로 지난 격동의 백여 년간을 침묵으로 일관했던 풍
뢰문이 신비문을 자처할 일은 없었다.

혈풍의 시기 내내 풍뢰문은 문을 닫아건 채 은인자중했다. 어차피
혈풍의 중심은 장강 이북의 강북 무림이니 광란의 폭풍이 사라지기만
을 조용히 기다렸다.

물속에 가라앉은 돌로 만든 배처럼 호수 위로 떠오르지 않고 문파의
명맥을 유지시킨 것이다.

때문에 전대 문주의 대에 이르러서야 조금씩이나마 문밖 출입을 시
작한 풍뢰문이었으니 엄정하의 신비문 발언에 담우소가 촉각이 곤두선
건 당연했다.

자신조차 이대심법을 연마하기 위해 폐관에 들어갈 당시에나 전해
들었던 문파의 전통을 알고 있는 엄정하에게 부담감을 느끼지 않는다
면 거짓말이 될 터였다.

그렇다 해도 그저 돈에 집착할 때와는 조금 다른 담우소의 태도와

눈빛이 재밌을 뿐 입가의 미소를 멈추지 않고서 엄정하가 말했다.

"일반적인 외문기공(外門氣功)으로는 비록 구리로 만든 동전이라 해도 칼로 자른 듯 반듯하게 자를 순 없지요. 육체를 아무리 단련한다 해도 내가의 진기처럼 순수해질 순 없으니까요. 하지만 당신이 소생에게 건네준 동전의 잘린 면은 명검에 잘린 듯 반듯했습니다. 당신에겐 그만한 내공이 없어 보이는데도요."

'제길, 역시 그런가!'

엄정하의 설명을 들으며 담우소는 내심 투덜거렸다. 슬쩍 소반 위의 반쪽 난 동전을 바라보니 과연 그의 설명대로 잘린 면이 매끈했다. 지뢰경상의 오행금기가 작용한 까닭이다.

때문에 엄정하가 무공을 안다는 사실을 눈치 채자마자 동전을 회수하고자 했던 것인데 이미 상대방은 눈치를 챈 것 같았다. 아니, 챘을 것이다.

밖에서 힘을 빌어오는 지뢰경의 특성을 알고 있는 담우소로선 눈살이 찌푸려지지 않을 수 없는 일이었다.

그러나 담우소의 그러한 내심을 아는지 모르는지 엄정하의 설명은 계속됐다.

"그러니 차력(借力)의 힘을 썼다고밖엔 생각할 수 없는데 세상에서 가장 고명한 차력 수법이 뭐가 있을까요?"

"……."

"소생의 견문이 비록 그리 고명한 건 아니지만 신비문의 무공 중에 천하의 오행지기를 마음대로 빌어다 쓰는 무공이 있다는 말을 들은 바 있지요. 그래서 슬쩍 떠봤던 것인데……."

"뭐? 그럼……."

"하하, 소생 역시 그리 호탕하게 대답해 주실 줄은 몰랐습니다. 본래 강호에서 자신의 사문 내력을 숨기는 건 지극히 당연한 일인 것을."

"이익!"

분명코 놀리는 기색이 완연한 말투, 그것도 극히 악질적인 표정과 함께였다.

그러거나 말거나 일시 수치가 분노로 변해 어깨를 부들거리기 시작한 담우소를 향해 엄정하가 슬쩍 화제를 바꿨다.

"그런데 말입니다."

"……."

"너무 그렇게 속상해하진 마세요. 아까 낮에 본인에게 줬던 수치에 비한다면 그런 것쯤 아무것도 아니지 않습니까. 게다가……."

"게다가?"

"예, 당신은 화급히 처리해야 할 물건도 있으시니."

담우소의 시선이 천천히 정자 아래쪽을 향했다. 충실한 노복의 모습을 해 보이고 있는 구대성이 서 있는 방향이었다.

그러자 구대성이 슬쩍 고개를 옆으로 돌려 보였고 차갑게 냉소한 담우소가 엄정하를 향해 말했다.

"당신, 돈 많다고 했지?"

"예."

"얼마나 많지?"

"……."

"숨겨도 소용없어. 나는 이미 당신한테서 진한 돈 냄새를 맡았으니까. 뭐, 그렇다고 해서 당신의 호주머니를 털 생각은 없지만 거래를 틀 상대가 부자라는 건 좋은 일이지."

자조가 섞인 목소리였다. 단언했다시피 절세미인처럼 곱상한 사내 앞에서 그런 얘기밖에 할 수 없다는 점이 매우 화가 난다는 모습이었다.

그러나 오히려 그와 같은 이야길 기다렸음인가? 담우소를 은근히 다그치던 엄정하의 입 모양이 묘한 색감을 뿌렸다.

"역시 돈이 필요하신 게지요?"

"필요하다."

"얼마나 필요하신지요?"

"아주 많이!"

"그렇다면……."

"그렇다고 도적질이나 강도질을 하고 싶진 않다. 뭐, 철이 든 후 익힌 거라곤 몇 가지의 주먹질밖에 없으니 내세울 만한 재주도 없지만."

"호오, 그런가요? 하지만 태호에서는 제법 멋지게 한 건 하지 않으셨습니까? 조선국의 인삼은 꽤나 고가(高價)의 상품일 텐데요."

어쩔 수 없다는 표정으로 담우소가 인정했다.

"그야 그렇지. 하지만 내가 턴 건 어디까지나 선량하고 평범한 사람들의 것이 아니야. 굳이 말하자면 나는 부정한 물건을 털어 의로운 곳에 쓰려는 협객(俠客)이라 할 수 있지."

"협객이라고요? 그렇다면 훔친 인삼을 모두 가난하고 병든 자들에게 나눠 주시겠단 말씀인가요?"

"그럴 리가 있나!"

단호한 표정으로 딱 잘라 말한 담우소가 엄정하의 반짝이는 눈동자를 바라보며 얼른 자신의 말을 정정했다.

"물론 그렇게 남들을 도와주는 것도 좋은 일이긴 해. 하지만 지금의 나에겐 그보다 더욱 중한 일이 있으니 협행에도 선후가 있는 법이지."

"협행에도 선후가 있다?"

"아무렴. 이 인삼은 내 곧은 마음을 알고 하늘에서 내려준 선물이거든."

삼척동자가 든더라도 실소를 금할 수 없을 듯한 말이었으되 담우소의 얼굴은 진지하기만 했다. 그리고 그것이 바로 후안무치신공을 능가하는 풍뢰문의 안면강화신공이란 걸 직감한 것이리라.

물끄러미 담우소를 바라보던 엄정하가 가볍게 고개를 끄떡여 보였다.

"그렇군요. 당신은 하늘이 내려준 선물을 더욱 유용하게 사용하기 위해 소주와 같은 큰 성읍으로 가려던 것이군요."

"뭐, 그렇다고만은 할 수 없지. 본래부터 조사할 일이 있어 소주를 찾아야 했는데 한 가지 일이 더 늘었을 뿐이니까."

말과 함께 담우소는 재빨리 소반 위의 동전 두 닢을 회수함과 동시에 덩그러니 놓여져 있던 술병을 잡아채 비어 있던 잔을 채우곤 단숨에 들이켰다.

그동안의 조사로 알아낸 사실들, 그러니까 풍뢰문의 재정이 파탄난 일의 중심에 서 있는 사람은 대사형 왕대보였다.

금산전장으로부터 확인했다시피 모든 금전적인 거래가 그로부터 이루어졌기 때문이다.

그러니 담우소로선 왕대보의 지난 행적을 중점적으로 파헤칠 수밖에 없었고 곧 몇 가지 사실을 알아내곤 앞으로의 행보를 정했다.

사부의 병환을 고치기 위해 동분서주 명약을 구했던 왕대보는 잠시 절강성을 떠나 강소성의 소주로 여행을 간 일이 있었다.

하늘같이 사부를 위하던 왕대보의 성정을 생각하면 쉬이 짐작할 수 있는 일이었다. 그는 약값으로 졌던 빚을 탕감할 모종의 장사를 하기 위해 소주로 향했던 것이다.

그러나 담우소가 생각하기에 왕대보는 다른 사형제들에 비해 무공이나 인품은 그럭저럭 괜찮지만 마음이 소심하고 경험이 부족했다.

굳이 말하자면 무골호인(無骨好人)이라 할 만하니 그가 풍뢰문을 떠난 건 그때가 처음이었다.

사람은 좋지만 강호 경험이 일천하고 어리석으니 사부인 풍뢰문주가 항시 그를 자신의 옆에 붙잡아뒀던 까닭이었다.

당연히 그와 같은 사람이 도박과도 같은 장사에서 성공을 거둘 리 만무했다.

왕대보의 소주 여행은 실패했고 자신의 실책을 복구하기 위해 다시 금산전장을 찾아야만 했다. 파멸의 악순환을 그는 그렇게 걸어갔던 것이다.

그 가운데 철저한 조사로 그와 같은 과정을 누구보다 잘 알게 된 담우소가 주목한 사실이 있었다.

연달아 사업에 실패한 후 울분의 나날을 보내던 왕대보가 술만 마시면 이를 갈며 저주했다는 대두귀란 이름이었다.

담우소는 광기에라도 빠진 듯 빠져나올 수 없는 수렁 속으로 왕대보를 밀어넣은 건 소주로의 여행이었고 당사자는 바로 대두귀란 외호의 무림인이라 단정한 것이다.

'크으, 술맛 좋군. 어쨌든 저 돈 많은 녀석에게 인삼을 처분해 장사 밑천을 마련한 후 대두귀란 녀석을 수소문해 사실 확인을 해보면 모든 사실이 명백해지겠지. 설마 하니 양팔과 양다리를 몽땅 부러뜨려도 제 놈이 모른다고 할까? 그놈에게서 뜯어낼 수 있는 건 죄다 뜯어내고서 야반도주한 사형제들을 찾아도 늦지는 않으리라.'

염두를 굴리는 중에도 술잔은 연신 움직였다. 주인의 허락도 얻지 않은 채 연신 술을 따라 마시며 담우소는 얼굴도 모르는 대두귀를 향한 살기를 일으키고 있었다.

그러자 그의 제멋대로인 내심을 아는지 모르는지 빙그레 미소만 짓고 있던 엄정하가 정자 아래의 구대성을 향해 소리쳤다.

"대성아!"

"예, 주인님."

"오늘 호걸을 만났으되 밤이 아직도 많이 남았구나. 술이 부족할 듯싶으니 냉큼 달려가 좀 더 술을 구해오너라!"

"예, 알겠습니다."

담우소에게 죽지 않을 정도로 얻어맞았을 때와는 전혀 다른 모습이었다. 담우소가 인정했던 호기당당한 지당문의 사내는 마치 수십 년의 경력이 녹록치 않은 노복이라도 되는 듯 산길을 달려갔다. 깊은 밤이었고 비가 온 탓에 길이 온통 질척거렸지만 조금도 불평을 터뜨리지 않았다.

그 모습에 담우소가 '도대체 어떤 조건을 제시받은 것일까?' 하며 신기해하자 어느 틈에 담우소에게서 뺏어 든 술병을 기울여 자신의 잔을 채운 엄정하가 말했다.

"소생의 노복이 하루 만에 저리 변한 것이 궁금하신 것 같군요. 만약 제게 아까 말했던 소주를 찾는 까닭을 말해 준다면 저 역시 그가 저리 변한 까닭을 가르쳐 드리지요."

기이할 정도로 사람의 마음을 동하게 만드는 목소리였다. 하지만 애초부터 구대성이나 기타의 문제 따위에 신경을 기울일 정신이 담우소에게 있을 리 없었다.

다시 엄정하에게서 술병을 뺏어 들고는 얼굴에 홍조마저 가득한 절세의 미모를 뚫어지게 쳐다보던 담우소가 하릴없이 웃었다.

"맞아, 솔직히 나는 저 구대성이란 자가 당신 같은 샌님한테 쩔쩔매는 까닭이 궁금해. 하지만 그래 봤자 하룻밤의 인연이야. 당신같이 내심을 알 수 없는 자에게 쓸데없이 내 속마음을 털어놓고 싶진 않아."

"흐음, 그렇군요. 하면 앞전의 말은 없었던 것으로 하고 거래에 대해 얘기해 볼까요?"

말과 함께 '쩔그렁' 소리가 소반 위를 울렸다. 소리가 지닌 무게감으로 보나 음량으로 보나 얼마 전 담우소의 손을 떠났던 동전 두 개와는 비교도 되지 않는 소리였다.

그것이 바로 은자와 황금이 잔뜩 든 전낭에서 나는 감미로운 소음임을 직감한 담우소가 자신도 모르게 굵은 침을 꿀꺽 삼켰다.

"꾸, 꿀꺽! 이것은?"

"용두선에서 당신이 집어 줬던 전낭 그대로입니다. 대충 황금으로 삼십 냥은 될 듯한데. 어떻습니까, 조선국의 인삼을 제게 넘기시는 게?"

"황금으로 삼십 냥?"

"예. 듣기로 그 궤짝 하나 가득 인삼이 있다고 했으니 적어도 스무 뿌리는 될 듯싶은데……."

"정확히 스물다섯이다. 그것도 몽땅 상등품의 육 년근들이지. 으음, 고작 황금 삼십 냥뿐이라니 안타깝군. 물건을 볼 줄 아는 사람을 만났으니 소주에 도착하기 전에 몽땅 팔아넘기려 했는데……."

담우소가 얼른 손가락을 꼽아봤다. 자신이 알고 있는 약초 지식을 총동원해서 자신이 가지고 있는 인삼의 최고가를 대충 계산해 보는 것이다.

그러나 그의 꼽아지던 손가락은 곧 딱딱하게 굳었으니 여태껏 입가의 미소를 잊지 않던 엄정하의 달콤한 목소리가 그의 귓전을 울렸다.

"전 스물다섯 뿌리 모두를 원합니다만."

"스물다섯 뿌리를 몽땅? 꿍쳐 놨던 돈이라도 있는 건가?"

"그럴 리가요."

손을 휘휘 저어 보인 엄정하가 한 자 한 자 끊어서 말했다.

"소생은 한 뿌리당 은자 열 냥씩으로 쳐서 이백오십 냥, 거기다 귀하의 노고를 위로하는 뜻으로 은자 오십 냥을 더한 황금 삼십 냥으로 거래하자는 말입니다."

"한 뿌리에 열 냥씩?"

"예, 제 전낭에 든 황금은 삼십 냥이나 되니 부스러기 은자를 제한다 해도 삼백 냥이나 됩니다. 당신은 은자 오십 냥이라는 부수입을 얻게 되는 것이지요."

엄정하는 담우소를 향해 방긋 웃어 보였다. 진실로 담우소에게 유리한 거래 조건을 제시했다는 듯 여유가 넘치는 모습이었다.

하지만 그리 서두르지 않았는데도 담우소의 뇌리 속에 떠오른 인삼의 가격은 한 뿌리당 스무 냥을 호가했다.

아니, 그것이 최상의 품질을 자랑하는 조선국 인삼이라면 그 가치는 두 배까지도 가능할 터였다.

보신을 위해서라면 돈을 바리바리 싸 들고 약방이나 의원을 찾는 부자들이 지천으로 널린 소주와 같은 대성시라면 능히 그렇다는 말이다.

그런데도 그처럼 어이없는 거래 조건을 내세운 주제에 절대로 거래가 성사되리란 자신감을 드러내고 있는 엄정하의 얼굴은 또 뭔가?

상대방의 까닭 모를 자신감에 은근히 마음이 불안해진 담우소가 딱딱한 목소리로 말했다.

"지금 날 조롱하고 있군. 뭐, 조롱당한다 해도 부족하지 않을 자격은 내가 가지고 있지."

"……?"

"하지만 날 조롱할 자격이 있는 사람은 부자여야만 해."

"부자?"

"암, 그것도 아주 큰 부자여야만 하지. 그렇지 않으면 내 주먹이나 다리가 사고를 치고 싶어 조바심 칠지도 모르니까."

그 말을 끝으로 담우소는 자리에서 벌떡 일어났다. 결연한 의지를 보이기 위해 옆구리에 인삼 상자를 꿰어찬 채였다.

거래를 할 때는 이와 같이 단호한 모습이 가끔 필요하다는 평소의 지론을 실천에 옮긴 것이다.

그러나 결연한 의지를 보인 표정이며 박력 넘치는 목소리까지는 좋았으나 결정적으로 그의 손은 주인을 배신했다.

더듬더듬…….

담우소의 손이 더듬고 있는 곳. 그곳은 소반 위, 그중에서도 엄정하가 던져 놓은 전낭 위였다.

단호하게 거래를 포기하겠다는 의지를 불태우고 몸을 일으켰으되 그의 손은 눈앞의 황금을 포기할 수 없었던 것이다.

그러니 참지 못하고 엄정하가 손으로 입가를 가릴밖에. 그 틈을 비집고 튀어나오는 숨 막히는 키득거림을 억지로 짓누르며 엄정하가 웃음 섞인 목소리로 말했다.

"후후, 거래를 할 때는 돈과 물건이 오고 가는 게 당연한 일, 당신이 소생의 전낭을 만졌다는 건 거래를 받아들이겠다는 뜻이겠지요?"

"응?"

"거기 아래쪽에……."

"이, 이런……."

촤르륵!

전낭을 내팽개치고 뒤로 물러서는 담우소의 안색은 가볍게 일그러져 있었다.

남의 돈주머니에 손을 댔다는 자책감이 아니었다. 큰 거래를 앞두고 작은 것을 탐해 큰 것을 잃을 뻔(小貪大失)했던 자신의 어리석음 때문이었다.

굳이 따지자면 방금 전의 모습은 일종의 병증이라 할 만했으나 세상의 시선이나 평가는 냉엄했다.

그저 실수라거나 본의가 아니었다는 등의 말은 아무 짝에도 쓸모가 없었다. 오직 냉정한 현실만이 세상을 지배하는 것이다.

때문에 담우소는 내심 준비해 뒀던 뒷말을 잇지 못했고 엄정하의 전낭에서 쏟아진 내용물들이 은은한 달빛 아래 그 모습을 드러냈다.

—사람을 미치게 하는 마력(魔力)을 지닌 누런 빛의 황금들과 몇 개의 부스러기 은자들.

그중 담우소의 두 눈을 어지럽힌 건 다름 아닌 번쩍이는 보광(寶光)이 찬연한 하나의 구슬이었다.

크기는 그저 보통의 진주(珍珠) 두 개를 합쳐 놓은 듯한데 주변을 환하게 밝히는 모습이 예사롭지 않았다.

보석이나 보물에 별로 조예가 깊지 못한 사람이라 해도 가치를 따질 수 없는 무가지보(無價之寶)임을 한눈에 알 수 있을 정도였다.

"이, 이건?"

"아아, 아버님께 생일 선물로 받았던 야명주(夜明珠)가 어디로 갔나 했더니 이곳에 있었군."

"야, 야명주?"

"예, 천금(千金)을 주고도 구하기가 어렵다는 야명주지요. 오래전에 잃어버린 후 찾을 길이 없었는데 사실 전낭 속에 숨어 있었군요."

"⋯⋯."

"소생은 이곳에 그저 황금 삼십 냥만 있는 줄 알았으니⋯⋯. 만약 당신이 그대로 거래에 응했다면 당신은 엄청난 행운을 잡을 수 있었을 텐데 참으로 아까운 기회를 놓쳤군요."

말과 함께 얼른 야명주를 집어 드는 엄정하의 입술이 기이한 호선을 이뤘다.

자신의 손끝만을 뚫어지게 쳐다보며 어깨를 부들거리기 시작한 담우소의 모습에 웃음을 참기 힘든 듯했다.

하지만 엄정하의 말마따나 천금을 주고도 구하기 어렵다는 야명주를 본 터였다.

엄정하의 비웃음을 모른 척 넘어간 담우소가 재빨리 입가에 사람 좋아 보이는 미소를 떠올렸다.

"아, 아니, 그게 무슨 말이지? 설마 하니 이젠 거래를 하지 않겠다는 말인 건가?"

"⋯⋯."

"우리의 거래는 이제 막 시작하려는 참인데 어찌 그리 조급하게 모든 걸 결정하려고 그러느냔 말야. 거래할 마음이 조금이라도 있다면 조금쯤 마음의 여유를 가지라고."

"뭐, 그야 조선국의 인삼은 참으로 진귀하니 소생이야 당연히 거래에 응할 생각이 있지 않겠습니까?"

"그렇지. 그렇다면 거래는 이제부터 시작됐다고 할 수 있겠군. 크하하하!"

대소와 함께 담우소가 재빨리 소반 앞에 주저앉았다. 야명주의 등장과 함께 거래가 새로운 국면으로 접어들었음을 보여주는 모습이었다.

그러자 담우소의 무례한 모습에도 불구하고 엄정하는 술병을 들어 그의 비어 있는 술잔을 채웠고 그것을 단숨에 들이키는 그를 향해 입을 열었다.

"그러니 당신의 뜻은 소생의 말처럼 황금 삼십 냥에 인삼 스물다섯 뿌리를 넘기시겠다는 말입니까?"

"그야 당연히 그럴 리가 없잖아?"

"하면?"

"그러니까 내 말은 당신이 야명주를 본인에게 맡기면 소주로 가서 내가 제값을 받고 팔 테니까 그때 다시 인삼 거래를 재개하자는 거야."

단호한 한마디와 함께 다시 술잔에 술을 따르는 담우소의 얼굴은 사뭇 진지했다. 진실로 자신이 한 말이 옳다고 여기는 듯했다.

하지만 눈앞에서 마지막 술 한 잔이 사라지는 모습을 바라보며 엄정하는 나직이 웃기만 했고, 급기야 담우소가 옆구리에 끼고 있던 인삼 궤짝을 소반 위에 내려놓았다.

타악!

"이건 무슨 뜻이죠?"

그제야 웃음을 멈춘 엄정하가 묻자 담우소가 대답했다.

"인삼 스물다섯 뿌리가 들어 있는 궤짝으로 현재 내가 가지고 있는 것 중 가장 값이 많이 나가는 거야. 다시 만나 거래를 하기 전까지 당신에게 맡겨두겠어."

"호오, 재밌군요. 조선국의 인삼이 비록 진귀하다곤 하지만 야명주에 비길 수 있다고 생각하는 겁니까?"

"그러니까 내가 잘 팔아서 당신에게 이득을 줄 테니 그동안 인삼을 맡고 있으란 말이야!"

"하지만……"

"날 믿지 못하겠다는 뜻인가?"

담우소의 두 눈은 어느새 차가운 살기를 뿜어내고 있었다. 자존심에 상처를 입은 무사의 얼굴이었다. 금방이라도 목숨을 걸고 한판 결전을 벌이자는 모습을 해 보이고 있는 것이다.

하지만 담우소를 바라보는 엄정하의 신색은 여전히 변함이 없었으니, 오히려 입가의 미소를 더욱 진하게 매단 채 엄정하가 말했다.

"당신을 믿지 못하겠다는 게 아닙니다. 거래에 별로 재능이 없는 소생보다야 안면의 뻔뻔함이 상승의 경지에 오른 당신이 더욱 제값을 받고 야명주를 거래할 가능성이 높겠지요."

"……"

"하지만 애석하게도 이 야명주는 부친께서 소생의 이십 세 생일이 되던 날 선물하신 겁니다. 쉬이 남의 손에 맡길 순 없는 노릇이지요. 뭐, 그렇다 해도……"

"그렇다 해도?"

"당신이 소생과 한 가지 약조를 해준다면 마음을 돌릴 수도 있지요. 아니, 인삼과 야명주를 그냥 맞바꿀 수도 있습니다."

"한 가지 약조?"

"예, 한 가지 약조면 됩니다. 하실 수 있겠습니까?"

"그……."

자신도 모르게 고개를 끄떡이려던 담우소의 입술로 한 가닥 핏물이 내비쳤다. 야명주의 마력에 마음이 홀려 저절로 열리려던 입술을 억지로 깨문 탓이다.

그러자 가볍게 변한 엄정하의 신색. 달빛을 받아 신비로운 매력을 풍기던 엄정하의 안색이 일시 귀기(鬼氣)가 느껴질 만큼 창백하게 변했다.

"왜, 소생이 내건 조건이 마음에 들지 않는 것입니까?"

"그… 꿀꺽, 그게 아니라 나는 당신이 내걸 약조를 알고 싶을 뿐이야. 비록 야명주가 비싼 물건이긴 하지만 아무 하고나 약속을 덥석덥석 할 수는 없으니까."

"그런가요?"

"아무렴. 난 한번 약속을 하면 그것을 반드시 지키는 사람이니까. 그러니 당신은 어서 그 약조란 것에 대해 먼저 말해 보라구."

"그렇군요. 분명히 그렇겠군요."

고개를 끄떡이는 엄정하의 얼굴 빛이 다시 본래의 절세미모를 회복했다. 그리고 역시 제 빛을 찾은 두 눈으로 담우소를 빤히 바라보니 그가 안색을 붉히지 않을 수 없었다.

그 눈빛은 어떻게 보더라도 아름다운 소저의 눈빛과 하등의 차이가 느껴지지 않기 때문이다. 그래서 담우소가 슬쩍 시선을 돌리니 그것이 또 기분 나빴음인가?

지금까지와 달리 입가에서 미소를 지워낸 엄정하가 옥(玉)이 부서지는 듯 냉랭한 목소리로 말했다.

"그러니 약조의 내용을 들어야만 거래를 하시겠다는 말씀이시지요?"

"뭐, 그런 것이지."

"그러다 소생이 거래를 그만두자고 하면요?"

"……."

잠시의 침묵. 대답없이 두 눈을 날카롭게 반짝이던 담우소가 고개를 천천히 좌우로 흔들어 보였다.

자신의 요구를 들어주지 않는다면 자신 역시 이번 거래에 대한 미련을 버리겠다는 의사를 함축적으로 보여주는 모습이었다.

그러자 다시 한차례 고개를 끄떡여 보인 엄정하의 입술이 가볍게 달싹였고 그 움직임을 따라 입술을 움직이던 담우소의 얼굴이 기괴하게 변했다.

"뭐?"

"그러니까……."

"노. 예. 계. 약?"

"예, 당신은 지금 이 자리에서 소생의 충실한 노복이 될 것을 천지신명(天地神明) 앞에서 맹세하십시오. 그렇다면……."

와장창!

소반을 발로 걷어찬 담우소가 벌떡 신형을 일으켜 세웠다. 정자 안에 들어선 후 두 번째 몸을 일으킨 것인데 첫 번째와는 달리 아무런 표정의 변화가 없었다.

새끼줄로 묶었던 머리가 흐트러져 머리칼 몇 가닥이 앞을 가린 것만 아니라면 눈앞에 엎어져 있는 소반과 그와의 관계를 유추할 길이 없을 정도였다.

하지만 여전히 자리를 지키고 앉아 있는 엄정하에게는 이러한 모습이 오히려 더욱 살기등등해 보였다.

일견 냉정해 빼는 얼굴과 달리 담우소의 훤히 드러난 양 팔뚝은 금방이라도 손을 쓸 듯 근육이 불끈거리고 있었다.

별다른 살기는 느껴지지 않지만 엄정하를 향해 당장에도 공력을 일으켜 손을 쓸 듯한 기세인 것이다.

그러니 보통의 무림인이라면 무언가 방어 동작을 취하는 게 옳았다.

방어 동작을 취한 상태로 상대방의 공격을 받아내는 것과 그렇지 않는 것은 엄청난 차이가 있는 까닭이다.

그런데도 불구하고 엄정하는 애초부터 그럴 줄 알았다는 듯 태연자약한 모습을 하고 있는 것이니…….

담우소의 불타는 눈빛을 받아내는 엄정하의 눈빛은 추수와 같이 차갑고도 맑았다.

절대로 담우소가 자신을 공격하지 못하리란 절대적인 자신감이 배어 있는 그런 눈빛이었다. 그리고 그 눈빛의 차가움에 가슴이 서늘해진 때문이다.

처음의 엄중한 기세와는 달리 담우소가 함부로 다음 행동으로 넘어가지 못하고 머뭇거리자 엄정하가 먼저 입을 뗐다.

"그렇게 소생의 노복이 되는 것이 싫으신 겁니까?"

"……."

"하지만 지금 당신은 현실의 무게로 인해 괴롭지 않습니까? 제 노복이 되어 당신을 옥죄이고 있는 무거운 짐으로부터 해방되는 것도 그리 나쁘진 않을 텐데요."

"그……."

"아니면 소생 같은 백면서생을 쫓아다니는 게 싫은 건가요?"

촤라락!

말과 함께 엄정하가 수중의 섭선을 활짝 펼쳤다. 예의 화산기경이 담겨진 섭선으로 가볍게 흔들리자 거센 선풍이 일어났다.

섭선으로부터 시작된 거센 회오리가 금세 담우소와 엄정하의 주변을 휘감고는 정자 자체를 밑둥부터 뿌리째 날려 버릴 듯 위맹함을 더하기 시작했다.

'이런!'

일시 눈앞의 엄정하가 자신의 상상을 초월하는 고수임을 눈치 챈 담우소의 이마로 진땀이 솟아올랐다.

그를 공격해 들어가자니 전혀 빈틈이 보이지 않고 뒤로 도망을 치자니 칼날과 같은 살기를 뿜어내는 바람이 주변을 온통 가리고 있었다.

대자연의 섭리 앞에 무력한 인간처럼 담우소는 어찌해야 할 바를 모르게 된 것이다.

그리하여 침묵을 선택한 담우소를 바라보는 엄정하의 입가에 더할 나위 없이 아름다운 미소가 떠오를 때였다.

파앗!

자신의 주변을 맹렬히 휘돌고 있는 칼날과도 같은 바람을 향해 맹렬히 돌진한 담우소의 신형이 놀랍게도 정자 밖으로 튕겨져 나갔다. 그리고 돌연한 사태, 그러니까 자신이 만들어낸 선풍의 벽이 깨진 것에 놀랐음이다.

"앗!"

벌떡 신형을 일으켜 세운 엄정하가 신음과 함께 처음으로 당황한 기색이 된 순간 이미 담우소는 정자의 아래쪽으로 이어져 있는 산길을 달려가고 있었다.

마침 술병을 잔뜩 안고 걸어오던 구대성이 재빨리 앞을 가로막아 섰으나 세 번째로 쥐어터지고 뒹굴었을 뿐 도리가 없었다.

신법을 펼쳐 담우소의 앞을 가로막아 서자마자 번개같이 펼쳐진 풍천경의 이자결에 혈맥에 미친 듯 부풀어 오른 채 땅바닥을 나뒹군 것이다.

그러나 그 짧은 순간을 빌어 홀연히 구대성의 앞에 이른 백색의 그림자!

달빛을 받으며 바람처럼 신형을 날려온 엄정하가 담우소의 뒤통수를 향해 소리쳤다.

"자신의 목숨조차 돌보지 않다니! 그렇게 소생과의 거래가 싫은 겁니까?"

"너, 너 같으면 좋겠냐!"

"그럼 인삼 거래는 어떻게 하실 건가요?"

"헉헉, 오늘은 황금 삼십 냥만 가져가지만 나중에… 헉헉, 나머진 반드시 갚아야 할 거다!"

"그건……."

"헉헉, 내가 내공을 회복하면 반드시 받으러 갈 테다! 헉헉, 그때까지 기다리고 있어라! 내 반드시 받으러 갈 테니……."

그 말을 끝으로 담우소의 뒷모습은 엄정하의 시야에서 완전히 사라졌다. 구불구불한 산길의 한쪽 귀퉁이로 그 모습을 감춰 버린 것이다.

그러자 기분이 나빠진 것일 게다. 엄정하가 그때껏 땅바닥에 쓰러진 채 신형을 추스르지 못하고 있는 구대성을 발로 걷어찼다.

퍼억!

"으윽!"

"흥, 방금 전 발끝에 내력을 모아 들끓던 기혈을 다스렸으니 어서 일어거라!"

냉랭한 목소리와는 달리 엄정하의 얼굴은 흡사 가지고 놀던 장난감을 빼앗긴 듯 불만이 가득했다. 이렇게 담우소를 놓친 것이 무척 기분 나쁜 듯했다.

하지만 구대성은 명대로 군말없이 신형을 일으켜 세웠고 그의 잔뜩 부푼 채 벌겋게 달아올라 있는 안색을 바라보던 엄정하가 눈동자에 이채를 떠올렸다.

'하하, 그저 힘을 빌어 다른 힘을 치는 것이 아니라 상대방이 고심하여 익힌 내공까지 제 마음대로 다스린다? 당대 풍뢰문의 계승지는 제대로 된 이대심법을 익힌 듯하지 않은가!'

내심 나직이 웃어 보인 엄정하가 자신이 언제 기분 나쁜 표정을 지었냐는 듯 쏟아질 듯한 밤하늘의 별들을 바라봤다.

자신의 옆구리에 담우소가 목숨처럼 귀하게 여기던 인삼 궤짝이 있으니 이번 장사는 결코 손해 보지 않았다는 생각은 한참 후의 일이었다.

제9장 만두 다섯 개로 인연(因緣)을 맺다

끼이익!

문이 열리자 파고드는 차가운 냉기. 산에 인접한 촌락인지라 새벽의 기운은 등골을 섬뜩하게 했다.

산으로부터 불어온 야풍(野風)으로 차갑게 식어버린 땅속에서 솟아오르는 냉기 덕분이다.

때문에 자신도 모르게 손을 사타구니 사이에 집어넣은 자세를 푼 담우소의 부스스한 두 눈이 문 쪽을 향했다.

아직 해가 떠오르자면 좀 이른 시간인데 벌써 문이 열어젖혀져 있었다.

이제 십여 세나 됐을까?

얼굴이 얽어 곰보 자국이 있는 소년의 손에는 큼지막한 여물통이 들려 있었다. 간밤에 담우소가 신세진 이곳 마굿간 주마(主馬)들의 아침

밥이 분명했다.

덕분에 말도 아닌 주제에 뱃속에서 '꼬로록' 소리를 낸 담우소가 간밤을 따뜻하게 해주었던 짚풀 속에서 벌떡 신형을 일으켰다.

"소형제, 좋은 아침일세!"

느닷없는 일성이었다.

자신을 알아보는 말들의 정다운 히힝 하는 소리를 들으며 열심히 여물통을 기울이던 소년이 뒤로 벌러덩 넘어진 건 당연하다면 당연하달까?

"어이쿠, 놀라라! 아저씨는……?"

"하하, 어젯밤 늦게 찾아들어 하룻밤 신세를 진 사람이다. 너는 이 집의 하인이렷다!"

담우소의 목소리는 시원시원했다. 마치 정식으로 집안의 허락을 받고 들어와 하룻밤을 보낸 듯 당당했다.

하지만 그의 예상대로 소년은 잡일을 거드는 하인이 아니었으니, 소년으로선 그의 이러한 행동에 눈살이 찌푸려지지 않을 수 없었다.

'이곳은 내가 어린 시절부터 일해 왔던 마굿간으로 말들은 나의 좋은 친구라 할 수 있다. 비록 행색이 남루하고 신체가 강건해 보이지만 말들이 거칠게 날뛰지 않는 걸 보면 나쁜 사람 같진 않구나.'

곰보가 진 얼굴에 어울리지 않는 사려 깊은 마음가짐이다. 그리고 그에 어울리는 눈동자로 담우소를 이리저리 훑어본 소년이 몸을 일으키며 말했다.

"저는 이 집의 하인이 아니라 막내아들입니다. 어젯밤 손님이 들었다는 말을 듣지 못했으니 아저씨는 정당치 못한 방법으로 저희 집에 들어오신 게지요?"

'이런 똑똑한 녀석을 봤나!'

내심 침음을 터뜨린 담우소가 슬쩍 입가에 머쓱한 잔주름을 만들어 냈다.

"뭐, 그렇다고도 할 수 있지만……."

"그렇다는 건가요 아니라는 건가요?"

질문을 던지는 소년의 얼굴이 당돌했다. 하지만 담우소에게 있어 이미 남의 집에 숨어들어 와 하룻밤 신세지는 일은 익숙할 대로 익숙한 일이라 할 수 있었다.

후비적후비적……

고개를 이리저리 움직이곤 새끼손가락으로 귓구멍을 후벼 보이던 담우소가 능청스런 표정으로 딴청을 부렸다.

"아아, 아침이 되니 배가 고프군. 어디 요기할 거리가 없을까?"

"아저씨, 그러니까……."

"옳커니! 오늘은 말고기로 한 끼 때워야겠구나!"

손뼉을 치며 간밤을 함께 보냈던 말들을 바라보는 담우소의 눈빛이 심상치 않았다.

그러자 자신의 친구들이 생명의 위협을 당하게 됐다는 걸 깨달은 것이리라.

눈치 빠르게 담우소의 앞을 가로막아 선 소년이 얼굴을 딱딱하게 굳힌 채 단호하게 소리쳤다.

"안 돼요!"

"응?"

"밤이슬을 피하기 위해 몰래 숨어든 건 괜찮지만 제 친구들을 잡아먹으려고 한다면 용서할 수 없어요. 얼른 그 흉험한 눈길을 거둬주

세요!"

'역시 그렇군!'

처음부터 말고기를 먹을 생각 따위 없었을 것이다. 내심 쾌재를 부른 담우소가 얼른 목소리를 바꿨다.

"그렇지만 나는 벌써 사흘이나 굶어서 배와 등짝이 달라붙은 상황이라구. 살결이 야들야들한 아이라도 눈에 띄면 잡아먹을 판인데 말인들 어떻겠어."

"아이라도 잡아먹고 싶다고요?"

"아무렴. 사흘 굶어 도둑질하지 않는 자가 없다고 하는데 나는 본래 도둑질에 재능이 없어서 어젯밤에 이 집의 부엌을 찾지 못했단 말야."

짐짓 담우소가 눈빛을 음흉하게 만들어 보였다. 얼굴과는 달리 꽤나 영리해 보이는 눈앞의 소년을 겁줄 요량이었다.

하지만 소년은 담우소가 생각했던 것보다 조금쯤 더 영리하고 간담도 작지 않았다.

잠시 놀란 표정이 되었을 뿐 금세 얼굴 표정을 바로한 소년이 가볍게 콧방귀를 뀌었다.

"흥, 처음에는 내 친구들을 협박하더니 이번엔 나이 어린 절 겁주시니 어찌 사내대장부라 할 수 있습니까?"

"사내대장부?"

"예, 아버님께서는 항시 말씀하시길 사내대장부는 언제나 하늘을 우러러 한 점 부끄러움이 없어야 하고 체면과 신분을 지켜야 한다고 했습니다."

그리 크지는 않으나 또랑또랑한 목소리였다. 진실로 그렇다고 믿지 않는다면 내뱉을 수 없는 낯간지러운 소리를 소년은 천연덕스레 하고 있었다.

　하지만 상대는 담우소였고 지금 그의 배는 진짜로 등에 찰싹 달라붙어 있었다. 일단 요기하는 것을 최우선으로 둔 담우소의 목소리가 단호했다.

　"그렇지만 하늘을 우러러 한 점 부끄러움이 없는 사내대장부도 반드시 지켜야만 할 것이 있지."

　"그게 뭐죠?"

　"바로 자기 자신에게 정직해야 한다는 거야."

　"예?"

　꼬르륵!

　소년에게 대답한 건 담우소의 입이 아니라 배였다. 그리고 담우소가 울상을 지어 보였다.

　백 번의 말보다 더욱 설득력이 있는 모습에 감화된 소년이 뒤통수를 긁적였다.

　"그렇게 배가 고프셨으면 어젯밤 어머님께 말해서 요깃거리를 달라고 하셨어도 될 텐데……."

　"모두가 잠든 밤에 사람들의 단잠을 깨우는 건 예의가 아니지. 나 역시 자다가 일어나면 기분이 좋지 않거든."

　'저런, 말을 하면서도 연신 배를 문지르는 걸 보니 배가 진짜 많이 고픈 게로구나.'

　내심 중얼거린 소년이 머뭇거리며 말했다.

　"그렇군요. 그럼 어제저녁에 먹었던 만두가 아직 남아 있는데 그거라도……."

　"지금 네가 그걸 가져온다면 난 무진장 행복하겠지."

"하지만 식고 터져서 별로 맛이 없을 텐데요."

"난 음식을 먹을 때 맛이나 모양을 따질 정도로 사치를 부리진 않는다."

"예, 그럼 얼른 가져올 테니 잠시만 기다려 주세요."

"오냐!"

담우소는 목소리를 부드럽게 했고 마굿간 밖으로 달려나가는 소년을 붙잡지 않았다.

그저 붙잡지 않은 것뿐만 아니라 응원하듯 손까지 흔들어줬다. 그에겐 소년의 절친한 친구인 말들이 인질로 붙잡혀 있었던 것이다.

"우적우적……."

소년이 가져다 준 만두는 하나하나가 웬만한 성인의 주먹에 버금갈 정도였다. 보통 하나나 두 개만 먹어도 한 끼로 충분할 만한 크기였다.

하지만 먹을 수 있을 때 먹어두자는 평소의 신념에 충실하려는 듯 담우소는 벌써 다섯 개째 만두를 입속에 억지로 우겨넣고 있었다.

엄정하에게서 달아난 후 줄창 사흘을 내리 달리는 동안 먹은 것이라곤 비둘기 한 마리와 토끼 한 마리가 다였다.

오랜만에 제대로 된 음식을 봤으니 식욕에 불이 붙지 않을 수 없었다.

주먹을 쓰는 사내들을 윽박지르는 데는 꽤나 잘 통하는 공갈협박이 일반인들에겐 전혀 도움이 되지 않는 까닭이었다.

때문에 소년은 입을 한껏 벌려야만 했고 한동안 손에 들려 있던 표주박을 건넬 생각조차 하지 못했다.

조금이라도 그의 먹는 행위를 방해하면 목숨이 위태로울 것 같은 불안감을 맹렬히 느낀 것이다.

그러니 다섯 개째 만두를 절반쯤 삼킨 시점에서 담우소가 컥컥거리기 시작한 건 당연한 귀결이라 할 수 있었다.

얼굴이 시뻘게진 채 숨을 헐떡이기 시작한 담우소를 어처구니없다는 듯 쳐다보던 소년이 주저하며 수중의 표주박을 건넸다.

"저, 물 좀 드시……."

홰액!

과연 담우소가 뺏어 든 표주박 안엔 맑고 투명한 물이 하나 가득 담겨 있었다.

이와 같은 사건이 벌어질 것을 대비해서 소년은 물을 함께 준비하는 마음 씀씀이를 발휘한 것이다.

일시 담우소의 마음속 깊이 소년에 대한 고마움이 번졌으나 막힌 목을 뚫는 게 먼저였다. 표주박 하나 가득한 물을 그는 지체없이 벌컥거리며 들이켰다.

무림인답지 않은 행동이되 무명산의 왕이었던 멧돼지를 잡은 후 들이켰던 샘물에 비견될 만큼 달콤하고 후련한 한 모금의 감로주(甘露酒)였다.

그러자 그 순간 담우소가 지어 보인 표정에 담긴 만족감이 무진장 멋있어 보였던 것일까?

웬만한 일에는 눈 하나 깜박하지 않을 듯싶던 소년의 눈빛이 가볍게 반짝였다.

"아저씨는 무림인이죠?"

호기심보다는 동경이 담긴 목소리였다. 어릴 때 한번쯤 검을 타고 하늘을 나는 검선(劍仙)의 이야기에 도취되는 건 당연하다 여긴 담우소가 얼른 고개를 끄떡였다.

"음, 나는 그저 그런 삼류무인이라 할 수 있지."

"삼류무인이요?"

"그래, 나는 익힌 무공도 그저 그렇고 육 척의 몸 하나 의지할 곳이 없어 떠돌아다니거든. 그러니 삼류무인에 더해 불쌍한 낭인(浪人)이라고 할 수 있는 거야. 검을 타고 하늘을 날아다니고 전설의 용(龍)을 잡아 고상하게 기르는 일류의 무인과는 한참 거리가 멀다는 뜻이지."

소년이 고개를 갸웃거렸다.

"그건 얼마 전 저희 집에서 하룻밤을 보냈던 이야기꾼 할아버지에게 들었던 검협전(劍俠傳)에서 말하는 것과 다름이 없어 보이는군요. 하지만 그 할아버지는 얘기의 끝에 그런 것은 모두 후세 사람들이 지어낸 이야기로 신빙성이 없다고 했어요."

"이야기꾼 주제에 그런 얘기를 했다고? 흥! 정말 직업 정신이 투철하지 못한 늙은이로군."

"예, 그 할아버지도 그런 말을 하셨어요. 어린 제게 이런 말을 하는 건 직업 정신에 위배되는 일이라고요. 하지만 제가 계속 질문을 던졌기 때문에 그분은 어쩔 수 없이 무림인에 대한 다른 얘기를 하실 수밖에 없었는데 아저씨께서 확인해 주시겠어요?"

또 다른 허튼소리를 준비하고 있던 담우소는 짐짓 입을 꾹 다문 채 고개를 끄떡였다.

자신을 바라보는 소년의 눈동자가 너무나 초롱초롱해서 차마 안 좋은 말을 내뱉을 수 없다고 생각한 것이다.

그러자 담우소가 자신에게 완전히 마음을 열었다고 착각한 것이리라.

조심스럽던 표정을 완전히 풀고 제 나이 또래의 천진난만한 모습이
된 소년이 말했다.

"이야기꾼 할아버지가 말하기를 무림인이란 풍찬노숙(風餐露宿)을
마다하지 않고 굳세게 두 발로 일어서 세상을 똑바로 걸어갈 수 있는
사람이라고 했어요."

"……."

"무공을 익혀 천하에 명성을 떨치고 자신과 원한을 맺은 자에게 복
수를 하는 건 지극히 쉬운 일로 범부(凡夫)라 할지라도 할 수 있는 일이
에요. 하지만 어떠한 상황에서도 품위를 지키고 뜻을 굽히지 않는 건
매우 어려운 일이라는 것이지요. 그러니 제가 보기에 아저씨는 이렇게
배가 고프면서도 구걸하려 하지 않고 남의 집안을 약탈하려 하지 않으
니 삼류무인이라는 말은 어울리지 않는 것 같아요."

파문당하기 전 사부에게서나 들어봤던 말이다. 그리고 무림에 나온
후 엄청난 빚을 짊어진 이후 그것이 얼마나 허황된 말인지를 뼈저리게
느꼈던 말이기도 했다.

그런데 오늘 처음으로 낯을 익힌 소년에게 언제나 마음 한 켠에 고
이 간직하고 있던 말을 들으니 담우소의 얼굴이 후끈 달아오르지 않을
수 없었다.

자신을 기다리지 않고 눈을 감아 마음속에 한(恨)을 심어준 사부가
눈앞 소년의 입을 빌어 자신을 꾸짖는 듯한 착각이 든 것이다.

하지만 그렇다 하여 쉽사리 수긍하기엔 그동안 담우소가 겪었던 풍
파가 보통이 아니었다.

잠시 잠깐 만에 평소대로 낯빛을 되돌린 담우소가 시큰둥하게 말했
다.

"흐음, 요즘 이야기꾼들은 교묘하게 어린아이들을 속인다더니 그 말이 사실이군."

"그게 무슨?"

"네가 이야기꾼 늙은이의 말만 믿고 터무니없이 날 높이 평가하고 있다는 말이다. 난 그저 삼류의 무인일 뿐 별다를 게 없는 녀석인데 네 멋대로 날 동경하려 하니 어찌 우스운 노릇이 아니겠느냐. 좋은 집안에서 태어났으니 부모님께 효도하는 데 힘쓰고 행여나 나 같은 녀석을 따라 강호를 떠돌 생각 따윈 버리거라."

"앗!"

말과 함께 내뻗어진 담우소의 다리에 걸려 소년은 크게 땅바닥을 뒹굴었다. 처음 본 바와 같이 무공이라곤 기초조차 닦지 않은 게 분명했다.

그러니 담우소로선 은혜를 원수로 갚은 셈인데 호되게 땅바닥에 뒹굴고도 신음 하나 내지 않는 소년을 물끄러미 바라보던 담우소가 다시 손을 썼다.

파파팍!

"아악!"

"참아라!"

몰인정에 매몰참이 버무려진 목소리에 소년이 찔끔 입을 다물었다. 그에 만족한 담우소의 수장이 찍어간 곳은 소년의 양쪽 견정혈(肩井穴)과 두 눈의 가운데 위치한 인당혈(印堂穴)이었다.

먼저 견정혈을 제압해서 상대방이 반항할 기력을 꺾어놓고 인당혈을 때려 그 의지마저 제압하는 풍천경의 제압법 중 하나를 펼친 것이다.

당연히 극히 평범한 인생을 살아왔던 소년으로선 어떤 식으로든 저항할 도리가 없었다.

대번에 소년이 작은 입을 딱 벌린 채 하늘을 보며 대 자로 몸을 뻗자 대뜸 그의 배에 올라탄 담우소가 냉혹하게 손을 들어 올렸다.

"내가 천문개정(天門開頂)의 자세로 네 양쪽 태양혈(太陽穴)에 충격을 줄 테니 너는 이빨을 악물어라!"

"처, 천문?"

"네가 알 도리가 없잖아! 그냥 대충 내뱉은 말이니까 이빨이나 악물어!"

'마, 말도 안 돼!'

내심 비명을 지르면서도 소년은 재빨리 자신의 이빨을 부서지도록 악물었다.

그의 생존 본능이 눈앞의 괴인이 시키는 대로 하라고 다급히 조언하고 있었던 것이다.

하지만 소년의 내심 따윈 알 수 없을 뿐더러 관심조차 없는 담우소였으니!

자신의 한마디에 하얗게 질린 얼굴보다는 꽉 다물린 이빨을 중시한 그의 입에서 만족스런 괴소가 흘러나왔다.

"흐흐, 역시 말이 잘 통하는 녀석이군."

'사, 살려…….'

파콱!

전력으로 이빨을 악문 채 눈물만 줄줄 흘리고 있던 소년의 눈동자가 순간적으로 멍청하게 풀렸다. 그리고 눈앞에서 별들이 난무하는 걸 느끼며 까마득하게 의식을 잃어갔다.

그러자 담우소는 극히 흡족한 표정이 됐고, 재빨리 수장을 소년의 얼굴과 복부에 갖다 댄 그의 주변으로 기이한 자색 기류가 넘실거리기 시작했다.

"으응?"

정신을 차린 소년이 가장 먼저 한 행동은 자신의 얼굴을 더듬는 것이었다.

항상 곰보 자국처럼 얽은 자국이 있어서 개운치 않았던 얼굴이 왠지 불에 덴 것처럼 화끈거리고 있었기 때문이다.

하지만 정말로 화상을 입은 것이라면 손으로 만졌을 때 통증이 없을 리 없었다.

따끔거리던가 쓰라릴 게 분명한데 소년의 손은 조금도 멈춤이 없었다. 오히려 차가운 손길이 쓸고 간 자리에서 화끈거리던 열기가 식어 가는 걸 느낄 따름이었다.

때문에 소년은 더욱 열심히 얼굴을 더듬었고 자신의 두 볼을 매만지던 그의 손길이 언뜻 동작을 멈췄다.

평소 가장 얽은 자국이 심하던 두 볼이 보드랍고 맨들맨들하게 느껴진 것이다.

'이, 이상하다?'

누구라도 떠올릴 수 있는 의문이었다. 그리고 누구라도 떠올릴 수 있는 의문에 대한 답을 구하기 위해 소년은 서서히 날이 밝아오고 있는 마굿간 밖으로 뛰쳐나갔다. 집안 대대로 내려져 오는 우물에 얼굴을 비춰 볼 생각이었다.

하지만 마굿간을 나서자마자 소년은 다시 땅바닥을 뒹굴어야만 했다. 마굿간의 외벽에 등을 기대고 있던 담우소의 다리가 때맞춰 내뻗어진 탓이었다.

우당탕!

"으윽!"

"확인해 볼 필요도 없다. 지금 네 얼굴은 갓 태어난 아이처럼 뽀송뽀송하게 변했으니까."

"아!"

찝찔한 입속의 피내음을 맡으며 신형을 일으키던 소년의 입이 가볍게 벌어졌다.

어느 정도 기대를 하지 않은 것은 아니나 담우소의 확언을 들으니 기쁨을 참을 수 없었기 때문이다.

하지만 애초부터 소년의 기분 따윈 관심 밖이었으리라. 슬쩍 신형을 일으켜 세운 담우소가 냉랭한 목소리로 말했다.

"꼬맹아, 넌 사실 너무 많은 실수를 했다."

"예?"

"처음 본 사람을 너무 많이 믿었고 집안의 어른을 불러올 수 있는 상황에서도 그러질 않았다. 만약 내가 흉측한 마음을 품고 있는 자였다면……."

"그렇지만!"

"……."

"아저씨는 그런 분이 아니시잖아요."

"그러니까 내 말은……."

"예, 물론 처음 아저씨를 봤을 때 저는 겁이 났어요. 그저 배고픈 사람에게 음식을 주는 건 당연하다고 생각해서 음식을 가져다 드렸을 뿐이지요. 하지만 아저씨의 말을 들으면서 저는 믿게 됐어요. 아저씨는……."

주르륵!

갑자기 목청을 높여서였을 것이다. 엎어질 때 충격을 받은 듯 코에서 피가 흘러나오자 소년의 얼굴이 가볍게 변했다. 동경하는 담우소 앞에서 약한 모습을 보이긴 싫었다.

그래서 소년이 재빨리 소맷자락으로 코끝을 문지르려는데 너댓 걸음이나 떨어져 있던 담우소가 이미 눈앞에 다가서 있었다.

"그렇게 아무렇게나 코피를 닦으면 쉬이 멈추지 않는다. 얻어맞아 코피가 날 때엔 이렇게……."

설명과 함께 담우소는 한 손으로 소년의 코끝을 집고 다른 한 손으로는 뒤통수를 뒤로 몇 차례에 걸쳐 잡아당겼다. 지압법을 이용해 코피를 멈추게 하는 방법이었다.

그러자 거짓말같이 코피가 멈췄고 손을 놓고 뒤로 물러선 담우소를 향해 소년이 더욱 깊은 흠모의 빛을 드러내며 말했다.

"가, 감사합니다."

"흥, 땅바닥에 자빠뜨린 게 나인데 코피쯤 멈추게 해줬다고 감사하다니!"

"그래도……."

"아아, 일없다! 네가 깨어날 때까지 내가 이곳을 떠나지 않은 건 다른 까닭이 있어서가 아니라 한 가지 주의해 둘 게 있어서다."

"……."

"네 얼굴이 곰보처럼 얽었던 것은 태어나기 전 부모 중 한 명이 양기(陽氣)가 성한 음식을 먹었기 때문이다. 본래는 태어날 아이의 건강을 위해서였겠지만 문제는 네 체질이 화기를 띤 태양인(太陽人)에 속하는 데 있었다. 불 기운에 불기운이 더해졌으니 화기가 더욱 성해져서 네 얼굴을 그렇게 얽게 만들었고 건강도 해쳤을 것이다. 그러니 네가 지금까지 살아 있는 건 어쩌면 천운에 가까운데……."

더 이상 듣지 않아도 소년은 담우소의 진의를 알 수 있었다. 과연 그는 어려서부터 병약하여 부모님의 걱정을 끼치는 아이였다.

그래서 소년의 부모들은 백방으로 자식의 체질을 고칠 수 있는 방법을 구했는데 그중 하나가 바로 말의 배설물로 화기를 식히는 방법이었다.

본래 말은 대지를 뛰어다니며 양기를 배출하는 동물인지라 그 배설물은 음기가 성했기 때문이다.

그래서 어려서부터 소년은 마굿간과 뗄래야 뗄 수 없는 관계를 유지했으니 담우소의 말을 듣고서 소년은 두 눈 가득히 눈물을 머금었다. 언젠가 부친이 자신의 손을 잡고 한탄하던 광경이 떠올라 가슴이 아려 온 것이다.

그러자 담우소는 소년의 눈물 젖은 모습만으로도 충분히 이와 같은 사실을 짐작했고, 그때까지 결정을 내리지 못하고 있던 심사를 내뱉었다.

"그래서 내가 손을 써서 네 몸속의 양기 중 절반을 흡수하고 나머지 절반을 흐트러뜨렸다. 지나치게 많던 양기를 균등하게 나눠서 네 건강을 보통 아이들과 같이 만든 것이다."

"……."

"그러나 아직 네 몸속엔 절반이나 되는 양기가 잠재하고 있으니 체질을 완전히 바꾸기 위해선 최소한 일 년간은 죽어라 양기를 배출해야만 한다. 너는 할 수 있겠느냐?"

"예, 물론입니다. 저는……."

"미리 말해 두겠는데 그 방법은 꽤나 고통스럽다. 고통을 이길 자신
이 없다면 당장 하기 싫다고 해라! 평생 병약하게 살겠지만 네 얼굴만
은 그대로일 테니."

언제 자신이 부드럽게 설명했냐는 듯 냉기가 뚝뚝 떨어지는 담우소
의 목소리였다.

하지만 이미 그런 목소리쯤 충분히 익숙해진 것일까?

소년이 얼른 눈가의 눈물을 닦고서 고개를 끄떡이자 입가에 냉소를
배어 문 담우소가 지뢰경 중 수극화(水克火)의 수법을 구술(口述)하기
시작했다.

*   *   *

담우소에게 만두를 준 인연으로 지뢰경의 한 대목을 전수받게 된 소
년의 이름은 기천화(箕天華)라 했다.

소주로 이르는 길목을 가로막고 있는 운령산(雲靈山) 아래에 위치한
회안촌(回雁村)에서 제법 행세깨나 하는 부잣집의 막내아들이었다.

어느 모로 보나 천애고아에 파문제자, 게다가 빚마저 잔뜩 짊어지고
있는 담우소와는 비교할 수 없을 정도로 유복한 환경을 소년은 가지고
있었다.

하지만 그런 부귀가 오히려 화(禍)가 됐으니, 담우소를 만나지 않았
다면 기천화는 평생을 이야기꾼의 협객전이나 들으며 병약하게 보냈을
지도 몰랐다.

그만큼 그의 체내에 내재되어 있는 화기는 범상치 않았고 주화입마하여 내력을 모을 수 없는 담우소이기에 그 화기를 몸 안으로 빨아들일 수 있었던 것이다.

그러니 담우소가 마음만 먹었다면 꽤나 부잣집이라 할 수 있는 기천화의 집안에서 한재산 긁어내지 못할 바 없었다.

돈귀신이라 할 수 있는 담우소가 아니더라도 귀염둥이 막내아들의 병중을 고쳐 줬으니 생색을 내기에 충분한 조건을 갖췄다 할 수 있는 것이다.

하지만 기천화에게서 사부의 목소리를 들었던 탓일까?

일심(一心)으로 기천화에게 지뢰경 중 수극화의 수법을 전수할 뿐 담우소는 일체 다른 사심을 품지 않았다.

첫날의 만두 다섯 개를 제외하고 산을 오르내리며 사냥을 해다가 끼니를 때우고 저녁이 되어 기천화의 수련 정도를 살필 따름이었다.

그도 그럴 것이, 풍뢰문의 이대심법 중 하나인 지뢰경은 천하를 이루는 근본인 다섯 가지 힘인 오행을 다루는 수법 중 독보적(獨步的)일 정도로 특이한 공부였다.

여타의 무공들이 체내에 오행의 힘 중 한 가지나 두 가지 정도를 받아들여 중점적으로 연마하는 데 반해 지뢰경은 다섯 가지 모두를 다뤘다.

체내에 공(功)을 쌓아 오행의 힘을 이루는 것이 아니라 체외의 대기 속에 항상 떠돌아다니는 오행지기를 일시적으로 빌려와 사용하기 때문이다.

덕분에 무림 중에 신공(神功)이라 불리는 몇몇 내공심법이 발휘하는 엄청난 위력을 따르진 못했지만 오행지기를 자유자재로 다루는 데 있어 지뢰경을 능가할 공부는 없었다.

단 한 점의 내공조차 사용하지 않고 천하를 감싸고 도는 오행지기를 빌려와 그 힘을 마음껏 발휘하는 데 전혀 구애됨이 없는 것이다.

그러니 그저 일부분에 불과하다 하여 이와 같은 기이한 힘을 지닌 공부를 생판 남인 기천화에게 함부로 전수해 줄 수 있을 리 만무했다.

파문제자라는 특수한 상황을 떠나서 만약 기천화에게서 사부의 환영을 보지 못했다면 도저히 있을 수 없는 일이었다.

때문에 스스로 돈귀신 병이 옮았다고 부르짖던 담우소로서도 이번만큼은 함부로 욕심을 부릴 수 없었다.

문파의 지보(至寶)나 다름없는 이대심법 중 일부를 전수하는 일에 돈이나 개인적인 사욕을 개입시킬 순 없다고 자신의 마음을 억눌렀던 것이다.

하여 며칠간 담우소는 평상시와 전혀 다른 모습을 보였고 기천화는 감격하여 성실하게 그의 가르침을 따랐다.

누가 보더라도 정다운 무림의 여타 사제지간이나 다름이 없는 모습이었다. 얼떨결에 담우소는 자신과는 전혀 다른 기질의 제자와 인연을 맺게 된 것이다.

하지만 그것도 잠시, 며칠 후 자신이 구술해 준 지뢰경의 한 대목을 기천화가 완전히 이해했다고 판단한 담우소는 홀연히 회안촌을 떠났다.

마지막으로 남긴 '만두 잘 먹었다' 란 말에서 알 수 있듯 그에게 있어 기천화의 건강을 찾아준 일은 기껏해야 만두 다섯 개어치에 대한 보답에 불과할 뿐이었다.

다시 사흘이 흘렀다.

운령산의 중턱까지 울면서 쫓아오던 기천화를 떠올리며 히죽거리던 담우소의 눈앞에 나타난 것은 입이 떡 벌어질 정도로 거대한 성벽이었다.

"이게… 소주를 둘러싸고 있는 삼백 리에 걸친 장성인가?"

담우소는 그저 자신만이 알아들을 수 있을 정도로 작게 중얼거렸다.

강남에서 항주(杭州)와 함께 첫째 둘째를 다투는 대도시답게 관도를 잔뜩 메우고 있는 사람들 앞에서 시골뜨기 노릇을 하고 싶지 않았기 때문이다.

하지만 보통 사람들이 많은 곳엔 반드시 모습을 드러내곤 하는 부류, 그러니까 남의 일에 끼어들기 좋아하는 자들 중 한 명은 담우소의 중얼거림을 놓치지 않았다.

"어흠, 소주를 둘러싸고 있는 삼백 리 성벽은 꽤나 이름이 높다고 할 수 있지. 하지만 그런 것이야 그저 돌을 깎아서 쌓아 올린 것일 뿐 어찌 진정한 소주의 아름다움을 대변한다고 할 수 있으리오!"

목소리에는 기이한 가락이 담겨 있었는데 만약 목소리가 꾀꼬리처럼 곱거나 취객들이 모인 곳이었다면 주변에서 홍취 어린 맞장구를 들었을지도 몰랐다.

다시 자세히 설명하자면 그만큼 남들의 동정을 받아야만 용인될 만한 목소리랄까?

애석하게도 목소리는 쩍쩍 갈라지듯 탁했고 주변에 길을 재촉하는 사람들 중 취객은 아무도 없었다. 목소리의 주인은 주변 상황을 너무 고려치 않은 것이다.

때문에 담우소를 제외한 주변의 다른 사람들은 하나같이 그 목소리를 무시했고 활짝 열어젖혀져 있는 눈앞의 성문을 향해 발길을 재촉할 뿐이었다.

눈앞에 만리장성(萬里長城)과 같이 어마어마한 위세를 자랑하는 성벽이 나타났음에 조금의 관심도 기울이지 않는 모습들이었다.

하여 열심히 목소리에 가락을 불어넣었던 사람으로선 꼴이 우습게 된 셈이라 다음 말을 차마 못 이을 게 분명한 터!

무슨 생각이 들었는지 성문을 향하는 발걸음 소리만이 가득한 주변을 한차례 둘러본 담우소가 슬쩍 입을 열었다.

"겉을 휘감고 있는 돌벽조차 품위가 느껴지는데 소주 안에는 그보다 더욱 굉장한 것이 있다는 말인가!"

자못 궁금하다는 어투였다. 그리고 그 말은 상대방을 부추기는 뜻이 담겨 있었다.

그러자 고기가 물을 만난 듯 주변의 싸늘한 분위기에 뒷말을 못 잇고 있던 거친 목소리의 주인이 크게 대소했다.

"허허허, 아무렴, 그렇지. 그렇고말고!"

"······?"

"소주의 비단은 부드럽고 색깔의 변화무쌍함이 천하제일이요 밤마다 켜지는 홍등(紅燈)의 물결은 사내들의 가슴을 진탕시킨다. 향기로운 술과 절세미인들의 웃음소리가 밤이면 밤마다 끝이 없으니 어찌 피가 끓는 사내라면 소주에 머물기를 원치 않으리오!"

"흐흐, 절세미인이라?"

"미인과 술? 거야 좋지!"

"도대체 어디 미인이 있다는 거야?"

거친 목소리의 뒷말에 갑자기 이곳저곳에서 비슷한 분위기의 목소리들이 터져 나오기 시작했다. 방금 전 풍취가 도도하던 말과는 전혀 딴판인 호응이었다.

유유상종이라고 아무리 사람이 많더라도 술과 미인을 탐하는 속성을 아무렇게나 드러내는 자들이 목소리의 주인에게로 모여들기 시작한 것이다.

그러자 그 뒤를 이어 와자하게 터져 나온 웅성거림을 경청하던 담우소 역시 처음의 의도를 싹 잊어버린 채 입 안에 침이 고이는 걸 느꼈다.

얼마 전 엄정하와 나눴던 대작, 아니, 그보다는 혀끝을 감돌던 술맛이 떠오르자 참을 수 없는 기분이 들었다.

당장에라도 그 놀랍도록 향기로워 혀끝이 녹아버릴 정도라는 명주를 맛보고 싶은 마음이 간절했다.

그리고 그러한 마음은 절세미인이란 소리에도 침묵을 지킨 채 길을 재촉하고 있던 몇몇 사람들도 마찬가지였나 보다.

처음 목소리에 몰려들었던 자들의 시끌벅적한 목소리 사이로 이곳저곳에서 꿀꺽거리며 침을 삼키는 소리가 파고들었다.

그도 그럴 것이, 소주로 향하는 관도의 주변에는 여행객이나 상인들이 쉬어갈 만한 객점(客店)이나 주점(酒店) 등이 널려 있었다. 그만큼 장사가 되기 때문이었다.

하지만 그런 곳의 술이라야 기껏해야 탁주(濁酒) 아니면 마유주(馬乳酒) 등의 시큼털털하고 구린내가 풍기는 것들이 대부분이었다.

강남에서도 가장 이름 높은 환락가가 깔려 있는 소주의 향기로운 미주, 그것도 보기만 해도 황홀하여 정신이 아득해진다는 절세미인들이 따라주는 술에 비할 바가 못 되었다.

그러니 말을 내뱉은 사람으로선 뜻밖의 호응에 신명이 나지 않을 수 없었다.

그동안의 개무시에서 벗어나 주변으로는 사람들이 모여들고 여기저기서 잔뜩 호응을 받게 된 때문이다.

그래서 이 말 저 말을 늘어놓는 거친 목소리가 한참이나 째지듯 관도 위를 떠돌기 시작했고 침을 꼴깍거리던 담우소는 금세 그 본색을 찾아낼 수 있었다.

'허어! 저런 사람이었나?'

담우소는 고개를 갸웃거렸다. 사람들 틈에 끼어 행복감에 젖어 더욱 거칠어진 목소리를 내고 있는 대머리 때문이었다.

건장한 몸집에 낮술을 마신 듯 불그스레한 안색, 음탕한 눈빛과 함께 듬성듬성한 콧수염으로 대변되는 얼굴.

그 모습은 어떤 의미론 꽤나 정력적일 뿐만 아니라 자신이 사마외도(邪魔外道)의 한 축을 당당히 짊어지고 있다고 부르짖는 듯했다.

처음 내뱉었던 말과는 달리 연달아 흘러나오는 음탕한 말과 행동에 더해 과년하고 훌륭한 교육을 받은 여인이라면 그 모습만 봐도 질겁하고 달아날 듯한 풍채며 얼굴이었다.

때문에 대머리사내의 근처에 모여든 건 오로지 그와 비슷하거나 비슷하기 위해 애쓰는 모습을 하고 있는 사내들뿐이었다.

미인과 미주를 탐하는 대머리사내의 눈빛을 피해 관도 위를 걷던 여인들은 하나같이 발길을 재촉할 뿐더러 그와 얼굴 마주치기를 꺼리고 있었다.

노골적으로 음탕한 기색을 풍겨내는 대머리사내와 그의 주변에 몰려든 사내들의 기이한 휘파람 소리가 만들어낸 얄궂은 풍경이었다.

그러자니 조금이라도 여인에게 환심을 사고 싶은 신체 건강하고 혈기 방장한 사내라면 역시 여인들과 비슷한 태도를 보이며 코웃음을 쳐야만 했다.

자신 역시 사내이긴 하지만 그와 같지 않은 순수남이며 여인들을 존중하는 마음과 태도를 가지고 있음을 완곡히 주장해야지만 미인을 얻기에 손쉬울 게 분명한 것이다.

—그래서 자연스레 두 갈래로 나뉜 관도 위의 사람들.

그중 대머리사내를 둘러싼 채 이것저것 질문을 던지고 있는 껄렁한 사내들 틈으로 여인들의 따가운 눈총을 두려워 않는 한 사내가 다가들었다.

"담가라 하오."

"……."

"당신에게 한 수 가르침을 받고 싶어 나선 사람이란 뜻이오."

"허, 그런가?"

"당신 또한 한마디쯤 할 말이 있을 것 같은데?"

담우소의 목소리는 평상시 그대로였다. 본의와는 달리 듣는 이의 성질을 팍팍 돋워놓는 목소리라는 뜻이다.

그러니 적어도 삼십 대는 훌쩍 넘긴 듯한 대머리사내의 붉은 얼굴이 썩 좋지 않게 변한 건 당연하다면 당연하달까?

"자네, 지금 내게 시비 거는 건가?"

"시비?"

"그래, 자네와 나는 오늘 처음 만난 사이인데 한 수 가르침을 받고 싶다니 이상해서 하는 말이네."

말의 내용과 달리 꽤나 거친 목소리요 얼굴이었다. 맨처음 자신의 말을 받아준 게 담우소란 걸 아는지 모르는지 당장이라도 주먹질부터 할 듯한 모습이었다.

그러니 누구 못지않을 정도로 더러운 성질을 지닌 담우소로선 울화가 치밀지 않을 수 없는 상황인데 놀랍게도 이어진 그의 목소리는 부드럽기만 했다.

"으음, 그런가요? 나는 그저 당신이 소주에 대해 꽤나 잘 아는 듯해서 존성대명을 듣고 한 가지 질문을 하고 싶었을 뿐인데 서로 간에 오해가 있었는가 봅니다."

말과 함께 담우소는 허리까지 가볍게 숙여 보였다. 내심이야 어떻든 목적한 바를 이루기 위해 자신을 낮춘 것이다. 그래서였을까?

"조, 존성대명?"

"당신이 부모님께 받은 성과 이름 말입니다."

"아아!"

언제 자신이 흉포한 얼굴을 했냐는 듯 미혹이 가득한 얼굴이 됐던 대머리사내가 머슥하게 고개를 끄떡였다.

담우소가 예의를 지킬 뿐 아니라 자신의 무식함이 드러나자 더 이상 화를 낼 수 없게 된 것이다.

"그러니까 내 조, 존……."

"존성!"

"어험, 어험. 그래, 존성은 최(崔)고 대명은 고봉(高捧)이라 한다. 이곳 강소성에선 제법 알아주는 거간꾼이지."

말을 높이기 시작한 담우소와 달리 최고봉은 은근슬쩍 말을 놓았다.

감추고 있던 무식함은 탄로났지만 존대는 받고 싶다는 심사를 은연중에 나타내는 행동이었다.

하지만 이미 사부를 제외하곤 누구에게도 하지 않던 존대까지 하고 있던 참이었다. 어떻게든 이득을 보고 싶어하는 최고봉의 말에 굳이 딴지를 걸지 않고 담우소가 반문했다.

"거간꾼이라? 그렇다면 형장께서는 처음에 자신했던 것처럼 소주에 대해서 아는 것이 많겠군요."

"당연하지. 물건에 값을 매기고 거래하는 게 본업인 녀석이 소주 같은 큰 시장을 모른데서야 말이 되지 않잖아?"

"그도 그렇겠군요."

얼른 고개를 끄떡여 보인 담우소가 다시 말했다.

"그럼 혹시 대두귀란 사람에 대해 아는 게 있습니까?"

"대두귀?"

"소주에서는 꽤나 유명한 사람이라고 하던데……."

지금까지와 달리 확신이 담기지 못한 목소리였다. 그저 대사형 왕대보의 성정을 미뤄 지레짐작으로 내뱉은 말이기 때문이다.

하지만 그의 짐작이 얼추 맞아떨어진 것일까?

잠시 눈살을 찡그리던 최고봉이 대머리를 손바닥으로 더듬거리며 말했다.

"대두귀라면 강남제일의 염상이자 거경방의 방주인 그 대두귀를 말하는 것인가?"

"거경방의 방주?"

"다른 대두귀가 있는지는 모르겠지만 소주에서 유명한 대두귀 중 내가 아는 자는 그밖에 없네."

'거경방이라고······.'

담우소의 마음속에 거경방이란 이름이 깊숙이 각인되는 순간이었다. 그리고 그가 본격적으로 최고봉에게 거경방에 대한 질문을 던지려 할 때였다.

대화를 나누는 동안 거의 지척까지 도달한 소주의 성문 쪽에서 한 명의 중늙은이가 담우소 등을 향해 터벅거리며 걸어왔다.

제10장 벌거벗고(裸體) 설치다

　중늙은이란 대충 사십 대 후반에서 오십 대 초반에 이른 자를 말한다. 물론 담우소로선 낯설고 물 설은 소주에서 아는 이가 있을 리 없었다.

　자신에게 다가들고 있는 사람을 중늙은이라 짐작한 판단의 근거란 그저 겉으로 보이는 외모에서 추론한 결과에 불과하단 뜻이다.

　평소 자신의 시력에 절대적인 자신감을 가지고 있는 상황이 아니라면 쉽사리 말을 꺼내지 못할 게 분명한데 다행이도 담우소는 자신의 시력을 굳게 믿고 있었다.

　"당신은 뭐요?"

　담우소의 목소리는 퉁명스러웠다. 슬슬 최고봉과 대화의 물꼬가 터지려는 참이었다. 예상 밖의 일에 촉각이 곤두서는 건 당연하다 할 수 있었다.

하지만 그런 담우소의 내심을 중늙은이가 알 리 없었다. 보통 사람 같으면 흉포한 기운이 감도는 담우소의 눈빛을 피할 터인데 그는 그리 하지 않았다.

오히려 굴하지 않는 눈빛을 한껏 치켜뜨고는 흰자위가 드러난 두 눈으로 담우소의 위아래를 연신 힐끔거렸다.

"그러는 자네야말로 누군가?"

"나?"

"그래, 자네 말일세."

중늙은이의 손가락이 가리킨 곳은 담우소의 콧구멍이 위치한 장소였다.

담우소의 어깨밖엔 오지 않는 왜소한 체구 탓에 한껏 손가락을 치켜올렸으나 미친 곳이 그밖엔 되지 못했다.

그러니 웬만하면 그 정도 선에서 타협을 봤을 터인데 중늙은이는 이번에도 그리하지 않았다.

팔짝팔짝!

손가락의 높이를 매섭게 치켜떠져 있는 담우소의 눈 높이에 맞추기 위해 그는 팔짝거리며 뜀뛰기를 시작했다.

어떻게든 담우소와 눈을 맞춘 상태에서 대화를 나누겠다는 강한 의지가 만들어낸 기행이었다.

덕분에 주변에서 폭소에 가까운 웃음이 터져 나온 건 당연하다면 당연하달까?

"푸하핫! 도대체 저것이 뭐 하는 짓인가!"

"언제 소주에 토끼 뜀뛰기가 명물이 되었지?"

"내 오늘 홍루(紅樓:몸을 파는 기녀들이 있는 기루)에 들르면 반드시 이

얘기를 안주로 삼아야겠구먼!'

키득거림 속엔 비웃음이 가득 담겨 있었다. 이곳에 모인 자치고 무뢰배나 한량 아닌 자가 없으니 흘러나오는 말들도 고울 리가 없는 것이다.

하지만 중늙은이는 전혀 그들의 비웃음이나 조소에 주의를 기울이지 않았다. 그의 시선은 오직 눈앞의 담우소만을 뚫어져라 직시하고 있었다.

마치 담우소 말고는 세상에 아무도 존재하지 않고 주변의 무뢰배들이 내뱉는 말 따윈 전혀 신경 쓸 가치를 못 느낀다는 태도였다.

그러니 중늙은이가 내뿜는 노골적이고도 강렬한 기백이 가득 담긴 눈빛을 담우소가 느끼지 못할 리 없었다. 아니, 느낄 수밖에 없도록 그가 만들었다고나 할까?

"……."

잠시의 침묵 끝에 어처구니없다는 얼굴로 중늙은이를 바라보던 담우소가 가볍게 툴툴거리며 자신의 허리를 숙였다.

"제길, 당신 정말로 웃기는 사람이군. 나는 절강성에서 온 담가라고 하오. 차라리 내가 허리를 숙일 테니 노인장은 그만 깡총거리쇼."

"헥헥, 노부는 소주에서 잔뼈가 굵은 최가라 하네. 비록 나잇살이나 먹었다곤 하지만 자네의 존장이 아니니 그리할 것 없네."

"아니, 나는 그래야겠소."

"……."

"노인장같이 기백이 넘치는 사람이 남들에게 조소를 당하는 것보단 내가 곱추 노릇을 하는 게 오히려 편하거든."

"그런가?"

"그렇소이다."

"그럼 내 자네를 위해 멈추도록 하지."

"그래 주면 매우 고맙겠소이다."

말의 잔재가 흩어지기도 전이었다. 중늙은이가 깡총거리길 멈춘 순간 기다렸다는 듯 담우소가 신형을 돌리곤 맹렬한 기세로 주변을 쓸어갔다.

근처까지 다가와 비웃음을 던졌던 몇몇 무뢰배들의 안면을 짓뭉개기 위해서였다.

퍼퍼퍼퍼퍽!

연달아 터져 나온 처절한 단말마 속에 주변을 피바다로 만들고서야 가뿐한 표정이 된 담우소가 중늙은이에게 다가오며 말했다.

"휴우, 기다리게 해서 죄송하오."

"……."

"노인장이야 전혀 개의치 않겠지만 나는 신경이 얇은 편이라서 저런 싸가지없고 경로사상이 결여된 자들을 보면 온몸이 뒤틀려서 말이오."

싱긋 이빨을 드러내는 담우소의 얼굴에는 거리낌이나 죄책감 따위는 눈을 씻고 봐도 찾을 수 없었다.

빌빌거리며 부러진 다리며 팔 등을 감싸 안고 도망치고 있는 무뢰배들과 자신은 하등의 관련이 없다는 표정이었다. 사실 그로선 오늘 처음으로 그들을 만났으니 그러한 주장이 전혀 일리가 없다고 말할 순 없겠지만 말이다.

어쨌든 일이 이렇게 되자 이때까지 기행을 일삼던 중늙은이로서도 눈앞의 담우소를 어찌 대해야 할지 난감하지 않을 수 없었다.

달려들어 그를 맞자니 그가 저지른 짓이 너무 끔찍하고 뒤로 물러서

자니 자신이 겁쟁이처럼 느껴졌다. 그야말로 이러지도 저러지도 못하는 처지가 된 것이다.

그래서 머뭇거릴 뿐 말문을 닫고 있던 중늙은이의 눈가로 잔뜩 울상을 짓고 있는 최고봉의 모습이 들어왔다.

'저, 저런 멍청한 녀석을 봤나!'

득달같다는 표현은 이런 때 사용하는 것일 게다. 느닷없이 담우소를 놔둔 채 한걸음에 최고봉에게 달려간 중늙은이의 목소리가 관도 위를 쩌렁쩌렁 울렸다.

"이놈아! 이 미련한 녀석아! 하도 거래를 못하기에 사람이 많이 모이는 곳에 가서 수련하라고 보냈더니 저런 녀석들이나 상대하고 있었던 것이냐!"

말과 동시에 주먹이 날아들었다. 방금 전 담우소의 신위를 본 이후 보였던 소심함은 눈을 씻고 찾아봐도 보이지 않았다.

"수, 숙부님, 그게 아니라……."

"그게 아니긴 뭐가 아니냐! 이 아무짝에도 쓸모없는 녀석아!"

"어이쿠, 어이쿠……."

중늙은이는 주먹은 연신 최고봉의 민대머리를 쥐어박았다. 그보다 머리 하나는 더 큰 최고봉이 담우소처럼 머리를 잔뜩 수그리고 있기에 가능한 일이었다.

덕분에 그 모습만으로도 충분히 최고봉과 중늙은이 간의 관계를 눈치 챌 수 있었던 담우소로선 고소를 머금을 수밖에.

입가에 떠오른 미소를 굳이 감추지 않고 있던 담우소가 한참이 지나서야 두 사람 사이에 끼어들었다.

"노인장께서는 잠시만 손을 멈추십시오. 나이가 벌써 서른을 넘긴 사람을 조카라고 어찌 그리 손을 대시는 겁니까?"

"응?"

"조카 분께는 제가 신세질 일이 있으니 웬만하면 그만 용서해 주시라는 겁니다."

"……."

입을 열어 대답하진 않았지만 담우소를 바라보는 중늙은이의 세모꼴 눈매가 가늘게 요동 쳤다.

아무리 정중한 말과 태도를 보인다 해도 담우소의 행동은 버릇없이 남의 집안일에 참견한 꼴이었다.

비록 그의 말이 옳다 해도 중늙은이로선 노화가 치밀어 오르지 않을 수 없었다.

만약 담우소가 십여 명이나 되는 무뢰배들을 쓸어버리는 무식함을 보이지 않았다면 그는 분명 참지 못했을 것이다.

하지만 이때 관도는 담우소에 의해 한산하게 변한 상태였다. 무자비한 그의 모습에 사람들은 모두 달아나고 없었다.

꽈악!

입술을 악물었을 뿐 다시 몇 차례 최고봉의 머리를 쥐어박은 중늙은이는 결국 손을 멈출 수밖에 없었다.

"흥, 노부의 조카와 자네는 필시 오늘 처음으로 만난 사이일 게 분명한데 제법 이 미련퉁이 녀석에게 마음을 써주는구먼."

"그야 저는 소주 땅에 처음 온 사람으로 조카 분께 몇 가지 사항을 가르침받고 있던 참인지라……."

"허어! 그런가?"

"예, 그렇습니다. 지금이라도 노인장께서 뒤로 물러서 주시면 몇 가지를 더 가르침을 받고 싶은 게 제 마음입니다."

당당한 표정과 달리 담우소의 목소리는 꽤나 사근사근했다. 성문 앞에서 이렇게 사고를 쳤으니 관군이 달려오는 건 시간문제였다. 귀찮은 일에 얽히긴 싫으니 빨리 거경방에 관한 사항을 물어본 후 이곳을 뜰 생각이었다.

하지만 중늙은이는 본래 소주 제일의 거간꾼으로 이름 높은 사람이었다.

한번 나서면 어떤 장삿꾼하고든 거래를 성사시킨다 하여 쌍방합의(雙方合意)라 불리는 최덕성(崔德性)이 바로 그였다.

따라서 그동안의 경험만으로도 충분히 담우소가 지금 어떤 마음을 품었는지를 짐작해 낼 수 있었다.

잠시의 침묵 끝에 '흥!' 하고 나직이 코웃음친 최덕성이 목소리를 묘하게 냈다.

"노부는 소주의 상계에서 쌍방합의라 불린다네. 어떤 거래든지 실패 없이 성공시켰기에 그런 별호를 얻게 됐지. 그러니 자네가 노부의 멍청한 조카에게 물어볼 것이 있다면……."

"노인장께 물어보는 것이 더욱 빠르겠군요."

"아암, 그야 두말하면 잔소리지. 하나!"

"하나?"

"본래 거래에는 공짜라는 게 없네. 자네는 노부와 거래할 만한 물건을 가지고 있는 겐가?"

실로 담우소에겐 청천벽력과도 같은 소리였다. 소주까지 유랑걸식을 자처했던 그에겐 목숨을 내달라는 것과 진배없는 소리를 듣게 된 것이다.

"물건이라면?"

"허허, 일 테면 값을 따질 수 없는 무가지보라거나 천 단위짜리 숫자가 적혀져 있는 은표(銀標:전장에서 발행하는 일종의 수표. 공신력있는 전장의 은표는 현금과 똑같이 취급된다) 말일세."

"……"

침묵은 잠시뿐이었다. 조금도 망설이지 않고 담우소는 신형을 돌렸다. 곧 관군이 달려올 텐데 괜히 시간을 낭비하고 싶지 않았다.

하지만 그것은 최덕성이 간절히 바라던 반응이었다. 재빨리 몸을 날려 담우소를 만류한 최덕성의 입가로 기쁨의 미소가 번져 나왔다. 말년에 이르러 자신이 봉황(鳳凰)을 잡았음을 믿어 의심치 않는 미소였다.

귓전을 파고드는 은은한 칠현금(七絃琴)의 가냘픈 떨림!

온몸을 착착 감겨드는 비단 보료의 감촉에 가볍게 근육을 진저리친 담우소는 두 눈을 가볍게 깜빡였다.

평생 누려본 일이 없는 사치에 놀란 듯 온몸의 근육이 찌뿌드드했다. 미처 바뀐 환경에 적응하지 못한 게 분명했다.

하지만 본능처럼 팽팽하게 경직된 근육들은 이미 자신을 혹사시켜 달라고 재촉하고 있었다. 날카롭게 연마된 검인(劍刃)은 부단히 휘둘러져야만 녹이 슬지 않는 것이다.

휘익!

과감히 비단 보료를 박차고 침상에서 뛰어내린 담우소의 잘빠진 몸매는 천연 그대로였다.

어젯밤 담우소를 습격해 욕탕 속에 밀어넣었던 여인들이 몽땅 가져간 게 분명했다.

그러니 평소의 담우소였다면 돈주머니와 몇 가지 물건의 행방에 노심초사했을 것이다. 돈은 그의 생명이고 몇 가지 물건은 삶의 이유라 해도 과언이 아닌 탓이다.

하지만 주변을 둘러보는 담우소의 표정은 무심에 가까웠다. 그의 시선은 지금 간밤의 몽롱한 기억을 더듬기 위해 안간힘을 쓰고 있었다. 자신도 모르는 새 옮겨진 호화찬란한 방 안의 모습은 어떠한 마음의 위안도 주지 않았다.

'어제 나는 최 노인장의 도움으로 소주 성문을 무사히 통과할 수 있었다. 어차피 거경방에 대한 정보를 얻었으니 바로 작별을 고하려고 했는데 무슨 이유에선지 그를 쫓아 고대광실 같은 집 안에 들어왔다. 그런데 그곳에선 대낮인데도 수많은 여인들이 너풀거리는 옷을 입고 춤을 추고 있었지. 그리고 나도……..'

대충 어젯밤 벌어졌던 일 중 몇 가지를 기억해 낸 담우소의 안색이 가볍게 붉어졌다.

경험은 부족하지만 대충 이곳이 어떤 곳인지 짐작이 갔다. 대낮부터 여인들이 춤을 추고 술 시중을 드는 곳이란 청루(靑樓:여인들이 술 시중을 드는 기루, 보통 홍루보다 격이 높다), 혹은 홍루밖엔 떠올릴 곳이 없었다.

'하지만 도대체 어젯밤 내게 어떤 일이 벌어진 것일까? 어째서 이런 곳에서 잠이 들었던 것일까?

뇌리를 떠도는 기억의 단편들은 여전히 꿰어지지 않고 있었다. 중간중간이 끊긴 채 단속적인 장면이 떠오를 뿐 전체적인 윤곽이 드러나지 않았다.

그러니 보통 사람 같으면 머리라도 거머쥐야 마땅할 노릇이나 담우소는 그쯤에서 생각하기를 포기했다.

평소부터 머리로 생각한 것보다는 직접 몸으로 부딪치는 걸 맹신하는 못된 버릇이 도진 것이다.

쾅!

진귀해 보이는 양탄자와 휘장으로 꾸며진 화려한 내실의 한쪽 벽에 큼지막한 구멍이 뚫리는 소리였다. 그리고 또다시 몇 차례의 폭음성이 뒤를 이었다.

스윽.

큼지막한 구멍을 통해 한 채의 그림같이 아름다운 별원(別院)을 빠져나온 건 실오라기 하나 걸치지 않고 있는 담우소였다.

―이대심법 중 하나인 풍천경의 발자결!

그것은 일순간 체내의 기력을 신체 부위 중 어느 한곳에 집중시키는 수법이었다. 온몸에 고루고루 퍼져 있는 힘을 한순간 폭발적으로 터뜨림으로써 강력한 힘을 발휘했다.

담우소는 그 풍천경의 발자결을 어깨 쪽에 집중했고 그렇게 만들어진 강력한 힘으로 별원 안을 나눠놓은 몇 개의 나무 벽에 구멍을 뚫은 것이다.

실로 세간에서 얘기하는 보편 타당이라거나 주변의 여건을 고려한 복잡한 삶의 질곡 따위를 단호히 거부한 담우소만이 보일 수 있는 기상천외한 모습이었다.

때문에 이 정도의 소동을 일으켰으니 정상적인 곳이라면 사람들의 이목이 집중되지 않을 수 없을 것이다.

누구라도 진상을 파악하기 위해 달려올 게 뻔했고 평소의 담우소였다면 사람들이 달려오기를 기다렸을 것이다.

여전히 몽롱하기만 한 기억을 되살리는 데 몇몇 주위 사람들의 도움을 받는 것 이상이 없는 까닭이다.

하지만 지금 담우소의 상황이 느긋하게 사람들과 어울리기에 별로 적합하지 못한 것도 부인할 수 없는 사실이었다.

'어디로 갈까?'

별원의 주변에 딸려 있는 가산(假山)과 연못을 온통 둘러싸고 있는 담장을 힐끔 쳐다본 담우소는 전혀 망설이지 않았다.

단숨에 동쪽 방면의 낮은 담장을 찍고는 신형을 날렸다. 이곳의 지리를 모르니 가장 뛰어넘기 용이한 방면으로 마음을 정한 것이다.

휘익!

만약 나체인 상태가 아니었다면 꽤나 멋진 경공술이었을 것이다. 땅바닥을 디딤과 동시에 담장의 윗부분을 손으로 짚은 담우소의 신형은 공중에서 두 바퀴나 회전했다.

그리고 깃털과 거의 진배없을 정도로 가볍게 떨어져 내린 신형!

고양이처럼 신형을 움츠려 떨어질 때의 충격을 완화한 담우소의 얼굴로 가벼운 당황감이 떠올랐다.

눈앞으로 훤하게 펼쳐져 있는 공터. 그 가운데 모여 춤 연습에 열중하고 있던 몇 명의 여인들이 마침 담우소 쪽으로 고개를 돌리고 있었다.

'이런!'

"까아악! 벗, 벗었어!"

"어머! 웬일이니, 웬일이니!"

비명을 터뜨린 건 개중 얼굴에 어린 티가 남아 있는 소녀들로 그녀들이 얼굴을 홍시처럼 붉힌 건 순전히 담우소 탓이었다.

백주대낮에 알몸을 한 사내와 맞닥뜨렸으니 순진한 소녀들로선 비명을 터뜨리지 않을 수 없었을 것이다.

하지만 기억의 파편 중 하나 덕분이랄까?

담우소는 대번에 눈앞의 소녀들이 기루에서 키우는 동기(童妓)들임을 눈치 챌 수 있었다. 아직 머리를 올리지 못했으니 남자를 모르는 게 당연하다는 생각도 뒤따랐다.

'무시하자!'

소녀들의 비명을 완전히 외면하며 주변을 둘러보던 담우소의 두 눈이 이채를 띠었다.

그의 시선을 잡아끈 건 자신의 나신을 뚫어지게 쳐다보고 있는 한 명의 여인이었다.

대충 이십 대 초반쯤으로 보이는 요염한 얼굴. 주변의 동기들이 머리를 밑으로 땋아내린 것과는 대조적으로 여인은 겉에 걸친 궁장에 어울리게 머리를 틀어 올리고 있었다.

굳이 머리에 꽂혀 있는 봉황잠(鳳凰簪)을 살피지 않더라도 여인의 신분은 금기서화(琴棋書畵)와 시사가무(詩詞歌舞)에 능하지 않고선 될 수 없다는 일급기녀가 분명했다.

하지만 무공 수련만으로 세월을 보냈던 담우소가 봉황잠이나 기녀의 서열 따위에 관심이 있을 리 만무했다. 그의 시선을 잡아끈 건 여인의 흔들리지 않는 눈빛이었다.

보통 아무리 머리를 올려 남자를 아는 여인이라 해도 홀딱 벗은 사내를 직시한다는 건 꽤 쑥스러운 일이다.

군이 남의 시선을 의식하지 않더라도 그 같은 일을 만나면 슬쩍 시선을 피하는 게 대부분의 여인들이 보이는 모습이고 미덕이었다.

그런데 궁장여인은 전혀 그럴 생각이 없는 듯했다. 노골적일 정도로 담우소를 쳐다볼 뿐 아니라 동기들의 앞을 슬며시 막아서기까지 했다.

혹시라도 나신인 담우소가 동기들에게 달려들면 자신의 몸을 던져서라도 막아내겠다는 기세가 만만한 모습이다.

그러니 담우소로선 감탄스러울밖에.

젊은 여인이 참 대담하다는 생각과 함께 마음이 움직인 그가 성큼성큼 그녀에게 다가들었다. 그 정도 담력이라면 자신의 질문에 대답할 수 있을 거란 생각에서였다.

"저기……."

"생각보다 빨리 일어나셨네요."

'뭐?'

"어젯밤 공자님을 모셨던 초희(醋熙)라 합니다."

"……."

"그런데 침상 한쪽에 놓아둔 옷가지를 못 보셨나요? 어제 걸치셨던 옷은 너무 지저분해서 빨아두었습니다만."

말과 함께 초희가 얼른 겉에 걸치고 있던 치마를 벗어 담우소에게 내밀었다.

"이, 이게 뭐지?"

"소첩이 주제넘은 짓을 한 벌을 받겠다는 것입니다. 새벽에 빨아 널었으니 이것으로 그동안 참아주세요."

속옷 차림에 개의치 않고 초희는 담우소를 향해 대례를 올렸다. 속

치마가 몇 겹이나 되어 속살이 드러나진 않았지만 대담하기 짝이 없는 행동이었다. 자칫 아무리 아름다운 여인이라 해도 천박해 보일 수 있는 모습이기 때문이다.

그러나 초희가 부끄러움을 무릅쓰고 동기들이 보는 앞에서 옷을 벗은 것에 감동한 것일까?

이미 눈앞의 초희나 동기들에게 보일 대로 보인 몸이었다. 버릴 대로 버린 몸이라는 뜻이다.

딱히 이제 와서 부끄러움을 느낄 바 없다고 생각한 담우소는 말없이 초희가 내민 치마를 받아 들었다. 일순 수치를 감수하는 초희의 모습이 꽤 아름답다고 그는 생각했다.

때문에 잠시 후 담우소는 억지로 치마를 두른 꼴이 됐고 그제야 바닥에서 몸을 일으킨 초희가 부드럽게 말했다.

"공자님은 이곳 명월루(明月樓)가 생긴 이래 가장 큰 손님이십니다. 그저 소리를 치기만 하셔도 아이들이 달려올 터인데 어찌 이런 곳까지 납시셨나요?"

물론 담우소로선 금시초문인 이야기였다. 자신을 밤새 모셨다고 주장하는―도대체 어떻게 어떤 방식으로 모셨다는 것일까―초희의 얼굴조차 전혀 기억에 없으니 당연하다면 당연하달까?

어쨌든 상황은 기호지세였다.

피할 수 없는 것이라면 차라리 즐기자는 마음이 된 담우소가 굳어 있던 입가로 미소를 배어 물었다.

"그랬던가? 내가 꽤 요란하게 소란을 피웠는데도 이곳으로 사람이 달려오지 않은 걸 보면 꼭 그렇지만도 않은 것 같은데."

슬쩍 운을 떼는 담우소의 말에 초희가 대답했다.

"도대체 어떻게 소란을 피우셨는지 궁금하군요. 우리 명월루에는 힘깨나 쓰는 장정들이 여럿 있는데요. 하지만 공자님께서 아무리 큰 소란을 피우셨어도 이곳으로 오신 이상 걱정하실 건 없답니다."

"그건 또 어째서지?"

"그건 이곳이 동기들의 거처가 있는 곳이기에 사내들의 출입이 엄격히 금지되어 있기 때문이에요."

초희의 도톰한 입술이 묘한 호선을 그렸다. 대충 상황을 짐작하게끔 하는 미소였다. 술을 팔고 여인을 파는 기루에서 동기만큼 확실한 투자는 없는 것이다.

그러나 그런 기루의 사정 따위 담우소가 관심을 기울일 까닭이 없었다. 그저 대충 고개를 끄떡여 보이곤 가장 궁금했던 사항을 슬쩍 물었다.

"그도 그렇겠군. 그런데 최 노인은 어젯밤 이곳에서 묵지 않았나?"

"최 노인이라면……."

"어제 나와 함께 왔던 쌍방합의를 모른다고 지금 잡아뗄 생각인가?"

파앗!

그저 흐릿한 손 그림자가 보였다 싶었는데 이미 초희의 가느다란 목덜미는 담우소의 손아귀에 들어와 있었다.

설혹 그녀가 무공을 익혔다 할지라도 이만한 거리에서라면 피할 도리가 없을 정도로 귀신같은 출수였다.

게다가 그러고도 모자랐던 것일까?

힘을 쓰자 지렁이처럼 툭툭 튀어나온 힘줄의 꿈틀거림. 담우소는 당장이라도 초희의 목을 부러뜨릴 것 같았다.

아니, 그녀가 다시 딴청을 부린다면 절대 망설이지 않을 게 분명했다. 그만큼 지금 담우소가 내뿜고 있는 살기는 보통이 아닌 것이다.

그러나 도대체 어떻게 된 여인인지 잠시 안색이 창백해졌을 뿐 초희는 오히려 얼굴에 생글거리는 미소를 머금었다.

"호호호, 어젯밤엔 그리도 소첩을 어여삐 하시더니 어째서 오늘은 이리 무섭게 구시는 거죠? 혹시 소첩이 마음에 들지 않는다면 다른 아이를……."

"시끄러!"

"……."

"어젯밤 네가 나와 밤을 보냈다고 주장하는데 난 전혀 기억이 없다. 어쩌면 진짜 널 안았는지도 모르지. 하지만 한 가지 분명한 건 나는 거짓말하는 인간을 가장 싫어한다는 거다."

"그러니… 공자님께 목이 부러지기 싫거든 바른대로 대답하라는 뜻인가요?"

"네가 무공을 모른다면 분명 그리해야 할 것이다."

담우소의 목소리는 냉랭했다. 치명적인 목덜미를 제압한 상황인데도 전혀 끌어올린 살기를 늦추려 하지 않았다. 녹록찮은 기질과 품위를 지닌 초희를 단숨에 제압하기 위함이었다.

하지만 담우소의 예상은 철저히 어긋났다. 생각보다 초희란 여인의 기질은 더욱 녹록치 않았기 때문이다.

그저 피가 나도록 아랫입술을 깨물었을 뿐 표정조차 변하지 않은 채 초희의 미소는 변함이 없었다.

"물론 소첩은 기녀이니 무공같이 몸매를 망치는 수련은 쌓을 수 없는 게 당연하지요. 하지만 공자님 역시 그리 높은 무공을 쌓은 건 아니지 않나요?"

"내게 먹인 게 뭐지?"

"……."

"최 노인이 그리 무서운가?"

대답은 초희에게서 흘러나오지 않았다. 절대 사내는 들어오지 못한다고 했던 공터 저편의 활짝 열린 대문에서 들려왔다.

"상관(上官) 소협, 어째 연약한 아녀자에게 손을 대는 것이오!"

'이 목소리는?'

재빨리 시선을 대문 쪽으로 돌린 담우소의 눈빛이 매서워졌다. 아무리 기억의 파편이 심하게 조각났다 해도 잊을 수 없는 얼굴을 발견한 것이다.

"홍, 당신이로군."

"허허, 상관 소협께서는 지난밤 좋은 꿈 꾸셨소이까?"

"좋은 꿈?"

"허허허허……."

대답을 대신하는 음흉한 웃음소리. 대문 안으로 모습을 드러낸 자는 쌍방합의 최덕성이었다.

어제 소주의 성문 앞에서 만난 후 벌어진 일련의 사건에 대한 배후로 의심되는 자였다. 지금까지 담우소가 간절히 찾아다녔던 사람이란 뜻이다.

그래서 담우소의 매서운 시선은 일시 냉전으로 변했고 흡사 당장에라도 최덕성을 잡아먹고 싶다는 표정을 동반한 건 물론이었다.

타악!

음흉한 대소와 함께 자신에게 다가드는 최덕성을 차갑게 노려보며 담우소는 슬쩍 초희를 뒤로 밀어냈다.

단숨에 목줄기를 꺾어버릴 정도의 힘을 비축하고 있었던 것에 비하면 꽤나 부드러운 동작이다.

백설같이 뽀얀 목덜미에 손자국이 선연했으나 담우소는 애써 외면했다. 일에는 선후가 있었다. 아니, 있다고 생각했다.

자신의 동정(童貞)을 가져갔다고 주장하는 초희에 대한 연민은 일단 뒤로 미뤄두자고 담우소는 마음먹었다.

그런 단호한 모습은 효과가 있었다. 세월이 가져다 준 눈가의 잔주름을 이용해 사람 좋아 보이는 얼굴을 만들어낸 최덕성이 품에서 큼지막한 꾸러미를 꺼냈다.

"그건?"

"허허허, 어젯밤 상관 소협이 노부에게 맡겼던 물건이외다."

역시 기억에 없는 말이다. 하지만 담우소는 두말없이 최덕성에게서 꾸러미를 낚아챘다. 전후 사정이야 어떻든 일단 챙기고 보자는 평소의 지론에 따른 행동이었다.

쩔렁!

손대중만으로 충분히 감이 왔다. 자신이 가지고 있던 황금과 은자가 이상없다는 걸 눈치 챈 담우소가 냉랭히 말했다.

"그 밖의 것은?"

"예?"

"그 밖의 것은?"

"당최 뭘 말하는 건지……."

파앗!

초희와 똑같은 꼴이었다. 단 한 치도 어김없이 최덕성의 목젖을 거머쥔 담우소의 눈빛이 살기로 불타올랐다. 백 마디나 천 마디의 말보다 확실한 뜻을 담은 모습이었다.

그러나 초절한 무공을 지닌 무림인일지라도 이와 같은 상황에 직면하면 두려움을 느낄 텐데 최덕성의 표정은 전혀 변함이 없었다.

방금 전 초희가 보였던 모습이 대담함이라면 지금 최덕성이 보이고 있는 모습은 절대적인 자신감이었다. 결코 담우소에 의해 자신의 목숨이 위협받을 일은 없다는 종류의.

꿈틀!

담우소의 이마로 힘줄이 튀어나왔다. 아까와는 달리 최덕성의 목젖을 쥐고 있는 손아귀에 살짝 힘을 주고는 가볍게 털어내고 싶은 기분을 참기 위해서였다. 기분이야 어떻든 최덕성은 아직 쓸모가 있는 것이다.

"난 어제 일이 잘 기억나지 않아. 아마도 녹림에서 사용하는 몽혼약(夢昏藥) 같은 걸 사용했겠지."

"……."

"하지만 뭐 그건 좋아. 어쨌든 그거야 내가 잠시 무림의 규칙을 잊고 방심한 탓이니까. 그런데 말야."

"우욱!"

뼈가 부서지는 소리 따윈 없었다. 목뼈가 꺾인 게 아니란 뜻이다. 그런데 최덕성의 여유만만하던 안색은 갑자기 핼쑥하게 변하고 있었다.

담우소가 도대체 어떻게 한 것인지 최덕성은 목의 핏대가 온통 설 정도로 격심한 통증을 느꼈다.

세월이 가져다 준 노회함으로도 도저히 여유 따윌 부릴 수 없는 지독한 고통에 당장에라도 숨이 끊길 것만 같았다.

그러나 방금 전까지의 기분 나쁜 살기는 도대체 어디로 간 것일까?

히죽한 미소가 떠오른 담우소의 입술이 악마와 같은 목소리를 냈다.

"당신은 뭐가 그리 자신있는 거지?"

"우우욱……."

"당장에 숨기고 있는 사실을 까발리지 않으면 난 도저히 참을 수 없는 기분이 들 거란 말야."

"우욱, 욱욱……."

통증에 더해 담우소의 이죽거리는 목소리를 더 이상 참을 수 없었던 것이리라!

촌각(寸刻)도 버티지 못하고 벌겋게 부풀어 오른 얼굴을 한 최덕성이 죽기살기로 고개를 끄떡거렸다. 조금만 더 지체하면 필시 담우소가 전개한 기이한 힘에 의해 칠공(七孔)에서 피를 토하고 죽으리란 걸 직감한 것이다.

그러나 죽음의 공포를 느낀 건 어디까지나 최덕성이고 담우소가 아니었다.

자신을 건드린 대가를 충분히 치러줄 요량으로 담우소는 한동안 손아귀에 집중시킨 오행수기를 거두지 않았다. 눈앞에서 피가 몰려 터져버릴 듯 부풀어 오르고 있는 최덕성의 얼굴을 그저 차갑게 바라볼 뿐이었다.

그러자 담우소의 악마 같은 모습에 기가 질렸을 것이다. 뒤에서 홀쩍거리기 시작한 동기들과 달리 평정을 잃지 않고 있던 초희가 달려들었다.

"그, 그러다 죽겠어요!"

"……?"

"죽겠다고욧!"

"그래서?"

"당신은, 당신은 경로사상도 모르나요!"

분했을 것이다. 초희는 숨을 헐떡이며 담우소의 넓은 어깨를 조막만한 주먹으로 마구 두들겼다.

하지만 집채만한 산짐승들과 필사의 사투를 벌이던 담우소다. 냉랭한 눈빛으로 자신을 마구 두들기고 있는 초희의 모습을 바라보던 담우소의 목소리는 얼음같이 차가웠다.

"몰라!"

"에?"

"난 천애고아로 태어나서 그 딴 걸 배운 일이 없거든."

말은 그리했으나 행동은 달랐다. 눈을 하얗게 물들인 채 숨을 껄떡거리던 최덕성을 담우소는 뒤로 집어던졌다.

철퍼덕!

"아!"

머리로부터 땅바닥에 처박힌 최덕성을 향해 초희가 달려갔다. 두 사람의 관계를 대충 짐작케 하는 모습이었다.

그러나 도대체 감정이 메말라도 이리 메마른 사람이 있을까?

땅바닥에 얼굴을 대고 몸속에 담겨 있던 것들을 몽땅 쏟아내고 있는 최덕성을 향해 담우소가 냉랭히 말했다.

"그러니 이젠 말하고 싶은 기분이 됐나?"

"우욱! 우웩! 웩……."

"분명 다 말하겠다고 했던 것 같은데?"

"그만 해욧!"

언제나 눈꼬리에 살랑이며 걸려 있던 눈웃음이 사라진 초희의 목소리엔 강한 분노가 담겨 있었다. 이미 그녀의 눈가엔 볼 때마다 마음을 격탕시키던 요염함이 전혀 엿보이지 않았다.

그러나 담우소로선 그 모습이 더 마음에 들었다. 살기등등하던 표정을 푼 그의 입가로 다시 평소의 느물거리는 미소가 떠올랐다.

"그는 재수가 좋았어. 그저 겁을 줄 생각이었는데 오히려 몸 안에 쌓였던 독소(毒素)를 배출하게 되었거든."

"……."

"지금 그가 토해내고 있는 건 체내에 쌓여 있던 독소라는 뜻이야."

"도, 독소?"

"내 오행수기는 물을 자유자재로 다룰 수 있으니 몸 안에 침투한 웬만한 독소 정도는 몰아낼 수 있거든."

"……."

담우소의 말에 초희가 입을 벌린 채 말을 못 이은 건 당연했다. 지금까지 그가 보였던 모습 중 하나라도 보통의 상궤에 들어맞는 게 없었던 까닭이다.

그러나 물론 그런 초희의 의문을 자상하게 풀어줄 담우소가 아니었다. 불신의 눈빛을 대수롭지 않게 받아넘길 뿐 그는 더 이상 설명하려 하지 않았다.

때문에 초희의 불신은 한참이 지나서야 풀렸다. 게워낼 걸 다 게워냈는지 숨을 헐떡이고 있던 최덕성이 힘겨운 목소리를 낸 것이다.

"쿨, 쿨럭! 저, 정말 항상 울렁이던 속이 많이 편해지고 아랫배를 칼로 찌르는 듯하던 통증도 많이 사라졌구려."

"아무렴. 그러니 당신은 빨리 모든 걸 털어놓는 게 좋을 거요. 독소를 밖으로 배출시킬 수 있다는 건 도로 집어넣을 수도 있다는 뜻이니까."

"그, 그것만은……."

다급히 말을 하려다 말고 최덕성은 휘청이며 땅바닥에 고개를 처박았다. 담우소가 전개한 오행수기에 독소뿐 아니라 체력마저 몽땅 뽑혀버린 것이다.

멋스럽되 천박하지 않은 내실. 은은하게 배어 있는 담담한 향기는 사람의 기분을 좋게 했다.

이러한 향기는 과년한 여인의 규방에서 흔히 맡을 수 있는 종류의 것이었다. 물론 그런 규방의 일을 담우소가 알 턱이 없는 건 당연하다면 당연한 일이랄까?

최덕성이 혼절하자 동기들을 이용해 능수능란하게 사태를 처리한 눈앞의 초희를 아랑곳 않고 담우소가 코끝을 벌름거렸다.

"흠흠, 참 좋은 향기로군. 풀 내음과는 조금 다르고 꽃 향기보다는 약간 진한 것 같은데… 도대체 이게 무슨 향기지?"

"그, 그건……."

초희가 가볍게 안색을 붉혔다. 방금 전 난장판이 되었던 일을 깔끔히 정리하던 모습과는 딴판이다. 아무리 봐도 닳고 닳은 기루의 여인이라고 하기엔 순진한 모습이었다.

그러니 그녀가 이런 모습을 보인다는 건 기녀로서의 자신을 망각하고 있다는 뜻도 됐다.

민망한 표정도 잠시, 입가에 미소를 감추지 않고 있던 담우소를 바라보는 초희의 표정이 새침해졌다.

"아까는 저승에서 온 마면귀두(馬面鬼頭)처럼 무섭게 굴더니 지금은 농을 부리시는군요."

"농을 부린다?"

"그렇지 않으면요? 어찌 그리 능글맞게 행동하시는 거죠?"

"능글맞다니, 내가 뭘 어찌 했는데……."

"홍홍홍, 기녀 생활을 하며 수많은 남정네들을 봐왔지만 당신같이 뻔뻔한 남자는 본 일이 없군요!'

'이런, 제길! 향기쯤 맡았다고 이리 면박을 주다니! 남자 경험이 많은 것도 자랑인가?

담우소는 내심 투덜거렸다. 여인과의 교분이 없었던 그로선 진실로 내실을 휘감고 도는 향긋한 내음의 정체가 궁금했다.

그런데 초희가 대놓고 면박을 주니 화가 치밀어 오르지 않을 수 없었다.

하지만 그런 내심을 그대로 말하기엔 여인에 대한 경험이 부족한 자신이 부끄러운 것도 사실이었다.

혀끝까지 치밀어 올랐던 항변을 꾹 억누른 채 담우소가 화제를 돌렸다.

"그런데 최 노인은 언제 오지?"

"그분은……."

초희가 입을 열기 무서웠다. 문밖에 대기하고 있던 동기들이 문을 열자 초췌한 안색의 최덕성이 안으로 들어섰다.

"사, 상관 공자, 어찌……."

"왔군."

"예예예, 그런데……."

"아아, 당신한테는 이미 한차례 속은 전력이 있잖아. 어찌 당신이 도망가지 않는다고 확신할 수 있겠어."

앉은 채 신형을 돌리는 담우소의 입술이 차갑게 비틀어져 있었다. 무공을 전혀 모르는 최덕성에게 오행수기를 남겨놓은 걸 전혀 부끄럽게 생각하지 않는 듯했다.

그 모습만으로 충분히 자신이 오늘 저승사자보다 더욱 지독한 인물을 만났다는 걸 통감한 최덕성이 품 안에서 한 쌍의 쇠사슬을 꺼내 들었다.

"상관 공자의 독문병기인 후안무치! 여기에 대령이옵니다."

"후안무……."

두 눈을 빛내며 말을 받으려던 담우소가 슬쩍 말꼬리를 흐렸다.

'그랬군, 그랬어. 이들은 모두 날 금산전장에서 파견된 자로 착각한 것이구나! 하긴 얼굴도 알지 못하는 상황에서 저렇게 눈에 띄는 독문 병기라면 무리도 아니지, 무리도 아니야.'

순간적인 깨달음이었다. 그리고 그 순간 담우소의 입가엔 가느다란 미소가 떠올랐다. 지금까지의 혼란을 벗어 던지고 새로운 밑그림을 제멋대로 짜 넣기로 결정한 것이다.

"그만!"

"……."

"난 처음에 말했다시피 담가요. 상관이란 성씨는 나의 것이 아니니 당신은 이제부터 날 상관 공자라 부르지 마시오!"

손으로는 천연덕스레 후안무치를 회수하며 내뱉은 말이었다. 이미 담우소를 금산전장의 사람으로 확신하고 있던 최덕성으로선 연신 고개를 끄덕일밖에.

"그렇습죠. 암요. 공자는 담 공자이지 상관 공자는 아닌 것이지요."

"알면 됐구. 그런데 어째서 날 이렇게 물먹인 거지?"

제거해 준 독 대신 오행수기에 기혈이 제압된 최덕성으로선 심장이 덜컥 내려앉는 질문이었다. 자칫 방금 전 당했던 일을 또다시 당한다면 살고 싶지 않을 게 분명했다.

그러나 역시 최덕성은 장사판에서 명성을 쌓은 지 수십 년이 넘은 늙은 너구리였다. 초췌한 얼굴에 억지로 화색을 돋우며 최덕성이 어렵사리 입을 열었다.

"그건… 용서해 주십시오!"

'뭘?'

"이놈은 소주에서 잔뼈가 굵은 거간꾼입니다. 실제로 장사에 뛰어든다기보다는 상인과 상인 간의 거래를 터주는 일을 주로 하지요. 한데 그러다 보니 그만 욕심이 생겨서……."

"……."

금산전장을 포함하는 금산상회는 전중원 최고, 혹은 강남제일의 상권을 자랑하는 상인 집단이었다.

상계에 있어 그 힘은 막강하여 강남에서는 기껏해야 절강성의 금조표국 정도나 그 위엄에 대항하는 정도였다.

그런데 그중에서도 당대의 금산전장을 지배하는 자는 사대거상 중일 인인 악덕 상인 막문위였으니!

천하제일의 고리대금업자답게 그 모습은커녕 연배나 성별조차 알려지지 않은 막문위와 관계를 맺는다는 건 상인들에겐 꿈과 같은 일이었다.

그—혹은 그녀—와 인연을 맺는다면 상계에선 웬만해서 그를 막을 순 없을 것이다.

그러니 담우소에게 손모가지가 분질러진 상관 머시기—이제야 그의 성을 알게 됐다—가 꽤나 유명한 인물이라는 걸 전제로 했을 때 최덕성이 한 일은 대충 짐작이 가는 바였다.

그는 어떻게서라도 금산상회 산하의 금산전장과 줄을 대서 기껏해야 상인과 상인 간의 거래나 터주는 역할이 아닌 소주 상계의 실질적인 강자가 되고 싶었음이 분명하다.

그러나 그렇다고 해도 의문은 남았다. 잠시 침묵하며 눈살을 찌푸리던 담우소가 넌지시 물었다.

"그런데 독에는 어째서 중독된 건데?"

"그, 그건…….

계면쩍은 표정이 완연한 최덕성을 대신해서 초희가 입을 열었다.

"그, 그건 모두 바보 같은 소첩 때문입니다."

"너 때문?"

"예, 제가… 제가……."

초희는 참지 못하고 구슬 같은 눈물을 펑펑 쏟아냈다. 그리고 처음에 담우소가 생각했던 것과는 조금 다른 양상으로 사건이 흘러가기 시작했다.

제11장 거경방(巨鯨幇)이 이상하다

　심장이 아릴 정도로 애닳고 가슴 아픈 이야기. 초희의 흐느낌을 바라보며 담우소가 기대했던 건 솔직히 그런 종류의 이야기였다.

　과년한 여인, 그것도 사연깨나 있을 법한 기루의 기녀가 눈물을 흘리니 덩달아 그와 같은 이야길 기대하지 않을 수 없었던 것이다.

　그러나 물론 세상은 그리 녹록치가 않았다. 침울해진 표정으로 자신을 바라보는 담우소에게 초희는 슬쩍 눈물을 닦고는 교태 섞인 목소리를 냈다.

　"이런, 나 좀 봐. 소첩 때문에 담 공자님께 염려를 끼쳤으니… 죄송합니다."

　'알긴 아는군. 그나저나 계집애야, 계집애야. 눈물을 글썽일 때는 언제고 너는 어째서 내게 그리 교태로운 눈짓을 하는 것이냐!'

　내심 탄식을 터뜨린 담우소가 퉁명스레 말했다.

"나는 상심하지 않았다. 그리고 네가 하겠다던 이야길 기다리고 있는 중이다."

"아아, 예, 그렇군요. 하지만……."

"암, 그렇구말구. 너는 네 아비가 본인의 오행수기 때문에 다시 얼굴로 피가 역류하기 전에 말을 끝내는 게 좋을 것이다."

"아!"

"어찌 알았냐구?"

"……."

"그거야 너나 최 늙은이가 하는 행동을 가만히 살펴보면 능히 짐작할 수 있는 일이 아니겠느냐. 적어도 목숨이 걸린 상황에서 자신보다 상대방을 걱정하는 건 연인이 아니면 부녀지간밖엔 상상할 수 없으니까."

단정적이면서도 몰인정한 말이었다. 자신과 동침했다고 주장하던 초희에 대한 선입견이 작용하지 않았다고 말할 수 없는 표정 또한 함께였다.

그러니 웬만한 여인이라면 포기하고도 남음이 있을 텐데 초희는 집요했다. 눈물 젖은 모습에 더해 묘한 분위기를 연출하며 담우소 쪽으로 살짝 상체를 기울였다.

"그렇군요. 담 공자님은 그렇게 소첩을 염려하고 계셨군요."

'응?'

"그런데 전 그런 것도 모르고 담 공자님이 무정하다고만 생각했었다니……."

'하아, 도대체 내 말이 어떻게 그리 해석되는 거냐구!'

또다시 눈가로 주르륵 눈물을 쏟아내는 초희를 바라보며 한탄한 담우소의 차가운 시선이 최덕성을 향했다.

도저히 마이동풍(馬耳東風), 우이독경(牛耳讀經)하는 초희와 대화할 수 없겠다고 생각한 것이다.

그러자 최덕성 또한 자신을 대신해서 나섰던 초희의 집요하고 포기하지 않는 미인계에 우려를 감추지 못했던 터라 얼른 담우소에게 다가들었다.

"허허허, 아무래도 제 딸년이 어딘가 이상해진 듯싶습니다. 본래는 이런 아이가 아닌데."

"제가 어디가 어떻다고!"

왈칵 분노성을 높이던 초희는 채 말을 끝낼 수 없었다. 담우소의 차가운 눈빛과 함께 초췌할 대로 초췌해진 최덕성의 떨리는 입꼬리 때문이었다.

"초희야, 초희야! 이 아비는 지금 죽음의 공포에 떨고 있단다. 네게 고생만 시킨 몹쓸 아비지만 이번만은 양보해 다오."

"으음, 그렇지만……."

"고맙구나, 고맙구나!"

일급기녀로서의 자존심을 완전히 구겨 버린 초희의 기분 따윈 전혀 아랑곳 않고 내려진 일방적인 통보였다. 그리고 기다렸다는 듯 재차 쏟아진 담우소의 눈빛은 싸늘하기만 했다.

그의 눈빛 속엔 초희로 하여금 더 이상 자신과 최덕성 간의 대화에 끼어들 여지를 주지 않겠다는 단호한 결의를 담뿍 함유하고 있었다.

남자에게 반했다는 게 분하지만 태호에서 만났던 엄정하의 매력은 보통이 아니었다. 설혹 초희가 지금보다 열 배쯤 예뻐진다 해도 전혀 상대가 되지 않을 정도였다. 이미 그녀 정도의 여인이 쓰는 미인계로는 담우소를 어찌할 수 없게 됐다는 뜻이다.

그리고 그 때문이었을 것이다.

재빨리 초희에게서 시선을 돌린 담우소가 마치 확정 통보라도 내리려는 듯 최덕성의 가슴에 장심(掌心)을 갖다 댔다.

"엇!"

"조용! 지금부터 몸속에 남아 있던 오행수기를 뽑아낼 테니 입을 악무는 게 좋을 거요."

"으윽!"

말이 끝나기가 무서웠다. 담우소가 손을 쓰자마자 최덕성의 안색이 백지장처럼 창백하게 변했다.

자신의 굳은 의지를 보이기 위해 담우소가 다소 거칠게 그의 몸속에 심어놨던 오행수기를 회수하자 덕분에 피가 몽땅 역류하는 듯한 고통을 느끼게 된 것이다.

그러나 고통이 컸던 만큼 오행수기를 회수하여 대기로 흩뜨리는 시간 역시 단축됐다.

일 다경(一茶頃:차 한 잔 마실 시간)도 되기 전에 최덕성의 몸을 깨끗하게 만들어놓은 담우소가 살짝 장심을 뗐다.

얼마 전까지만 해도 독에 중독되어 전전긍긍하던 최덕성의 인생에 새로운 꽃이 피는 순간이었다.

"몸이 멀쩡하구나, 몸이 멀쩡해!"

기진한 중에도 두 손을 번쩍 쳐든 최덕성의 얼굴엔 기쁨이 가득했다. 죽음 중에 삶을 얻은 자의 모습이었다.

하지만 단순히 최덕성이 기뻐하는 모습을 보기 위해 담우소가 오행수기를 뽑아줬을 리 만무했다.

기쁨을 감추지 못하고 있는 최덕성과 전혀 상반되는 얼굴이 된 담우소가 불만이 가득한 목소리로 말했다.

　"젠장! 귀찮아서 오행수기를 제거해 주긴 했지만 난 언제라도 다시 그걸 당신 몸에 심을 수 있어."

　"……."

　"나 힘들었다구!"

　"예?"

　"당신이 원하는 걸 다 해줬으니 이젠 슬슬 몽땅 털어놓을 때가 됐다는 소리야."

　"아, 예. 물론 그렇지요."

　고개를 크게 주억거린 최덕성이 언제 눈물을 흘리며 교태를 부렸냐는 듯 입술이 퉁퉁 부어 있던 초희에게 호령했다.

　"초희야, 어서 가서 최고급 주안상을 봐 오거라! 오늘 명월루는 손님을 받지 않아도 좋다!"

　"예? 그렇지만……."

　"내 몸에 있던 독질을 제거하고 귀인을 만났으니 어찌 오늘 술 한잔을 하지 않을 수 있겠느냐! 사람을 시켜 네 오라비인 고봉이한테도 술 한 동이 가져다 주도록 하거라!"

　"고봉 오라버니에게도요?"

　"흥, 어차피 오늘도 한량들과 저자에 모여 놀고 있을 테지만 오늘은 기쁜 날이니 그렇게 하거라!"

　"예, 알겠습니다."

　언제 입술이 튀어나왔냐는 듯 기쁜 표정이 된 초희가 최덕성을 향해 얼른 고개를 숙여 보이곤 밖으로 나갔다.

기녀본색(妓女本色)을 보이듯 아까까지 집요하게 교태를 부리던 담우소 따윈 쳐다보지도 않은 채였다.

그러나 담우소에겐 그것이 그리 중요하지 않았다. 자신이 그녀와 만리장성을 쌓지 않았다는 걸 확신하기에 그녀가 누굴 좋아하든 알 바 없었다.

담우소의 무심한 시선을 접한 최덕성이 뒤통수를 긁적이며 말했다.

"모든 건 제가 너무 욕심을 부려서이지요. 소주에 기루를 차리면서 금산기루연합(金山妓樓聯合)의 인가를 받지 않았으니 된통 당한대도 어쩔 수 없는 일이었지요. 그런데 이름 높은 상관……."

"난 담가요."

"험험, 그, 그렇지요. 다, 담 소협을 만나자 제가 순간적으로 제정신이 아니었나 봅니다. 어떻게 해서든 담 소협에게 잘 보여서 제 한목숨을 살리고 명월루가 통째로 넘어가는 사태만은 막고 싶었던 까닭에 그만……."

"그만?"

담우소의 냉소적인 반문에 최덕성은 낯을 가볍게 붉혔다. 언변으로 먹고 살았던 그조차 담우소의 차가운 반응은 견디기 힘든 것이다.

그러나 침묵 속에 담우소는 눈빛으로 그 뒷말을 종용했고 잠시의 침묵 후 떠듬떠듬 최덕성으로부터 이어진 이야기는 대충 이러했다.

담우소를 명월루로 데려온 최덕성은 그에게 주지육림에 가까운 술자리와 아름다운 기녀들을 안겨줬다. 어떻게든 그를 자신의 편으로 꾈 생각에 아낌없이 대접한 것이다.

그러나 담우소는 누누이 강조했다시피 이미 엄정하에게 반해 있는 상태였다. 어떠한 절세미인을 데려와도 그의 마음을 동하게 할 수 없었다. 마치 아예 여인 자체를 싫어하는 사람 같았다.

때문에 최덕성은 최후의 방법으로 그의 술에 몽혼약을 탈 수밖에 없었으니 모든 건 명월루 최고의 미녀이자 담대한 성품인 초희를 믿었기에 가능했다.

그녀의 놀라운 연기력을 이용해 몽혼약으로 기억이 혼미해진 담우소가 그녀가 자신의 수발을 들었다고 착각하게 만든다는 대담한 계획을 세운 것이다.

하지만 이후에 벌어진 일들은 모두가 알고 있는 것과 다름이 없었다. 담우소의 상상을 초월하는 특이한 성격은 최덕성의 계획을 깡그리 소용없는 것으로 만들었다.

최덕성이나 수양딸인 초희나 하나같이 일생 잊을 수 없는 망신과 고통을 당했을 뿐 전혀 자신들이 원했던 것을 이룰 수 없었던 것이다.

그나마 얼마 전 중독된 걸 눈치 챈 독질이 제거된 건 천우신조라고나 할까?

그동안의 가식과 상인스러움을 벗어던지고 말을 늘어놓는 최덕성의 얼굴은 족히 십 년쯤 늙어 보였다.

인생의 말년에 이르러 더욱 높은 곳을 향해 다가가려다 발을 헛디딘 후회와 회한이 묻어나는 모습이었다.

그 좋은 언변에도 불구하고 떠듬거리며 말을 하는 동안 초희가 있었을 때와는 영 딴판인 모습이 된 것이다.

그러거나 말거나 어젯밤 자신이 어떤 일을 벌였는지를 대충 파악한 담우소가 눈살을 가볍게 찌푸렸다.

'으음, 그래서 초희란 여인이나 이 늙은이나 내게 말하기를 꺼려했구나. 그런 창피스런 짓을 벌이고서 쉽사리 말을 할 수 있다면 오히려 그것이 더 이상한 일이겠지. 하지만 그 상관 머시기란 녀석이 그리 대단한 녀석이었나? 기껏해야 빚이나 받으러 다니는 녀석인 줄 알았는데……..'

자신에게 두 팔이 부러진 후안무치의 주인을 생각하던 담우소가 벌떡 신형을 일으켰다. 최덕성의 말을 듣던 중 꿰어 맞춰진 기억의 한 조각 때문이었다.

어젯밤 그가 최덕성을 말없이 쫓아온 것은 대두귀와 거경방에 관한 사항을 묻기 위함이었는데 지금 그 기억들이 꿰어 맞추어지자 온몸이 근질거렸다.

당장에라도 거경방이 자리 잡고 있다는 소주의 십자로(十字路)로 달려가고 싶었다. 그리고 대두귀를 붙잡고서 대사형과의 관계를 조목조목 따져 볼 생각이었다.

물론 그 조목조목에 다수의 강압과 폭력이 빠지지 않으리란 건 담우소의 평소 성정을 미뤄 충분히 짐작할 수 있는 사실이었다.

그러나 불타는 복수심도 담우소의 무식하리만치 왕성한 식욕을 잠재울 순 없었던 것일까?

때맞춰 내실의 문이 활짝 열렸다. 드디어 푸짐한 주안상이 마련된 것이다.

당연히 코끝을 찌르는 음식 냄새는 담우소의 뱃속 회충들을 요동케 했으니 그는 망설임없이 그 자리에 주저앉았다.

스스로에게 태산절경(泰山絶境)도 식후경(食後景)이란 전대의 고언을 들먹였음은 물론이었다.

＊   ＊   ＊

처음 마음먹었던 것과는 달리 담우소는 최덕성을 그리 심하게 뜯어먹지 않았다. 거경방과 대두귀에 대한 자세한 사항을 조사케 하고 약간의 사례비 정도로 만족했다.

자신에게 했던 일은 자못 천인공노할 만했지만 몇 끼나 밥을 먹여준 것이나 맛 좋은 술을 제공한 공로를 무시할 수 없었다. 한마디로 뇌물에 홀딱 넘어가고 만 것이다.

물론 최덕성이 뇌물이랍시고 술이며 밥이며를 갖다 바친 상대는 담우소가 아니라 금산전장 소속의 쌍뢰신기(雙雷神技) 상관옥(上官玉)이었다.

그는 본래 하오문(下午門) 출신으로 변변한 이름 석 자도 세상에 알리지 못한 자였다.

대부분의 하오문 출신들처럼 몇 가지 잔재주에 의지해서 세상을 살아가는 사람이었다.

그런데 그런 자가 지난 삼 년 전부터는 제법 그럴듯한 쌍뢰신기란 별호까지 얻은 채 강남 상계에서 명성을 떨치게 되었으니 상관옥이 출세한 것은 어디까지나 금산전장 덕이었다.

무공은 그리 특출나지 않지만 지닌 바 끈질긴 근성과 천하에서 몇 손가락 안에 들 정도의 추적술을 높이 산 금산전장의 수뇌부에서 그를 영입한 것이다.

그러니 일반적으로 입지전적(立志傳的)이란 말을 쓰는 자들이 대부분 그렇듯 상관옥의 능력을 의심할 수는 없었다.

처음 금산전장에 영입됐을 때만 해도 뒷배경이 뛰어나지 않았으니 실력만이 출세를 보장했을 게 분명한 때문이다.

이후 금산전장이 뒷배경이 되었다곤 하나 소주 상계에서는 제법 이름이 알려진 최덕성이 쩔쩔맬 정도의 실력을 상관옥이 지녔다는 뜻도 됐다.

그런데 담우소는 소주로 향하던 중 아무렇지도 않게 그런 자를 건드린 것이다. 그것도 아주 악질적인 방법으로.

상관옥의 이름을 빌어 이것저것 이득을 취한 담우소는 후일 자신을 집요하게 따라붙을 악귀(惡鬼)의 존재를 깡그리 무시한 채 지금 골목에 쌍박혀 있었다.

번화한 소주의 동서남북로(東西南北路)의 중심인 십자로의 한 구석퉁이였다.

소금을 뒷구멍으로 빼돌리는 염효의 으뜸인 대두귀가 우두머리로 있는 거경방이 위치한 곳이 바로 십자로인 까닭이다.

'으음, 문 앞에 서 있는 덩치들이야 보나마나 별 볼일 없을 테고 문제는 항시 안채에 상주한다는 다섯 명의 호검수(護劍手)들인데⋯⋯.'

"꿀꺽꿀꺽⋯⋯."

도대체가 전혀 어울리지 않는 한 쌍인 최고봉과 초희의 관계를 대충 찔러—굳이 얘기하자면 으르고 협박하기로—얻어낸 금존청(金尊淸)을 홀짝이며 담우소는 염두를 굴렸다.

최덕성의 말을 빌리자면 거경방은 딱히 정상적인 상계의 무리라고 할 수 없었다.

불법적인 밀거래를 주로 하는 염효의 특성상 어느 정도의 무력은 필요하다지만 현재 거경방의 무력은 그 정도를 가볍게 넘어서고 있었다.

일반적으로 힘깨나 쓰는 왈패뿐 아니라 강호의 고수들까지 초빙하여 기세가 등등했다.

때문에 요즈음엔 암염 밀거래로 얻은 막대한 이익을 통해 소주 제일의 방파—라기보다는 하오문이라는 게 더 옳겠지만—란 명성까지 암중으로 얻어낸 상태였다.

방주 휘하로 족히 백여 명이 넘는 왈패가 있는데 무리의 숫자를 믿고 평소 소주에서 그들이 부리는 횡포는 눈 뜨고 보지 못할 정도였다.

만약 막대한 뇌물이 정기적으로 관에 상납되지 않는다면 벌써 토벌령(討伐令)이 내려져도 몇 번은 내려졌을 거라는 게 최덕성의 설명이었다.

그러나 담우소가 신경을 쏟은 건 기껏해야 몇 가지 권각술에 등발로 먹고 들어가는 왈패들의 숫자가 아니었다.

태호에서 이미 경험했듯 정식으로 무공을 익히지 않은 덩치들쯤 숫자가 몇이 되든 상관할 바 없었다.

미련하게 정면으로 붙지만 않으면 얼마든지 기습이나 암습이라는 매우 유용한 방법을 이용해서 상대할 자신이 있었다.

하지만 약 일 년 전 전문적인 자객에게 습격당하곤 맞아들였다는 다섯 호검수들의 존재는 담우소로서도 조심하지 않을 수 없었다.

무림인이 아닌 최덕성의 말을 무조건 믿을 순 없겠지만 그들은 대충 열다섯 차례에 걸친 암습 및 기습을 막아낸 전력을 자랑하고 있었다.

그 대목을 듣는 순간 짜증스레 '그 녀석은 뭐가 그리 죽이고 싶어하는 자가 많은 거야'라고 투덜거려 최덕성으로 하여금 진땀을 빼게 만들었지만 말이다.

어쨌든 그런 까닭으로 거경방의 큼지막한 대문을 힐끔거리고 있는 주제에 담우소는 연신 자신의 식욕과 주욕(酒慾)을 채우기에 여념이 없었다.

한 손엔 금존청을, 다른 한 손엔 큼지막한 만두를 든 채 게걸스런 본색을 드러내고 있었다.

길거리를 오고 가는 행인들은 둘째 치고 그래도 일방의 대문을 지키고 있는 터라 주변을 흉맹스레 노려보길 잊지 않는 덩치들조차 코웃음을 터뜨릴 정도였다.

그들의 눈에 비친 담우소는 일거리를 찾아 대도시를 찾아온 시골 촌뜨기의 모습에 진배없었던 까닭이다.

하지만 그런 덩치들의 비웃음은 그리 오래가지 못했다.

십자로의 동쪽 편, 그러니까 밤만 되면 화려한 홍등의 물결이 줄을 잇는 환락가로부터 한 명의 검객이 모습을 드러냈다.

"엇!"

놀라는 동료를 뇌둔 채 덩치 중 하나가 앞으로 튀어 나갔다. 옆구리에 매달린 청강장검(靑鋼長劍)이 무색하리만치 갈지자(之)걸음을 하고 있는 검객을 부축하기 위함이었다.

하지만 그의 좋은 의도—라기보다는 아부—는 전혀 보답을 받지 못했다. 아니, 그보다는 처참할 정도로 무시됐다는 게 더욱 정확하달까?

"으아악!"

마침 먹을 것 다 먹고 손가락을 쪽쪽 빨고 있던 담우소의 시선이 가볍게 반짝였다.

밥 먹고 근력 단련만 했는지 청의경장 밖으로 근육이 튀어나올 것만 같던 덩치가 사정없이 대로변을 나뒹굴었다.

백주부터 술에 절어 신형조차 제대로 가누지 못하던 검객의 몸에 덩치가 손을 댄 이후에 벌어진 일이었다.

그러나 그리 멀지 않은 곳에서 그 같은 광경을 목격한 나머지 덩치는 한동안 어리벙벙한 표정을 하고 있었다.

동료가 달려간 거라든지 저만치 나뒹군 일이란 게 너무나 순식간에 벌어진 일이기 때문이다.

하류배인 그로선 그저 '퍽' 소리와 '억' 소리를 들었을 뿐 어떻게 된 영문인지 도통 알 도리가 없는 것도 한 요인이었다.

그러니 정상적인 상황 판단을 내릴 수 있는 자라면 당연히 인사불성이 된 동료에게 달려갔어야 옳았다.

그래야 그의 상태를 알 수 있고 그 뒤에 검객에게 달려들지 말지를 결정할 수 있을 터였다. 변견도 제 집 앞에선 절반을 먹고 들어가기 때문이다.

하지만 애석하게도 맨처음 달려갔던 동료와 같이 홀로 남은 덩치 역시 검객의 정체를 알았기에 주춤거릴 수밖에 없었다.

그는 감히 덩치와 같은 하류배와는 비교조차 할 수 없는 고수일 뿐더러 거경방의 오대호검수 중 일 인이었다.

방주인 대두귀조차 예의를 다해 모시고 있는 그에게 불경을 범한다는 건 목숨을 여벌로 대여섯 개나 가지고 있지 않다면 꿈도 못 꿀 일이었다. 덩치가 잠시 동안 주저한 건 그리 탓할 일도 아니라는 뜻이다.

하지만 덩치의 그런 모습은 최소한 한 사내를 분노케 했다. 열 개의 손가락을 남김없이 빨아 먹은 담우소가 덩치를 향해 묵직하게 소리치며 나섰다.

"이 자식아, 너도 가랑이 사이에 달릴 건 달렸냐?"

"……."

"사내 노릇을 못할 것 같으면 거추장스레 달고 있지 말고 당장 떼버려!"

"뭐, 뭐라고! 이 하룻강아지 같은 녀석이 이곳이 어디라고!"

덩치의 반응은 참으로 전형적이었다. 그러나 처음부터 담우소가 신경 쓰고 있던 건 겁쟁이 덩치 따위가 아닌 건 자명했다.

"병신!"

단 한 마디로 자신을 향해 핏대를 올리는 덩치를 바보로 만든 담우소가 여전히 휘청이고 있는 호검수 쪽으로 걸어가더니 그를 향해 손을 쑤욱 내밀었다.

방금 전 비명과 함께 날아가 인사불성이 된 덩치가 한 행동과 한 치도 다름없는 동작이었다. 그리고 누가 보더라도 호검수에 대한 시비이며 도전이 분명했다.

그러니 참을 수 없었을 것이다. 도대체 언제 휘청이고 있었냐는 듯 호검수의 신형이 순간적으로 정지했다.

그리고 그야말로 찰나의 순간이었다.

'우웃!'

호검수로부터 튀어나온 번개 같은 기세에 놀란 담우소가 수장을 순간적으로 몇 차례에 걸쳐 뒤집었다.

자유자재로 움직일 수 있는 관절을 회전시켜 대담하게 호검수의 요혈을 무찔러 들어간 것이다.

그것은 일시 호검수의 번개 같은 일격을 방어할 방도를 찾지 못해서 펼쳐 낸 동귀어진(同歸於盡)의 수법이었다. 그야말로 궁여지책 끝에 내놓은 반격이라 할 만했다.

때문에 이런 경우 보통 무공의 고하는 그리 중요하지 않았다. 하나밖에 없는 생명을 건 것이기에 담대함만이 승부의 우위를 점칠 수 있었다.

스윽!

별수없이 뒤로 물러선 호검수의 얼굴이 일그러졌다. 그리고 뭉클한 주향과 함께 검붉던 안색이 하얗게 탈색됐다. 아니, 탈색되었다기보다는 제 빛깔을 찾았다는 게 더욱 정확하달까?

어쨌든 방금 전가지 대로를 온통 휘저으며 걸어왔던 취객이 사라지자 그곳엔 어느새 날카롭게 연마된 검인을 무색케 하는 한 명의 검객이 서 있었다.

'이놈은 진짜다!'

담우소는 마른침을 꿀꺽 삼켰다. 방금 전 나눴던 일 초식의 여운을 느낄 새도 없었다.

자신을 향해 찌르는 듯 치켜떠진 호검수의 눈빛에 그는 순간적으로 온몸의 모공(毛孔)이 수축되는 걸 느꼈다.

천적을 만난 듯 온몸의 털이 일어서고 하체 쪽으로 수분이 몰려들었다. 호검수가 쏘아낸 살기에 순간적으로 온몸이 딱딱하게 굳어들고 있었다.

하지만 언제까지 쫄고 있을 수만은 없었다. 벌써 호검수의 길쭉한 손가락이 허리춤의 검병(劍柄:검의 손잡이 부분)을 훑어가고 있었다. 발검(拔劍)에 들어간 것이다.

카캉!

특별한 기수식(起手式)을 배재한 단순한 일검(一劍). 하지만 무진장 빨랐다.

위기의 순간 후안무치가 감겨 있는 팔뚝을 교차해 호검수의 일검을 막아낸 담우소의 등줄기로 식은땀이 솟았다.

풍천경의 이자결로 살기를 흩어내지 않았다면 단박에 일도양단당했을 게 분명했다. 기껏해야 청강장검이라 무시했던 게 화근이었다.

그러나 식은땀은 나중의 문제였다. 간발의 차로 가로막혔던 검광이 다시 움직이고 있었다.

'이번엔 허리 쪽이냐!'

파곽!

담우소는 철판교(鐵板橋)와 동시에 허리로 파고들던 검면을 발로 걸어차고 공중으로 뛰어올랐다.

검봉이 비틀리자 재빨리 변초(變招)를 운용한 호검수의 날카로운 삼검을 피하기 위해서였다.

그러자 다시 변초를 일으키며 늘어난 열두 개의 검영!

호검수가 이번에 펼쳐 낸 검영 하나하나에는 화려한 변화가 꿈틀거리고 있었다. 담우소가 두 번이나 자신의 검초를 받아내자 숨기고 있던 비장의 절초(絶招)를 펼쳐 낸 것이다.

"이런 빌어먹을!"

어쩔 수 없이 공중에 신형을 띄운 채 고스란히 폭발적으로 늘어난 십이검과 맞닥뜨린 담우소의 입에서 욕설이 튀어나왔다. 도무지 피할 방도가 없었던 것이다.

그래도 포기할 수는 없는 노릇, 아랫입술을 꽉 깨문 그가 손목을 교차했고 순간적으로 풀려 나온 후안무치가 은빛의 파도를 만들었다.

카카카카카캉!

실로 놀라운 임기응변이었다. 만약 후안무치의 원주인인 상관옥이 보았다 해도 경탄을 금할 수 없었을 것이다.

하지만 임기응변은 어디까지나 임기응변이었다. 십이검 중 마지막으로 변화를 일으킨 삼검을 막아내지 못한 담우소의 신형이 그대로 땅바닥에 처박혔다.

퍼억!

치명적인 부상을 입어서일까?

물론 그건 아니었다.

미간을 가볍게 좁힌 호검수가 네 번째로 검을 휘두르려는 찰나 담우소의 신형이 번개같이 땅바닥을 굴렀다. 세상의 어느 누구에게도 지지 않을 절세의 나려타곤이었다.

가가각!

허무하게 땅바닥을 긁은 호검수의 청강장검에서 기음이 샜다. 그리고 벌써 오 장이나 간격을 벌린 담우소를 쫓아 신형을 날리려던 그의 입이 가볍게 벌어졌다.

"……."

"젠장! 작전상 후퇴다!"

애초부터, 그러니까 땅에 떨어졌을 때부터 그럴 생각이었던 것일 게다. 피로 물든 신형을 일으킨 담우소가 십자로의 복잡한 골목 속으로 달아나고 있었다.

매서운 검법에 세 군데나 검상을 당했다는 걸 감안하지 않더라도 꽤나 빠른 신법이었다.

*   *   *

"망할, 망할, 망할, 망할……."

피는 자꾸 흘러내렸다. 팔과 허리, 허벅지에 각기 한 치(약 3.3㎝)가량의 검상을 당했으니 지극히 자연스럽고도 당연한 결과였다.

만약 순간적으로 풍천경의 인(引)자결을 이용해 검의 기세를 다른 쪽으로 흘리지 않았다면 담우소는 지금쯤 싸늘한 시체가 되어 십자로에 누워 있을지도 몰랐다.

'하지만 이대로 멍청하게 뛰다간 과다 출혈로 이름 모를 골목에서 시체가 될 수도 있겠는걸.'

옳은 판단이었다. 대충 인사나 하려고 나섰다가 칼질을 당한 멍청이치고는 아직 정신은 온전히 박혀 있는 게 분명했다.

그렇다면 아늑하게 몸을 숨긴 채 치료할 곳을 찾는 것도 그리 나쁜 선택은 아니었다. 아니, 지금의 담우소에겐 반드시 필요한 선택이 분명했다.

스윽!

추격을 피하기 위해 골목 구석구석에 피를 떨궜던 담우소가 주변을 둘러보다 한쪽 구석으로 달려갔다. 대충 보기에도 주변에서 가장 허름해 뵈는 객점이 위치한 곳이었다.

끼익!

"어서 옵쇼!"

담우소를 맞는 점소이의 목소리가 시원하다. 아직 자신의 신색을 살피지 못한 그를 향해 담우소가 거칠게 말했다.

"방 있나?"

"예, 물론입죠. 저희 만성객점(晚成客店)은 소주 제일의……."

쩔그렁!

물론 돈 떨어지는 소리였다. 과감하게 은자 부스러기를 떨어뜨려 점소이의 입을 막은 담우소가 말했다.

"난 방금 전에 싸우다가 다쳤다. 기분이 더러운 상태니까 빨랑 방으로 안내해라!"

만약 먼저 은자를 살포하지 않았다면 어림도 없을 소리였다. 겉으로는 굽신거리며 얼른 관부로 뛰어갈 게 당연했다. 피로 물든 옷이며 무서운 눈빛을 보지 않더라도 무림인이란 별로 달가운 존재가 아닌 탓이다.

그러나 눈앞에 떨어져 내린 은자 부스러기의 부피를 대충 가늠한 점소이의 얼굴엔 교활한 미소가 배어 물리고 있었다.

"그럼 가장 좋은 상방으로……."

"아니, 가장 허름한 방이다."

"예?"

"가장 허름한 방으로 달라는 말이야!"

"아아, 예, 알겠습니다요."

연신 고개를 굽신거리며 재빨리 담우소가 떨어뜨린 은자 부스러기를 집어 든 점소이가 앞장섰다. 살을 주고 뼈를 가르는 담우소의 수법이 거둔 성공이었다.

딱, 딱딱딱딱…….

밖으로 삼경(三更:오후 11시~ 오전 1시 사이)을 알리는 소리가 들렸다. 대도시답게 밤새 야경꾼들이 도는 모양이다.

객점의 방 하나를 통째로 빌리는 전대미문의 화통한 일을 저지른 담우소는 어둠이 깃든 방 안에서 눈을 떴다.

이미 방을 밝히던 등잔불도 다 해 보이는 거라곤 짙은 암흑뿐이나 그의 의식은 또렷했다. 낮의 일이 신경 쓰여 잠이 오지 않는 것이다.

부상당한 주제에 꼼꼼하게 방값을 흥정하고 의원을 불러 그가 내린 절대 안정의 처방대로 침상에 누운 담우소를 신경 쓰게 하는 건 다름 아닌 좌절감이었다.

담우소로 하여금 처음으로 도망치게 했던 엄정하. 그는 반할 정도로 아름다운 데다 평생 본 적이 없을 정도로 강한 무공을 가진 사람이었다.

그가 얼마나 강하냐면 솔직히 말해 지금의 담우소로선 전혀 상대가 안 될 뿐더러 그 경지조차 가늠할 수 없을 정도였다.

그날 산중에서 뒤도 돌아보지 않고 도망친 일을 담우소가 부끄럽게 생각할 필요가 없다는 뜻이다. 실력이 안 되는 걸 알면서도 목숨을 내거는 건 멍청이들이나 하는 짓이니까.

그러나 낮에 맞붙었던 호검수는 어떤가?

그는 내공으로 주정(酒精)을 밖으로 배출할 정도의 고수였다. 분명 담우소가 만난 무림인들 중 엄정하 다음이라 할 만했다.

하지만 그와 손속을 겨루는 동안 담우소는 그것이 극히 짧은 순간에 불과하다 해도 한동안 조금도 밀리지 않았다.

비록 잠시 방심한 탓에 부상을 당했지만 엄정하에게 느꼈던 알 수 없는 공포 따윈 느낄 수 없었다. 비굴하게 달아날 만한 상대가 아니었다는 뜻이다.

'그때 조금만 더 신중했다면…….'

담우소의 이빨이 악물렸다. 분한 마음에 눈에서 불똥이 튀는 것만 같았다. 그동안 깊숙이 억눌러 왔던 무인으로서의 자각이 이 순간 담우소의 마음속에서 거세게 폭발했다.

"이익! 익! 익!"

악물린 이빨 새로 쇳소리가 날 정도로 담우소는 텅 빈 어둠을 향해 주먹질했다. 기절할 정도로 비싼 돈을 주고 불러왔던 의원의 절대 안정을 무시하는 모습이었다.

그리고 한번 깨진 지시 사항은 금세 두 번째를 불렀다. 침상에서 벌떡 몸을 일으킨 담우소는 어느새 벗어놨던 장포를 걸치고 창문 밖으로 신형을 날리고 있었다.

한편 밤의 장막은 균등하게 소주의 곳곳에 자신의 흑단 같은 머릿결을 드리우고 있었다.

십자로 역시 밤의 머릿결로부터 자유로울 수 없었다. 짙게 드리워진 어둠 중에 우뚝 솟아 있는 거경방.

무수한 고루거각들이 즐비한 그곳의 깊디깊은 곳에서는 지금 끔찍한 광경이 연출되고 있었다.

장방형의 내실. 그 가운데 놓여져 있는 자단목(紫檀木)으로 만들어진 의자에 묶인 작달막한 사내.

그를 특징 짓는 건 놀라울 정도로 커다란 머리와 온통 피로 물들어 있는 상체였다.

머리의 크기만큼이나 특별한 설명이 필요없을 정도의 심한 폭행을 당한 게 분명했다.

그러니 이런 장면에는 폭행을 감행한 사람도 들어 있기 마련이었다. 마음이 약한 자라면 차마 눈 뜨고 보지 못할 사내의 상체로 다시 독사와 같은 편영(鞭影)이 파고들었다.

촤악!

"큭!"

비명? 그보다는 조금쯤 더 원초적이었다. 사람의 애간장을 끊는 듯

하고 눈살을 찌푸리게 했다.

　귀를 그리 많이 기울이지 않더라도 울부짖음 속에 절절히 배어 있는 고통을 느낄 수 있을 터였다.

　그래서였을까?

　금방이라도 숨이 넘어갈 듯 헐떡이고 있는 사내를 바라보던 눈길이 가볍게 변했다. 그리고 낭창하게 흘러내린 묵빛의 교룡편(蛟龍鞭)!

　휘리릭!

　마치 자신의 일부라도 되는 듯 능숙하게 교룡편을 팔에 감아 든 차가운 안색의 사내가 감정이 깃들지 않은 목소리로 말했다.

　"아픈가?"

　"으으……."

　"다시 나와 한 시진을 보내고 싶진 않을 텐데……."

　분명 그랬을 것이다. 축 늘어진 거대한 머리, 갈라진 목소리로 신음을 토하고 있던 사내가 허겁지겁 대답했다.

　"아, 아니오. 나는……."

　"그래, 그럴 줄 알았다. 사검오절(邪劍五絶) 중 잔혹검(殘酷劍)이라 불리는 내게 반나절이나 고문을 당했는데 더 버틸 수 있을 리가 없지."

　굳이 대답을 원하지 않는 뇌까림이었다. 그러나 머리가 큰 사내로선 방심할 수 없었을 것이다.

　"예예, 그렇습니다! 분명 그렇습니다!"

　처절할 정도로 고개를 주억이는 사내를 바라보던 잔혹검이 싸늘하게 말했다.

　"그럼 이제 몽땅 털어놔야지?"

　"예? 무슨……?"

촤라락!

마치 홀로 살아 움직이는 듯 잔혹검의 팔뚝에서 풀려난 교룡편이 미친 듯이 꿈틀거렸다.

그리고 수중의 교룡편과 혼연일체가 된 듯 요악스레 얄팍한 입술을 핥은 잔혹검이 말했다.

"오늘 우리 대형께서 거경방으로 돌아오실 때 웬 녀석이 암습했다고 들었다."

"아, 암습……?"

"내 말이 무슨 뜻인지 모르겠다고?"

"아아……."

필사적으로 고개를 끄덕이는 사내를 바라보는 잔혹검의 세모꼴 두 눈이 더욱 음산한 빛을 발했다.

"흐흐, 꽤나 연기를 잘하는구나. 만약 네놈이 거경방의 주인이 아니라면 깜빡 속아 넘어갈 정도야."

"으……."

"하지만 말야, 나를 비롯한 우리 사검오절이 거경방에 몸을 담은 몇 년 동안 돼지 같은 네놈을 파악하지 못했을 거라 생각한 것이냐? 앙!"

"크악!"

말과 함께 움직인 교룡편에 가슴을 얻어맞은 사내. 그러니까 거경방의 주인인 대두귀는 처절하게 비명을 터뜨렸다.

간신히 말라붙었던 상처가 벌어지며 살점이 떨어지자 참을 수 없는 고통이 파고들었다.

그러나 한번 시작하면 절대로 중간에 멈추는 법이 없는 잔혹검의 채찍질이었다.

연달아 열 차례. 현란한 변초를 자랑하며 교룡편이 춤을 췄고 그때마다 대두귀는 자지러지는 비명을 터뜨렸다.

그야말로 소주뿐 아니라 강남의 전역에서 기세가 등등했던 거경방의 주인은 체면이고 나발이고 몽땅 내던진 채 어린애처럼 울었다.

어느 누구도 아닌 자신이 주도적으로 거경방에 끌어들였기에 누구보다 잘 알고 있는 사검오절!

그중 항상 자신이 내뱉은 말을 충실히 수행하던 잔혹검이 분명 더도 덜도 아닌 한 시진 동안 채찍질을 할 것을 그는 알고 있었던 것이다.

그로부터 잠시 후.

주인의 울부짖음을 어둠 속에 묻고 적막에 잠겨 있던 거경방의 큼지막한 담벽을 뛰어넘는 그림자가 있었다. 만성객점에서 빠져나온 담우소가 월담을 감행한 것이다.

제12장 쟁자수(爭子手)가 되다

담장을 몇 개나 넘었을까?

명월루에서의 경험을 되살려 담우소는 이동 중에 은폐(隱蔽), 엄폐(掩蔽)에 꽤나 신경을 썼다.

이름도 모르는 사내, 그러니까 자신으로 하여금 굴욕을 느끼게 했던 호검수를 만나기도 전에 주변을 순찰하는 덩치들에게 들키긴 싫었기 때문이다.

하지만 그렇다고 지금처럼 지형도 제대로 모르는 거경방 안을 하릴없이 헤매고 돌아다니는 것 또한 그다지 바람직하지 않다고 담우소는 생각했다.

누군가 내부 정보를 꽤 잘 아는 사람의 도움을 받지 않는다면 이 넓고 복잡한 거경방 내에서 목표물을 찾는다는 건 거의 불가능에 가깝다는 똑똑한 생각을 해낸 것이다.

물론 의원의 절대 안정의 명령을 깨고 울컥한 기분에 돌발적으로 일을 저지르기 전에 그런 생각을 했다면 더 바랄 나위가 없었을 테지만 말이다.

어쨌든 그래서 담우소가 선택한 곳은 다름 아닌 인간의 원초적인 본능을 해결해 주는 곳이었다.

짧게 말해서 똥둑간, 혹은 뒷간, 다른 말로 변소라 불리기도 하는 곳에 몸을 숨기고 용변을 보러오는 자를 낚아채기로 마음먹은 것이다.

그것은 확실히 여럿이 몰려다니는 덩치들과 맞붙어서 소란을 일으키고 삽시간에 둘러싸여 몰매를 맞는 것보다는 나은 판단이었다.

뒷간의 으슥한 구석에 몸을 숨긴 채 두 눈을 반짝이고 있던 담우소 역시 그리 생각했다. 귓전으로 형이상학적이고 고통스런 산고의 신음성을 듣기까지는.

뿌직, 뿌직, 뿍뿍뿍······.

'크윽! 구, 구리군, 구려!'

귓전을 때리는 소리는 아무것도 아니었다. 코끝으로 파고드는 지독한 냄새에 담우소는 순간 기절할 뻔했다.

오랜 산 생활로 인해 보통 사람보다 훨씬 좋은 후각 능력을 가지고 있는 그에게 따끈따끈한 상태로 엉덩이에서 흘러내리는 배설의 냄새는 너무도 자극적이었다.

방금 전까지 자신의 탁월한 깨달음에 끄떡여지던 머리가 자연스레 좌우로 흔들리고 있었다.

하지만 고통이 없으면 얻는 것도 없다는 건 동서고금을 통틀어 자명한 사실이었다.

부, 분명 그럴 거라고 담우소는 자신에게 중얼거렸다. 그렇게라도 하지 않으면 치밀어 오르는 구역질을 참을 수 없을 게 분명했다.

그렇게 고통의 시간이 가고 느껴본 사람, 특히 만성적인 변비를 경험하고 있는 사람이라면 더욱 절실한 배설의 쾌감이 확연하게 느껴지는 고독한 신음이 담우소의 귓전을 때렸다.

누가 일깨워 주지 않더라도 움직여야 할 시간이었다. 코를 틀어쥐고 있던 손가락에서 힘을 뺀 담우소가 막 뒷간 속에서 나오던 사람을 향해 득달같이 달려들었다.

파앗!

"손 들엇! 움직이면 찌른다!"

"……."

"니가 잘 모를 것 같아서 말해 주겠는데 지금 내 손바닥에는 오행금기가 집중되어 있단 말야. 칼날이 무색할 정도로 예리한 기운이지."

담우소는 자신의 말이 거짓이 아님을 입증하기 위해 오행금기가 집중된 손가락을 살짝 목 뒤의 천주혈(天柱穴)에 가져다 댔다.

천주혈은 신경이 밀포되어 있어서 조금만 제압당해도 마비가 오기 때문에 위협하기엔 더할 나위가 없다고 생각한 것이다.

과연 담우소의 예상은 적중했다. 오행금기의 싸늘한 기세에 뒷간 남—일단 그렇게 부르자고 담우소는 생각했다—이 어깨를 부르르 떨더니 입술을 굳게 다물었다.

담우소가 내력이라곤 쥐꼬리만큼도 없다는 걸 모르니 사혈이라 할 수 있는 천주혈에 차가운 기운이 파고들자 완전히 꼬리를 내린 것이다.

"그래, 본래 세상은 포기가 빠른 자를 준걸로 쳐주지. 나도 그리 박한 사람은 아니니까 우리 한번 진하게 대화를 나눠보자고."

"⋯⋯"

손가락을 움직여 뒷간남을 자신이 은신하고 있던 장소로 걸어가게 하며 담우소는 혼자 떠들었다.

물론 조근조근한 말이었다. 어렵사리 안내자를 포획했는데 일군의 덩치들이 몰려들면 곤란했다.

그래서 담우소는 얼굴조차 낯선 사내와 찰싹 달라붙어 으슥한 곳에 몸을 숨기는 꼴이 됐고 기가 막힌 표정을 짓고 있던 뒷간남이 굳게 닫고 있던 입술을 열었다.

"원하는 게 뭐요?"

똑똑한 질문이었다. 상대방이 뇌까지 근육으로 뭉쳐져 하나하나 설명을 해줘야 하는 무뇌인(無腦人)이 아니란 걸 확신한 담우소의 표정이 흐뭇해졌다.

"좋은 질문이오. 그래, 내가 뭘 원할 것 같소?"

평소처럼 말을 내뱉자마자 담우소는 후회했다. 지금 이런 순간에 말장난을 한다는 건 맞지 않았다.

그가 얼른 본론을 끄집어냈다.

"아니, 그건 그리 중요하지 않으니 넘어가고, 당신은 이곳에서 직위가 어떻게 되오?"

"직위?"

"내가 생각하기에 당신의 풍채가 꽤나 그럴듯해 보이기에 하는 말이오."

마침 달빛이 야천 사이로 모습을 드러내고 있었다. 듬직한 체구에 청의경장을 차려입고 있는 뒷간남의 신색을 살피던 담우소의 목소리가 조금쯤 진중해진 건 그 때문이었다.

그러자 담우소의 말마따나 여타의 덩치들과는 달리 제법 그럴듯한 신색을 하고 있는 뒷간남이 피식 웃었다.

"꽤 그럴듯해 보인다니 고맙구려. 하지만 그래 봤자 용변을 보러 나왔다 적에게 붙잡힌 꼴불견이 아니겠소? 내 직위는 당신 마음대로 상상하시오."

꽤나 건방진 말이라고 담우소는 생각했다. 하지만 그런 말투가 뒷간남에겐 그리 어색하지 않기에 그는 이번 한 번만 용서하기로 했다.

"그도 그렇소이다. 어쨌든 내가 알고 싶은 건 당신의 신상 명세 따위가 아니니까."

"……."

"단도직입적으로 묻겠소. 이곳에서 우두머리를 먹는 오대호검수들이 있는 곳이 어딘지 아시오?"

"오대호검수?"

"그렇지. 그중에서도 세모꼴의 눈에 청강장검을 번개같이 쓰는 친구가 어디에 묵고 있는지 말해 준다면 매우 고맙겠소."

솔직히 질문을 던지는 담우소의 얼굴은 별로 고마운 표정이 아니었다. 자신이 절대적인 우위를 점하고 있는 상황에서 오만한 표정쯤 짓지 못할 까닭이 없는 것이다.

그 점을 뒷간남 또한 충분히 인지한 듯 퉁방울만한 눈을 가볍게 찌푸리며 말했다.

"당신은… 낮에 대형에게 덤볐다가 달아난……."

"아아, 그쯤에서 그만!"

"윽!"

손가락의 오행금기를 반 푼가량 높인 담우소의 목소리가 음울하게 번져 나왔다. 지금까지와는 달리 감정이 섞인 표정도 함께였다.

그러니 전후의 사정을 따져 보면 답을 얻지 못할 리 없었다. 잠시의 침묵 끝에 담우소의 심정을 눈치 챈 뒷간남이 히죽이 웃었다.

"흐흐, 그래서 당신은 어떻게 하겠다는 말이오? 설마 하니 대형에게 다시 도전이라도 하겠다는 말이오? 아님 암습을?"

그야말로 완전히 담우소를 무시하는 말투였다. 달빛이 다시 사라진 까닭에 얼굴 표정을 엿볼 순 없지만 아마도 표정 또한 말투와 그리 다르지 않을 듯싶었다.

'으윽! 이놈을 그냥!'

노기가 치밀어 오르자 의원의 응급 처방으로 대충 아물어 있던 상처에서 다시 핏물이 배어 나왔다.

이 상황에서 화를 내봤자 자신의 아까운 피만 낭비할 뿐임을 직감한 담우소가 끓어오르는 노기를 가라앉히고 말했다.

"그자를 대형이라 부르는 걸 보면 당신 또한 오대호검수인 거요?"

"뭐, 그렇다고 할 수 있지. 형제 다섯 중 가장 떨어지는 막내이긴 하지만."

"흐흐, 그러니 나는 훌륭한 형제들을 둔 당신에게 백배 사죄하고 이만 물러나야 하는 거겠군."

오대호검수의 막내라 주장하는 뒷간남의 웃음을 따라한 조소였다. 대번에 그것이 조소임을 눈치 챈 뒷간남이 한숨을 내쉬었다.

"후우, 뭐, 패자는 본래 유구무언이라 했으니 내 모자름을 탓할 수밖에."

"당연한 말씀."

담우소의 맞장구에 뒷간남이 목소리를 은근히 했다.

"대형의 처소를 알려주면 날 놔줄 거요?"

"혈도를 찍으면 당신이 괴로워 할 테니 내 허리에 감겨 있는 약간 질긴 밧줄로 당신을 묶어놓는 것으로 합시다."

"흥, 혈도를 찍을 수 있으시다?"

"아무렴."

점혈은 상승의 내공이 있어야만 가능한 공부였다. 적어도 내공이 이십 년 수위는 되어야 흉내나마 낼 수 있었다.

절대로 담우소에게 그만한 내공이 있을 리 없다고 뒷간남은 생각했지만 자신의 내심을 입 밖으로 내뱉진 않았다. 밧줄 따위로 묶어준다는 데 마다할 까닭이 없는 것이다.

"잘 알아 모시겠소이다. 그럼 내 대형이 묵고 있는 방을 말해 줄 테니 잘 찾아가서 이번엔 절대로 도망치지 못하길 빌겠소이다."

"그만 주둥이 닥치고 설명이나 하시지요."

하얀 이빨이 보이도록 웃어 보인 담우소가 뒷간남의 눈에서 불똥이 튀도록 뒤통수를 내려쳤다.

퍼억!

"아픈가?"

"맞아보면 알 텐데."

퍼억!

"그건 당신이 날 사로잡은 후 할 말이 아닐까?"

"……."

역시 무림인은 말보다는 주먹이었다. 그동안의 말보단 두 차례의 주먹질로 담우소의 의중을 확실히 깨달은 뒷간남이 더 이상의 군소리를 배제한 채 설명하기 시작했다.

잠시 후.

담우소는 어두운 곳을 골라가며 전각 사이를 누비고 있었다. 뒷간 남, 그러니까 대외적으로 오대호검수라 불리는 사검오절 중 막내인 복소검(福笑劍)의 자세한 설명 덕분이다.

그는 담우소가 요구했던 것을 훨씬 능가할 정도로 간단명료하고 명쾌하게 거경방의 구석구석을 설명해 줬다. 담우소가 대형인 벽사검(闢邪劍)을 만나 죽을 운명임을 믿어 의심치 않았음에 분명했다.

그렇지 않다면 자신들의 명호라든지 대형인 벽사검의 검이 귀검이라 불린다는 등의 묻지도 않은 사항까지 주저리주저리 늘어놓았을 리 없는 것이다.

그러니 기분이 나빠진 담우소로선 처음의 약속을 반드시 지켜야 할 의무감을 느끼지 못할 수밖에.

자신의 약속을 완벽하게 잊어버린 담우소에 의해 복소검은 오행토기에 당한 채 뒷간에 처박히는 신세가 되어야만 했다.

그래도 어쨌든 혈도를 찍거나 온몸의 관절을 몽땅 부러뜨리지 않았으니 사정을 봐줬다면 봐준 게 맞달까?

나중에 변독(便毒) 때문에 고생할 복소검을 생각하며 키득이던 담우소의 신형이 멈춘 건 후각만큼이나 예민한 청각 때문이었다.

"주, 죽여라! 차라리 날 죽여라!"

쫘악! 쫙!

굳이 깊은 생각을 요하지 않게 만들 정도로 적나라한 소리였다. 담우소가 멈춰 선 전각 안의 어딘가에서 지금 잔혹한 고문이 자행되고 있음이 분명했다.

평소와 달리 생판 남의 일에 신경이 쓰인 담우소가 잠시 고뇌했다.

'젠장할! 내가 얼마나 힘들게 여기까지 사고 치지 않고 숨어들어 왔는데……'

타당한 이유였다. 비록 그것이 순간적으로 발끈한 감정을 참지 못하고 벌어진 일이라곤 하지만 무인의 본능대로 앙갚음(복수?)을 하기 위해 위험을 감수한 터였다.

어렵사리 소주까지 찾아온 까닭도 잊고 생사의 결전을 벌이기 위해 달려온 것이다. 그런데 이런 곳에서 일면식도 없는 사람 때문에 소동을 일으킨다는 건…….

'바보 같은 짓이다, 바보 같은 짓이야!'

당연히 담우소는 조금도 망설이지 않고 양쪽 귀를 손으로 막고 처음 향하려던 곳으로 달려갔어야 옳았다. 누구도 그를 비난할 수 없는 게 당연했다.

하지만 세상의 일이란 마음먹은 대로 되지 않는 게 보통이었으니, 기척을 죽이고 전각 옆을 지나치려던 담우소는 우뚝 발걸음을 멈출 수밖에 없었다. 채찍질 중에 흘러나온 '대두귀'란 이름 때문이었다.

파앗!

기척을 최대한 지운 채 전각 안에 숨어든 담우소는 방문을 열자마자 전력을 기울였다. 자신을 도망치게 만들었던 벽사검에 준할 정도로 상대방을 높게 봤기 때문이다.

그러자 과연 담우소의 기대를 저버리지 않으려는 듯 되돌아온 반격은 강력했다.

마치 기다리고라도 있었던 듯 오행금기를 집중시킨 담우소의 수장을 향해 독사 같은 교룡편이 파고들었다.

촤촤촤!

'이런!'

도대체 편법을 얼마나 익히면 이런 경지에 이를 수 있을까?

자신의 손목을 타고 파고드는 교룡편의 위세에 놀란 담우소가 신형을 재빨리 회전시켰다.

순간적으로 교룡편에 제압된 오른손으로 압력이 집중되기 전에 상대방의 정신을 딴 쪽으로 돌릴 생각이었다.

하지만 상대방은 담우소의 생각보다 훨씬 녹록치 않았다. 회전의 여세를 몰아 강력한 발차기를 시도하려던 담우소의 오른쪽 어깨가 삽시간에 반대 편으로 꺾여 나갔다.

담우소가 일으킨 회전의 힘을 이기지 못하고 방바닥을 데굴데굴 구르면서도 상대방은 수중의 교룡편을 포기하지 않았던 것이다.

우드득!

뼈가 반대 편으로 꺾이며 나는 소음이다. 그러나 고통을 느끼지 못하는 몸인가!

풍천경을 익힌 이래 남에게 항상 겪게 했던 일을 몸소 겪게 된 담우소의 입술이 히죽한 웃음을 만들어냈다.

"시도는 좋았다!"

'뭐?'

말이 끝나기가 무서웠다. 마치 연체동물처럼 반대 편으로 꺾인 어깨를 스스로 더욱 심하게 꺾은 담우소의 다리가 공중에서 이 회전했다.

휘휙!

바람을 가르는 소리. 순식간에 눈앞까지 파고든 각영(脚影)을 간신히 피한 사내의 안색이 딱딱하게 굳었다. 분명 피했다 싶었는데 벼락

같은 뒷차기가 이미 턱 밑까지 도달해 있었다.

빠악!

'제대로 들어갔다!'

담우소는 내심 소리쳤다. 하지만 절대 쉽지 않은 상대였다. 조금도 방심하지 않고 담우소는 재차 신형을 공중에서 뉘인 채 회전시켰다.

—풍천경의 전(轉)자결을 운용한 풍뢰문 최강의 각법 선풍구도(旋風九道)의 초현(初現)이었다.

파파파파팍!

어디까지나 내력이 담기지 못한 발차기였다. 그러나 풍천경의 전자결은 강력한 회전력을 동반했고 선풍구도는 상대방을 쓰러뜨릴 때까지 조금도 멈추지 않는 각법이었다.

"커헉!"

사내의 입에서 하나 가득 핏덩이가 터져 나왔다. 공중에서 무려 아홉 차례에 걸쳐 회전한 담우소의 발길질에 연달아 가슴을 얻어맞은 것이다.

하릴없이 반대 편으로 날아가는 사내를 힐끔 노려본 담우소가 사내의 교룡편에 비틀린 팔을 재빨리 끼어 맞추곤 반죽음된 대두귀를 어깨에 걸치고 방 안을 뛰쳐나갔다.

그 정도로 얻어맞았으면 포기할 만도 한데 교룡편 속에서 낭창낭창한 협봉검(夾鋒劍)을 빼 들고 일어선 흉포한 인상의 사내와 상대할 마음이 없었기 때문이다.

연신 신형을 날리며 담우소는 자신이 정말 재수없다고 생각했다. 풍뢰문 제일의 삼대무공 중 하나인 선풍구도를 펼치고도 달아나야만 했던 것이다.

그나마 마음에 위안이 되는 것은 자신이 달아난 상대가 사검오절 중 둘째인 잔혹검이라는 점이었다.

복소검의 말을 빌리자면 상대방은 흑도(黑道)에서 꽤나 알아주는 검객이었다. 대두귀를 떼 메고 달아나느라 끝내 승부를 결하진 못했지만 충분히 선전했다 할 수 있었다.

그러나 그런 위안도 잠시, 복소검의 자세한 설명 덕분에 가까스로 거경방을 빠져나온 담우소의 눈살이 크게 찌푸려졌다.

얼마나 심하게 고문을 당했는지 등에 업은 대두귀의 숨결은 갈수록 미약해지고 있었다. 도대체 일이 어떻게 된 것인지는 모르겠지만 일단은 살리고 볼 일이었다.

휘익! 획!

치료의 흔적을 찾을 수 없을 정도로 다시 피에 절어버린 몸으로 신형을 날려가던 담우소의 발길이 멈춘 건 달빛 때문이었다. 비가 오려는지 계속 달무리가 지지 않으면 구름에 가려 모습을 보이지 않던 달빛이 모습을 드러내고 있었다.

그리고 달빛 아래 또렷할 정도로 모습을 드러낸 청의경장의 사내, 그가 바로 자신이 그렇게 찾아다녔던 벽사검임을 직감한 담우소의 시선이 빠르게 주변을 훑어갔다.

'혼자 왔다는 건가?'

일방의 방주를 빼앗긴 것치고는 꽤나 단출한 추적자였다. 이만큼 사람을 병신으로 만들어놨으니 뭔가 원하는 게 있었을 텐데 말이다.

그러나 그만큼 자신을 무시한 것이란 생각도 함께 들었다. 아랫입술을 질끈 깨문 담우소가 대두귀를 땅바닥에 내려놓고 신형을 옆으로 이동했다.

언제까지 숨이 붙어 있을진 알 수 없지만 대두귀를 싸움에 휘말리게 할 수는 없다는 생각에서였다.

그러자 그저 우두커니 서 있던 벽사검 역시 신형을 이동했고 서로의 간격이 대충 오 장쯤으로 좁혀들었을 때였다. 아직 예의 청강장검을 뽑지 않은 벽사검이 입을 열었다.

"네가 올 줄 알았다."

'뭐라고? 어째서?'

"너 같은 종류의 인간은 그렇게 싸움으로부터 달아나고선 살 수가 없거든."

세모꼴 눈에 어울리지 않게 걸걸한 음성이다. 만약 낮의 일이 없고 다시 만난 자리가 이곳이 아니라면 같이 술이라도 한잔 걸치고 싶었을 거라고 담우소는 생각했다. 그만큼 벽사검의 목소리 속엔 남성적인 체취가 물씬 녹아 있는 것이다.

하지만 이미 물은 엎질러져 있었다. 다시 주워 담을 수 없을 뿐더러 담을 마음도 없기에 담우소는 이빨을 드러냈다. 복잡한 생각 따윈 집어던지고 오직 싸움에만 집중하기로 결정한 것이다.

탁탁탁!

누가 먼저랄 것도 없었다. 발끝에 힘을 다 해 담우소가 뛰어든 순간 벽사검 역시 청강장검을 뽑으며 신형을 날려오고 있었다.

번쩍!

여전히 처음은 일도양단의 검세였다.

'고집쟁이 녀석!'

달빛조차 쪼개 버릴 듯 강맹한 검세를 왼팔로 받아낸 담우소의 신형이 팽이처럼 회전하며 펄쩍 뛰어올랐다.

애초부터 예상하고 있었던 일검이 파고들자 순간적으로 후안무치를 감은 왼팔로 검세를 받아내곤 뛰어올라 선풍구도를 펼친 것이다.

그러자 벽사검이 재빨리 검세를 되돌려 회전을 일으켰고 그저 한 치 차이로 연속적인 선풍구도의 발차기는 파릿한 검광에 가로막혔다.

아무리 강력한 각력을 자랑한다 해도 금강불괴(金剛不壞)가 아니니 담우소로선 뒤로 물러설 수밖에 없는 상황이었다.

그러나 그 순간 풍천경의 전자결을 원리로 삼는 선풍구도의 본색을 담우소는 여지없이 드러냈다.

강력한 회전력에 의해 공중에 떠 있던 그의 신형이 놀랍게도 잠시 주춤했을 뿐 다시 한차례 공중으로 솟아오르며 또 다른 회전을 일으켰다.

빠악!

그저 어깨에 일격을 당했을 뿐이었다. 그러나 담우소가 뒤로 물러설 줄 알고 다음 초식에 들어갔던 벽사검으로선 천만뜻밖의 일이었다.

스윽.

재빨리 뒤로 빼낸 신형, 그리고 그보다 두 배쯤 빠르게 짓쳐들기 시작한 검봉의 현란한 변화!

파파파파팟!

바로 담우소로 하여금 꽁지 빠진 닭새끼마냥 도망가게 했던 비장의 절초였다. 그리고 최후의 절초마저 아낌없이 사용한 벽사검의 검세를 바라보며 담우소는 언뜻 미소를 떠올렸다.

'이 녀석!'

벽사검의 세모꼴 눈을 바라보며 담우소가 잔뜩 몸을 움츠러뜨렸다 벼락같이 팔꿈치를 회전시켰다.

각법의 선풍구도와 마찬가지로 풍뢰문의 삼대무공 중 하나인 수라구전(修羅九轉)이었다.

동작이 큰 선풍구도가 안 먹히자 동작이 작은 대신 변화가 세밀한 수라구전으로 승부를 건 것이다.

그리고 담우소의 예상은 정확히 맞아떨어졌다. 크게 원을 그리며 변화하는 선풍구도와 달리 작은 원을 그려내는 수라구전은 단숨에 벽사검의 검세를 뚫었다.

벼락이 무색할 정도로 변화하는 청강장검의 검면을 튕겨내며 순간적으로 벽사검의 가슴으로 파고든 것이다.

퍼퍼퍽!

그저 어설프게 찍어가던 어깨의 일격 정도가 아니었다. 회전을 거듭할수록 위력이 강해지는 수라구전에 가슴을 연달아 세 차례나 격중당한 것이다.

"끄르르……."

스르르 뒤로 물러서는 담우소의 귓전으로 가래 끓는 소리가 들렸다. 필시 갈비뼈가 몽땅 박살났을 게 분명한 벽사검의 입에서 흘러나오는 소리였다.

그러자 자신의 승리를 예감한 담우소가 왼 주먹을 번쩍 하늘로 치켜올렸다. 생사의 결전을 이겨낸 자의 자부심이 담긴 당당한 승리 선언이었다.

그러나 겉으로 봐선 전혀 다친 곳이 없어 보이는 벽사검과 달리 담우소의 모습은 말이 아니었다.

애초에 터졌던 상처에선 피가 펑펑 쏟아지고 있었고 무식한 방법으로 선풍구도와 수라구전을 펼친 까닭에 온몸의 혈맥이 터질 듯 부풀어 올라 있었다.

피잉!

순간적으로 극심한 어지럼증을 느낀 담우소가 절명한 벽사검보다 조금도 나은 것이 없는 몸을 이끌고 대두귀 쪽으로 걸어갔다. 평소의 신조를 저버리고 의원의 말을 듣지 않은 주제에 꽤나 통쾌한 미소가 그의 입가를 감돌고 있었다.

*　　　*　　　*

담우소는 보름이나 앓아야만 했다. 아니, 앓았다기보다는 우왁스런 치료에 고생해야만 했다는 게 더 정확할 것이다. 의원의 말을 듣지 않는 환자에게 내려진 처절한 응징이었다.

그렇다 해도 모든 것이 담우소가 의원의 주의 사항을 준수하지 않았기 때문에 벌어진 일이니 반항할 명분도 없었다. 그저 촌분가량의 고민 끝에 몸을 숨길 은신처로 지목한 명월루에서 보낸 보름간의 소득에 만족할 뿐이었다.

얼마나 심하게 고문을 당했는지 대두귀는 거의 백치에 가까웠다. 그런 그에게 정확한 정보를 얻어낸다는 건 대단히 힘든 일이었다.

그래서 환자이기 때문에 얻을 수 있었던 끈기를 발휘한 담우소가 대두귀로부터 알아낸 사실은 더욱 뜻밖이었다.

'으음, 대사형의 주머니를 쓱삭한 자가 있는 곳이 사천(四川)이란 말이지…….'

가볍게 온몸의 관절을 풀어주며 담우소는 눈살을 찌푸렸다. 물론 대두귀가 딱히 왕대보에 대한 일을 거론한 건 아니었다.

아무리 열심히 질문을 던지더라도 그의 말은 항상 제대로 된 답을 내지 못할 때가 태반인 까닭이다.

하지만 금산상회에서 거경방을 장악하기 위해 파견했다는 사검오절에 대한 저주를 뺀 나머지를 간추리자 담우소는 몇 가지 사실을 파악할 수 있었다.

과거 거경방에는 방주인 대두귀를 보좌하던 흑상귀(黑像鬼)란 자가 있었다. 그는 꽤나 수완이 좋아 대두귀의 오른팔 노릇을 했는데 일 년쯤 전에 사천으로 떠났다고 한다.

강남의 암염을 모두 관장하는 대두귀에게 죄를 지을 수 없으니 사천의 소금을 노렸음에 틀림없는데 그 당시 담우소의 관심을 끈 건 그런 것이 아니었다.

흑상귀가 대두귀를 떠난 시점이 대충 대사형 왕대보가 소주로 여행했던 시기와 일치할 뿐더러 사천으로 갈 때 그가 꽤 큰돈을 번 상태였다는 데 관심이 쏠린 것이다.

그래서 대두귀에게 집중적으로 질문하니 그는 흑상귀가 자신 몰래 뒤로 재산을 빼돌렸다고 마구 욕설을 퍼부었다.

방금 전까지 자신의 둘도 없는 오른팔이라고 치켜세우던 것과는 정반대의 모습이었다.

그러나 담우소의 생각은 달랐다. 흑상귀가 대사형 왕대보의 장사 밑천을 강탈했을 거라는 가설을 그는 잠시 잠깐 사이에 세운 것이다.

때문에 사검오절의 나머지가 자신을 찾을 것을 꺼려한 담우소는 최덕성을 닦달해 흑상귀에 대해 조사했고 몸이 완전히 나은 지금에 이르러 그는 결론을 내릴 수 있었다.

그 당시의 여러 정황을 종합한 결과 흑상귀를 대사형의 원수이자 풍뢰문의 원수로 최종 확정한 것이다.

그러니 슬슬 건강을 되찾은 지금 담우소는 사천으로 달려가지 않을 수 없었다.

대두귀 역시 잘못이 없지는 않으나 실질적인 책임이 없고 백치가 된 상태였다. 책임을 추궁하려면 어쨌든 흑상귀를 찾아야만 하는 것이다.

'하지만 같은 강남도 아니고 만 리(萬里)도 넘게 떨어져 있는 사천이니 이 일을 어찌한다?

관절을 다 풀자 이번엔 자신에게 주어진 별원에 딸린 정원을 거닐며 머리를 혹사하던 담우소가 자신도 모르게 소리를 질렀다.

"하하, 그렇게 하면 되겠구나!"

"……."

"……."

그동안 친해진 동기 몇이 놀란 토끼 눈으로 담우소를 바라봤다. 친해졌다곤 하지만 아직 그녀들에게 담우소는 이해할 수 없고 무서운 사람임에 분명했다.

머쓱해진 기분을 들키지 않기 위해 동기들을 향해 씨익 미소를 던진 담우소가 걸음을 빨리했다. 얼마 전 최덕성이 봤다던 금조표국의 표사들을 놓쳐선 안 되기 때문이었다.

＊　　　＊　　　＊

"뭐라구?"

"부탁 좀 합시다."

마땅찮은 눈빛과 일그러진 얼굴. 담우소를 뚫어지게 바라보는 금조표사들의 얼굴은 대충 대동소이했다.

느닷없이 자신들이 묵고 있는 객점에 달려들어 건방진 얼굴에 퉁명스런 말을 던지는 사내에 대한 노골적인 불만이 쌓인 얼굴들이었다.

하지만 그들의 우두머리는 다름 아닌 쌍조표사 임창배였으니 그의 무식함을 누구보다 잘 아는 금조표사들은 폭발하는 대신 침묵을 선택했다.

지난 표행에서도 태호에서 손님을 폭행한 까닭에 근신하고 있는 그를 건드리고 싶지 않았을 뿐더러 기다리다 보면 그가 알아서 싸움의 빌미를 제공하리라 생각한 것이다.

그러나 임창배는 이미 담우소와 안면이 있는 사이였다. 그가 얼마나 황당하고 무식한 인간인지를 아는 몇 안 되는 사람이라는 뜻이다.

때문에 싸움을 한다면 자신을 비롯한 다섯 명의 금조표사들이 소주에서 개망신을 당할 수도 있다는 걸 직감한 임창배의 태도는 평소와 달리 신중했다.

먼저 주먹을 날리지 않았을 뿐더러 잠시의 침묵 끝에 철사염을 벅벅 긁으며 담우소에게 질문을 던지는 평소답잖은 모습을 보인 것이다.

"쟁자수(爭子手)가 되고 싶다고?"

"그렇소. 사천에 갈 때까지 쟁자수로 삼아줬으면 하오."

"사천까지만?"

"사천에 볼일이 있거든."

쾅! 쾅! 쾅!

주변에서 얘기를 듣고 있던 금조표사들이 객점의 나무 벽을 주먹으로 두드리는 소리였다.

표물의 호송 및 경호를 담당하는 표사에 비해 매우 하찮은 쟁자수를 하겠다고 당당하게 말하는 담우소의 모습에 기분이 좋아진 게 분명했다.

그러자 자신이 데리고 있는 망나니들이 앞으로 담우소를 마음대로 부릴 수 있다는 착각에 빠져 있다는 걸 눈치 챈 임창배가 코웃음을 터뜨리며 말했다.

"흥, 그런데 자네 쟁자수가 뭔지는 아나?"

"그야 짐꾼 아니오."

담우소의 천연덕스런 대답에 임창배를 제외한 나머지 표사들이 일제히 박장대소했다.

"크하하! 그래, 맞아! 바로 짐꾼이야!"

"암, 짐꾼이지!"

"아무렴, 그렇고말고!"

'쯧쯧, 이만큼 당당한 눈빛과 말투를 가지고 있는데도 이자가 어떤 종류의 인간인지 파악을 못하다니!'

조롱의 빛을 참지 않는 금조표사들에게 애처로운 눈빛을 던진 임창배가 다시 담우소에게 물었다.

"그래, 쟁자수는 단순한 짐꾼에 불과하다. 그런데 자네 정도면 정식으로 표사를 해도 될 텐데 어째서 쟁자수 따위를 하려는 것이지?"

"그야 난 그저 사천에 볼일이 있을 뿐 표사 따윈 하고 싶은 생각이 없거든."

"흥, 그런가?"

나직이 대꾸한 임창배가 두말없이 담우소를 쟁자수로 임명했다. 이번 사천행의 표두를 맡은 자의 권한을 발휘한 것이다.

그러자 나머지 금조표사들이 담우소에게 다가와 조롱이 담긴 축하 인사를 던졌다. 앞으로 알아서 잘 모시라는 말도 그들은 잊지 않았다.

하지만 담우소는 그저 입가에 미소를 띨 뿐이었으니 갈수록 기고만장한 말들을 내뱉는 금조표사들을 제치고 임창배가 소리쳤다.

"어이, 쟁자수 양반! 나와 술 한잔하지 않을 건가?"

"술을 마다하는 건 사내가 아니올시다."

"그럼 나랑 밖으로 나가세!"

임창배를 따라나서는 담우소의 입가로 히죽 미소가 배어 물렸다. 오랜만에 진하게 술 한잔 나눌 사람을 만났으니 오늘 하루 코가 삐뚤어지도록 취하고 싶어진 것이다.

〈제1권 끝〉